O HOMEM QUE ODIAVA A VERDADE

O HOMEM QUE ODIAVA A VERDADE

PAULO ISIDORO KOSCAK

Título Original
O Homem que Odiava a Verdade

Primeira publicação em São Carlos, São Paulo, Brasil, 2023

Arte da capa: Ana Júlia Celestino

Revisão de texto: Dra. Katia Cristina Pereira Oliveira

Preparação de texto, revisão e diagramação: Paulo Isidoro Koscak

K86o   Koscak, Paulo Isidoro – 1982
       O Homem que Odiava a Verdade / Paulo Isidoro Koscak – 1. Ed. – São Carlos, SP: Ed. Do autor, 2023

ISBN: 978-65-00-61378-0

1. Suspense policial 2. Suspense 3. Policial
I. Título II. Koscak, Paulo Isidoro

AGRADECIMENTOS

Agradeço primeiramente a Deus e as inspirações divinas que tive durante o processo.

Agradeço a minha esposa Bianca, que apoiou a escrita desde o começo, ao meu filho Marcos Paulo, que vibrou com as ideias, desde a concepção, cedendo inclusive seu nome ao protagonista e ao meu filho Luiz Paulo, que, com todo o ânimo de um menino de 10 anos, se interessou como pôde.

Aos amigos que leram, deram dicas, fizeram anotações, investiram seu tempo com todo carinho, Douglas Silva, Dra. Katia Cristina, Ana Júlia Celestino e Adriana Barbosa, muito obrigado, de coração.

DEDICATÓRIA

Dedico este livro à memória do meu pai, Valdir Koscak, meu grande herói. Tenho certeza que estaria apoiando e vibrando, como em tudo que eu fiz durante minha vida. Agradeço sua presença ao meu lado agora. Espero poder te encontrar quando voltar a pátria mãe. Te amo!

A minha mãe, Elza Koscak, que tenho certeza que leria com afinco, se pudesse. Te amo veinha.

Nota do Autor

Este livro é fruto de minha imaginação. Toda e qualquer semelhança com a realidade é mera coincidência. Tão pouco se trata de um livro que visa instruir sobre como atuar na polícia ou criticar a forma de atuação da corporação. Muitas das passagens aqui escritas, são frutos de sonhos que tive, conversas com minha esposa e filhos e muitas horas olhando para a tela do computador sem saber o que escrever.

Comecei a escrever este livro em 2010, tendo apenas o primeiro capítulo. O início ficou sendo jogado de um canto para o outro, de HD para HD e por todo esse tempo seu nome foi "Capítulo Primeiro", pois os capítulos não tinham nome, até então. Eu sabia o começo da história e o final, era tudo que eu tinha, como se eu tivesse um pão a mesa sem saber o que por dentro.

Com o falecimento do meu pai em 15 de junho de 2022, decidi que colocaria esse projeto pessoal em movimento, pois, se eu morresse, não teria colocado esse livro no papel. Minha mãe, leu vários manuscritos que fiz durante a vida, todos com um capítulo ou alguns do começo. Espero que esse ela possa ler do início ao fim.

Sumário

PRÓLOGO

Estavam sentados na viatura, tomando o café quente e saboreando pedaços de bolo de fubá cremoso. O último dia do ano estava calor, apesar das nuvens escuras no céu de São Paulo.

—Não tem nada mais gostoso que bolo com café!

—Cara, pra você não tem nada mais gostoso que comer. Ambos caíram na gargalhada.

Amigos de infância e agora parceiros de profissão, faziam seus minutos de descanso antes de seguir no batente. Se aproximava das cinco da tarde e o horário de verão garantiria que ainda demoraria a escurecer. Fazia sol na zona sul próximo à avenida Juscelino Kubitschek. Estavam estacionados em frente a uma das poucas casas com guia rebaixada na rua Fernandes de Abreu. Feijão teve de andar até a avenida para comprar o lanche na loja de conveniência do posto de gasolina. Muitos minutos depois, voltaria com duas sacolas cheias em uma mão e os dois cafés em um suporte para copos na outra. Alguns seguranças dos prédios residenciais da rua chegaram a passar perto da viatura, porém, nenhum deles atreveu-se a incomodar os policiais.

—Você peidou, Feijão? Mas que cheiro de esgoto cara! Nunca um apelido fez tanto sentido!

—Ah, Bolacha, olha o rio Pinheiros logo ali cara. Meus peidos são sempre cheirosos.

—Cheirosos como corpos em decomposição. Você já percebeu que... – Bolacha é interrompido pelo vibrar de seu telefone. Olha no visor e vê não identificado. – E aí, atendo?

—Pode ser o delegado – responde Feijão – atende.

—Alô, quem fala?

—A minha voz eu não espero que reconheça – dizia a pessoa do outro lado da linha – mas a voz dela eu tenho certeza que reconhecerá.

—Amor, pelo amor de Deus amor, me tira desse lugar, esse filho da... – a voz familiar continua falando, mas é abafada.

—E então, reconheceu? – perguntava a voz misteriosa, em um tom arrastado, lembrando um vilão de desenho animado.

—Seu filho da puta, se fizer algo a minha mulher eu juro que te mato! – gritava Bolacha.

—Não acredito que esteja em condições de fazer ameaças, caro investigador. Neste momento você tem apenas uma escolha, fazer absolutamente o que estou falando ou ela morrerá como uma cadela de rua.

SONHO MALDITO

O sonho começava sempre igual e ele já sabia o final. Era um cômodo escuro, apertado, inacabado e úmido. Já faz um ano e seis meses que estava morando ali. Sobrevivia, se arrastava em vida. Um quarto com não mais que dois metros quadrados e um banheiro agregado. O lugar cheirava a mofo, não havia janelas, os rodapés das paredes cheios de musgo acusavam a falta de ventilação e luz. As paredes num tom de cinza apagado nem de longe lembravam o azul escuro que originalmente coloriam o ambiente. Uma cama de solteiro com um colchão fino e um caixote de feira onde amontoavam as roupas, completavam a decoração. No banheiro, em pior situação, ficava sua escova de dentes tão solitária quanto ele. Não havia acabamento, estando as paredes expostas em tijolos. Uma pia simples sem espelhos, um vaso sem assento e um chuveiro quebrado não o faziam lembrar em nada como havia planejado construir o quarto, alguns anos atrás.

Marcos sempre foi um homem forte, atlético, preocupado com sua saúde e aparência. Hoje era apenas uma sombra, uma mera lembrança de seu passado. Bastou um ano e meio para que se tornasse pele em cima do osso. Os fortes músculos definidos murcharam e desapareceram. Olhos azuis sem brilho, fundos, com olheiras enormes. A barba há muito feita escondia o queixo fino e pontudo. Sua altura, outrora imponente, dava lugar a uma corcunda que envelhecia por 10 anos. Desde que sua esposa se foi o jovem homem esqueceu-se de si.

Desejava dormir e não mais acordar, mas lhe faltava coragem para fazê-lo. O medo de não encontrá-la no inferno era a única coisa que o impedia de pôr fim ao calvário. Inferno, pensava ele, era pra onde iria se atentasse contra a própria vida. Ela foi boa demais para estar no inferno, Marcos pensava. Por vezes sonhava com Vitória e em todos os sonhos ela chorava, mas em nenhum o chamava. Sonhava com ela mais de uma vez por noite, desde o acontecido. Não sentia mais forças para continuar sozinho. Aquele vazio imenso, aquela tristeza infinita. Queria arrancar tudo aquilo do peito, mas não tinha forças.

Apesar de toda a tristeza, hoje teria de sair de casa. O dia fatídico. Fim de sua licença e hora de voltar ao trabalho. Como não dormiu, não teve problemas em se levantar. Seu problema seria em ter que se arrumar para algo que não queria mais fazer. Buscava forças, mas não as encontrava. Já não se lembrava mais onde estavam suas roupas que não fossem aquelas em cima do caixote. *Talvez*, pensou, fosse hora de deixar aquele quarto e respirar um pouco de ar puro. Ou voltar para a cama e aguardar a grande guerra nuclear que disseram que aconteceria. *Bobagem*, pensou novamente, pode ser que seja hora de acordar para a vida novamente, se bem que aquela guerra nuclear poderia acontecer.

Não sentia fome, apenas um pouco de sede. Comia poucas vezes por semana, não sabia ao certo quanto comia e nem os dias que comia. Saía uma vez por semana do quarto para buscar as compras que fazia na mercearia de sua rua, por telefone. Comprava sempre pão de leite, queijo branco e água. Não comprava outras coisas, tudo tinha o mesmo gosto de serragem em sua boca. Mas hoje não era dia de comprar nada. Não teria o desprazer de sair do minúsculo quarto, atravessar o longo corredor assentado com piso vermelho quebrado, subir a escada íngreme com degraus curtos ainda sem piso, e atender aquele garoto que cheirava suor seco com aparência de usuário de drogas que tinha no máximo 13 anos, mas por sua altura afirmava que já tinha 16. Não, hoje não. Hoje seria o dia de sua volta à ativa.

Sabia como era a volta de um companheiro afastado. Já vira muitas e muitas vezes. Mas nunca tinha imaginado que seria ele o afastado. Tinha certeza que o delegado já havia separado papéis e mais papéis para sua análise. Casos e mais casos maçantes o aguardavam em sua mesa. Ser investigador estava longe de ser uma atividade chata, Marcos bem sabia disso. Contudo, tinha a certeza de que seria um recomeço tedioso com maços de papéis à espera de uma olhada atenta.

Se dera o luxo de não pensar nisso. Eram seis da manhã e tinha duas horas para estar a doze quilômetros de distância. *Melhor me apressar*, pensou. Era hora de sair do quartinho. Seu estômago embrulhou de uma vez, fazendo-o correr para o vaso.

Não tinha o que vomitar e mesmo assim seu corpo insistiu em fazê-lo por pra fora o pouco de água e suco gástrico que ainda tinha dentro de si. Enxaguou a boca, lavou o rosto mais uma vez e tomou coragem. Levantou o caixote que ficava ao lado da cabeceira e retirou uma chave solta. Tinha guardado ali a chave que trancava a saída dos fundos da casa grande. Casa Grande, lembrou, era como Vitória a chamava desde que compraram a casa. Sentia náuseas, mas desta vez estava resoluto, iria entrar na casa grande. Há muito mais de um ano sem fazer a barba e tudo o que precisava estava em seu quarto, nosso quarto, corrigiu o pensamento.

Olhou para a chave pequena e prateada, pensativo. Respirou fundo, calçou os chinelos brancos encardidos e abriu a porta. O vento frio, próprio daquele horário, dava a sensação de mais frio do que realmente era. Voltou alguns passos, tirou de dentro do caixote uma camiseta regata vermelha, desbotada, e a vestiu. O short preto que muito usou para jogar futebol com os colegas da delegacia o faziam parecer um mendigo, não fosse possuir uma residência. O vento gelado agora tomava conta do pequeno quarto, e de certa forma o despertara encorajando-o a sair. Sem fechar a porta, caminhou longos e pesados quatro passos. Essa era a distância que o separava da casa grande.

Colocou a chave na fechadura devagar, escutando o barulho de cada dente da chave conforme ia empurrando-a. Quando terminou, virou-a para abrir cautelosamente. Seu coração palpitava. Após a partida de Vitória, nunca mais entrou ali.

De olhos fechados girou a chave duas vezes. Um barulho seco na porta de alumínio veio em seguida, anunciando sua abertura. Seu coração estava acelerado como se estivesse correndo. A porta abria para dentro e Marcos soltou uma risada acanhada quando a abriu lembrando de sua amada e a implicância que tinha com este detalhe. Portas devem abrir para fora, lembrou, imaginando seu rosto falando. Com os olhos mareados, subiu o degrau que separava o ambiente. Não sentia mais o peito acelerado. Chorava sem perceber. Olhava para a casa e tudo era como ela havia deixado. Nem o mau cheiro de ambientes fechados o demovia daquele sentimento nostálgico maravilhoso.

Tudo estava opaco, empoeirado, em nada lembrava os tempos de felicidade. A sala de jantar onde estava parecia não ver pessoas há anos. A sua esquerda, a cozinha estava cheia de teias de aranha nos cantos e bastante pó no restante. Olhou para a direita, em direção a sala de visitas. Piscou os olhos para ter certeza e então piscou-os com mais força. A casa grande tinha ganhado brilho, voltou os olhos para a sala de jantar e a mesa estava posta. Vem tomar café, amor, escutou claramente Vitória dizer. Havia pão e queijo branco, requeijão e duas canecas, uma rosa e outra azul, saindo fumaça de dentro. Olhou para a cozinha e viu Vitória voltando com o pote de açúcar na mão. *Vem amor*, disse a amável jovem. Seu coração parou de bater por alguns instantes e sua boca insistia em ficar aberta. Voltou os olhos para a cozinha e o brilho não estava mais lá. Tudo era cinza novamente. Enxugou as lágrimas que brotavam antes que elas escorressem. Respirou fundo olhando para baixo. Levou as mãos em direção ao rosto e após esfregar as vistas olhou para as mãos para ter certeza que não tremiam.

Sua cozinha, fina e comprida, ficava estrategicamente no final da casa. Vitória não gostava de cheiro de comida pela casa inteira. Nela, armários embutidos de madeira em um tom acinzentado, lembrando carvalhos velhos, na parte de cima e embaixo da pia. A pia por sua vez era de granito preto com leves manchas douradas. Era grande com duas cubas e duas torneiras. A esquerda ficava um fogão de quatro bocas, presente dos padrinhos de casamento, de aço inoxidável. A direita, uma geladeira grande, duas portas, presente de seus pais, também feita de aço inoxidável, tinha mais botões na porta do que Marcos sabia usar. Na parede de frente a geladeira, uma fruteira de três partes vazias preenchia o espaço.

A sala de jantar, nas saudosas épocas, era o charme da casa. Uma sala de estar toda reformada, espaçosa e bem arejada. Uma mesa de madeira maciça chamava a atenção de quem olhasse. Num tom avermelhado lembrando madeiras tropicais, dava a impressão de que nunca iria quebrar. Vitória sempre se orgulhava de ter escolhido a mesa retangular ao invés da mesa quadrada, *encaixa melhor amor*, dizia ela, sempre com um sorriso malicioso no rosto. Seis cadeiras no mesmo material da mesa contornavam-na, todas com almofadas brancas bem confortáveis e acabamentos em pregos dourados. Quadros de obras abstratas em tons de creme estavam pendurados na parede à direita. As paredes tinham sido pintadas da cor gelo, pois segundo sua esposa, espantam a fome. Adesivos pretos de longos ramos preenchiam as outras duas paredes.

Marcos seguiu para a sala de estar, pensando poder reencontrar o brilho que acabara de ver. As paredes em azul claro deixavam o ambiente aconchegante. Era uma sala bem grande onde cabiam três sofás de três lugares. Estes, por sua vez, foram presentes de outros dois casais de padrinhos. Eram em azul escuro, do jeito que ele pediu, de um couro sintético que não esfriava demais no inverno nem esquentava demais no calor. Ficavam dispostos em U, sendo um embaixo da grande janela e os outros dois nas duas outras paredes. No espaço do meio, um tapete felpudo bege. O rack com a enorme televisão ficava bem no centro. A poeira começava a irritar seu nariz. Tinha duas prateleiras, a de cima ficava o moderno televisor e uns porta-retratos com fotos dos noivos. Embaixo, ficava seu videogame favorito e um aparelho home theater de última geração que assustava por sua potência nos filmes de ação. No fundo da sala à esquerda, ficava a escada que levava ao andar superior.

O perito caminhou devagar por entre os sofás passando por cima do tapete chegando até a escada branca com degraus em mármore. Lembrou de como tinham brigado por causa daquela escada. Não achava necessário gastar tanto dinheiro com simples degraus. A jovem esposa, impulsiva, gastou do próprio bolso para comprar o material, indo contra tudo o que o casal havia combinado. Marcos ficou sem falar com ela por um mês inteiro, mesmo às vésperas do casamento. Precisou que ela fosse a sua casa pedir-lhe desculpas. Ele já a havia desculpado no momento em que saiu pela porta, apenas não tinha sido o primeiro a ceder. Passou suavemente as mãos no corrimão. Subia a cada degrau deslizando os pés delicadamente por cima de cada um deles. Ao fim dos quinze passos, teve finalmente coragem de olhar para cima. Novamente o brilho estava no andar todo.

Vitória passou correndo em sua frente, rindo, apenas de calcinha fio-dental branca, exibindo seu corpo magro e delicado, sua pele morena brilhava e ele sentia o cheiro de seu creme hidratante no ar. Acompanhou-a com os olhos. Ela corria lentamente, e seu sorriso podia ser ouvido. Enquanto passava, seus longos cachos negros balançavam para cima e para baixo. Ela para na porta, fitou-o longamente com as mãos apoiando no batente com um seio amostra. Seu sorriso parecia ainda mais brilhante, os pelos dourados faziam contraste com a pele morena deixando seu corpo nu ainda mais exuberante. Rapidamente entra no quarto e tudo volta a ficar cinza. Ele sacode a cabeça várias vezes, esfrega os olhos e novamente olha para as mãos. Seus olhos coçam e ele se lembra que estava tudo empoeirado. Corre para o quarto e vai direto ao banheiro. Abre a torneira e lava os olhos com bastante água. Não posso estar louco, pensa o jovem, ela passou duas vezes por mim. Fazer do quarto uma suíte fora sua ideia. Não gostava de andar longas distâncias durante a noite para ir ao banheiro. De início ela refutou a ideia, mas em uma visita da casa de seus sogros, escutou longamente a reclamação de Dona Lúcia sobre como era penoso descer as escadas para ir ao banheiro de madrugada. Desde de então, o apoiou em quase todas as decisões de mudanças na casa.

Procurou uma toalha de rosto para secar-se, mas não encontrou. Levantou a surrada camiseta vermelha e enxugou seu rosto com ela. Se olhou no espelho e viu uma figura estranha a seus olhos. Um sujeito magro, com rosto encardido e barba muito comprida. Seus braços eram finos como de um garotinho. Tinha dificuldade de enxergar tudo e com um sorriso deu-se conta de que a luz estava apagada. Já não se lembrava mais de como era ter luz no banheiro. Era um banheiro grande com uma pia que pegava a parede inteira à esquerda da porta. Tinha um espelho que cobria metade da parede. A direita na parede o secador profissional que Vitória tinha comprado em um site de leilões. O armário embaixo da pia era feito sob encomenda e fora presente de um marceneiro a quem Marcos ajudou a prender dois assaltantes certa vez. Tinha três gavetas suas e três dela, na teoria. Na prática, apenas uma lhe sobrara. Se perguntara como uma mulher podia ocupar tantas gavetas. Abriu sua gaveta e tirou um barbeador elétrico comprado junto com o secador.

Pegou o lixo vazio que ficava ao lado do vaso sanitário e colocou sobre a pia. Acendeu as luzes que ficavam no teto, logo ao final do espelho e com movimentos inseguros tirou a grande barba. Com o rosto mais limpo e com mais segurança nos movimentos, passou o aparelho no rosto, deixando-o com aspecto bem diferente. Na mesma gaveta, apanhou uma tesoura de ponta fina e um pente. Alinhou o cabelo à frente e o aparou, tirando o tanto que lhe cobria os olhos. Agradeceu a genética herdada de seus pais por ter cabelos lisos e penteou-os para trás. Sentiu uma enorme vontade de tomar banho. Tirou o lixo da pia e segurou-o com uma das mãos, com a outra limpou os fios que estavam por cima. Colocou o lixo no lugar, arrancou a roupa e abrindo a porta do box foi rapidamente ligando o chuveiro. A água estava quente e ele estranhou. Já não lembrava mais como era tomar banho com água nessa temperatura. O sabonete estava todo quebradiço, mas bastaram algumas gotas d'água para que ele ficasse como novo. Tomou um banho demorado, lavou os cabelos que estavam grandes e encardidos. Desligou a água levando a mão para buscar uma toalha de banho, que não estava lá. Abriu o box e a viu novamente, estava na porta. As cores estavam vivas e sua esposa falava do quarto. Esqueceu a toalha de novo, bebê? Andando com passos lentos, caminhou até o quarto e ela estava lá, sentada na beira da cama, apenas de calcinha. Olhava para ele com um rosto feliz, seus olhos brilhavam. Ela colocava a meia-calça branca deslizando delicadamente para cima, perna após perna. Escutou um estalo do móvel de madeira vindo do banheiro fazendo-o virar o rosto para ver. Voltou rapidamente a olhar para o quarto e ela já não estava mais lá.

Percebeu que o chão estava todo molhado. Tomou cuidado para não cair, avançou para o guarda-roupas onde ficavam as toalhas e pegou a primeira que viu. Uma toalha de algodão laranja, bastante macia com cheiro de mofo. Se enxugou rapidamente e começou a procurar outra toalha menor para secar o chão do quarto que era forrado com carpete de madeira num tom rústico. A cama de maior tamanho que camas normais combinava com o piso e o guarda-roupa embutidos. Dirigiu-se à parte que lhe cabia, pegando uma camisa branca sem detalhes, uma calça de linho preto e um sinto igualmente preto. Os sapatos ficavam bem embaixo, dispostos um ao lado do outro. Tinha dois pares, um marrom e o outro preto. Optou pela discrição, escolhendo o preto sem cadarço com bico arredondado. Passou a toalha pequena que usara para secar o chão nos sapatos, tirando toda a poeira, dando-lhe um leve brilho. Estendeu a toalha que se enxugou no banheiro e colocou uma toalha pequena sobre o vaso. Olhou-se no espelho mais uma vez. Sentia-se mais seguro e depois de muito tempo, tinha fome. Abriu a gaveta do criado mudo que ficava na sua cabeceira, pegou o cortador de unha e tirou seis meses de unha de seus 10 dedos, cortando suas unhas sujas. Ao terminar, escovou por muito tempo seus dentes, preciso de um dentista. Tudo pronto, pegou sua carteira, seu telefone, distintivo e arma, que estavam na mesma gaveta que pegou o cortador de unhas.

Desceu as escadas escutando o ressoar de seu salto batendo no mármore. Passou pela sala a passos largos e pela sala de jantar até a porta ainda aberta. Olhou para o relógio do fogão, marcava sete horas da manhã. Saiu de frente para a casa. Trancou a porta, virou-se para o grande corredor a sua frente e caminhou. Ao colocar a mão no corrimão, escutou a campainha tocar num som estridente. Apertou o passo atingindo o topo rapidamente.

—Caralho Bolacha, tá usando crack, porra?

—Nada Feijão, fazendo low carb – disse Marcos após uma longa gargalhada.

SUA VIDA AGORA É OUTRA

DOIS ANOS ATRÁS

O investigador gostava de dar esse recado aos novos recrutas:

—Sua vida agora é outra. Aqui, celular não entra. Sua vida lá fora não te pertence mais.

A vida de quem entrava para a polícia era intensa. Todos queriam se tornar investigadores, pessoas importantes dentro da corporação, mas não tinham a menor ideia de como isso seria possível. Se soubessem que passariam seis dias por semana, doze horas por dia dentro daquele prédio, muitos, com certeza, desistiriam. As aulas eram intensas. Haviam aulas gerais e aulas específicas, conteúdo teórico e conteúdo prático. O conteúdo das aulas variava de acordo com o cargo que o aluno tinha prestado concurso público. E para conseguir entrar, precisava ter ensino superior. As horas aula dos cursos chegavam a 400 horas, 60 horas a mais que uma especialização lato sensu, com média de 360 horas.

Na academia era esperado que o aluno aprendesse boa parte da parte prática e teórica. Os instrutores sabiam que muita coisa se aprende na prática e era nessa hora que Marcos mostrava quem era. Instrutor há bastante tempo, ele era um prodígio na polícia. Entrou bastante cedo, prestando concurso logo após se formar na faculdade. Na Acadepol, aprendeu sobre os cargos e gostava de mostrar aos ingressantes seus conhecimentos, sendo visto pelos colegas como um rapaz arrogante. Ele sabia que era e gostava dessa fama. Contudo, tinha alguns amigos que ainda o ajudavam, como Antônio Carlos, seu melhor amigo e colega de profissão. Sempre chamava um profissional experiente para dar detalhes práticos nas aulas. Por ter um bom relacionamento com os colegas, era bem tratado, contudo, os alunos o odiavam.

Começava a aula sobre perícia criminal gritando: *vocês sabem o que um perito criminal faz?* e aguardava ansiosamente aquele silêncio para vir com sua resposta gritando ainda mais alto: *Perito Criminal: analisa o local onde o crime foi cometido para produzir provas técnicas.* Seu amigo, chamado por ele de Feijão, se divertia com a cara de assustada que a turma ficava. Lembraram de quando começaram o curso, os instrutores mais antigos como o Coronel Galhardo, gostavam de aplicar castigos físicos como bater com a régua de madeira na mão ou na cabeça deles. *A gente ainda pega leve com vocês,* dizia ele. *E um Papiloscopista, o que faz?,* depois de um longo silêncio ele explicava, *vocês são muito burros, a papiloscopia é o estudo da identificação humana pelas digitais. Os papiloscopistas não ficam nos holofotes, pelo contrário, trabalham nos bastidores com o objetivo de identificar e fornecer provas para a solução dos mais variados casos policiais.*

Tinha um aluno em especial que Marcos se via nele. Jovem, audaz, sempre com um raciocínio claro, bom instinto, gostava de ver como ele se comportava. Porém, nutria um ciúme por conta dessas mesmas qualidades, fazendo com que sua vaidade ficasse à frente.

—Coxinha, o que um escrivão faz?

—É Thiago, senhor.

—Todos vocês aqui têm um apelido. Você se acha especial, Coxinha?

—Não senhor. Só gosto do meu nome, senhor.

—Seu nome é Coxinha. O que faz um escrivão, Coxinha - Marcos disse o apelido bem devagar.

—Cuida de todo o trabalho burocrático da delegacia, senhor.

—E um investigador?

—É responsável por cumprir mandados de busca e apreensão ou prisão. Participa de operações policiais. Atua em grandes eventos que demandam a participação da Polícia Civil e atividades relacionadas à segurança pública em defesa da sociedade.

—Um exemplo de aluno. Estão vendo classe, um exemplo. Paga dez aí, Coxinha.

—Mas eu acertei as respostas, senhor.

—Pau no seu cu, paga dez aí, se não todo mundo vai pagar cem.

Marcos se divertia em humilhar o garoto. Gostava de se sentir superior, mostrando sua autoridade. Sua especialidade era defesa pessoal, onde aplicava seus anos de conhecimento em artes marciais nos alunos. Dava surras sem possibilidade de defesa. O único que tentou enfrentar o investigador de igual para igual foi Coxinha. Apanhou como nenhum outro e quando terminou, Marcos ainda cuspiu em sua cara. *Quem é o próximo?*, perguntou. Ninguém se atreveu a dar o passo. Gostava de aplicar os treinamentos físicos debaixo do sol mais forte, recompensando os alunos com um jato de água vindo da mangueira dos bombeiros usada para treinamento em casos de incêndio.

Pedia sempre para Antônio Carlos aplicar os treinamentos de montagem e desmontagem de armas, pois era sua especialidade. Já o analista de sistemas, aplicava os treinamentos em computação forense. Marcos optou pela formação mais curta, pois gostava de voltar logo à ação nas ruas. Isso queria dizer que os alunos tinham aulas de manhã, de tarde e de noite. Seus colegas não conseguiam acreditar de onde tirava tanta energia, pois os alunos não conseguiam acompanhar, pagando castigo sempre que eram pegos dormindo, fazendo com que se levantasse e assistisse o restante da aula de pé. Aos sábados, colocava a música do Criolo, na parte em que ele fala *onde o filho chora e a mãe não vê*, por vezes, deixando a música se repetir horas a fio. A cada falha, chamada na academia de *bizonhada*, o aluno precisava pagar um castigo, que na maioria das vezes eram flexões.

Diversos alunos desistiram durante o curso, pois era muito puxado, propositalmente. Durante a formação, os alunos não poderiam sair para as ruas, pois havia proibições legais que impediam que isso acontecesse. Marcos, porém, pegava sempre dois ou três alunos, levando-os para atender ocorrências simples, para que sentissem como era o clima das ruas. Foi atendendo uma ocorrência de desaparecimento de idoso que ele foi surpreendido pela sagacidade de Coxinha. A residência ficava em uma parte afastada da zona leste, com situação bastante precária. O idoso tinha esquecimentos e desaparecia eventualmente. Desta vez, porém, ele não voltou dois ou três dias depois, como de costume.

A família do senhor estava bastante agitada, crendo no pior e Marcos tentando acalmá-los. Foi quando o aluno pediu que fizessem silêncio, pois estava escutando um barulho que parecia um grito. *Tem algum poço artesiano aqui?*, perguntou. A filha do senhor disse que sim, indicando que ficava nos fundos da casa, mas estava vazio. O rapaz saiu em disparada, ignorando as ordens do investigador. Foi mordido no braço direito pelo cachorro da família, que estava preso nos fundos, e, como não soltou quando a mulher mandou que soltasse, Marcos precisou sacrificar o cachorro com um tiro na cabeça.

Mesmo ferido, sangrando muito, Coxinha ainda caminhou até o poço. A tampa estava mal colocada. Ele pediu silêncio novamente, o que não era mais possível, haja visto que a família não parava de gritar com o investigador por ter atirado em um cachorro. A tampa do poço estava mal colocada, foi então que ele pediu a um colega que o ajudasse a empurrar para o lado, encontrando o idoso que havia caído ali. Estava com muitas escoriações, desidratado, mas vivo. Precisaram chamar os bombeiros e o *SAMU* para concluir a retirada dele dali e realizar os primeiros socorros.

Marcos puxou o rapaz, arrastando-o para a frente da casa. Mandou que pagasse cem flexões, mesmo com o braço naquele estado. Quando o rapaz não conseguiu, o investigador então desferiu diversos chutes em seu corpo, quebrando duas costelas dele. Deu chutes em seu braço também. Isso fez com que ele ficasse afastado de licença médica por alguns dias. Depois desse episódio, nunca mais um aluno saiu com ele em suas rondas.

SAINDO DA TOCA

Abraçaram-se longamente. Antônio Carlos era seu parceiro e seu melhor amigo. Tinha solicitado a tarefa de buscar Marcos em seu retorno. O perito criminal estava atuando já há doze anos, e fora ele quem convenceu o colega a ingressar na Polícia Civil. Antônio Carlos tinha o rosto redondo e estava alguns quilos acima do peso, seu cabelo se fora ao ingressar na vida adulta e adotou a cabeça bem lisa. Tinha olhos escuros e barba grossa e usava sempre camisas em tons claros de manga curta com calças jeans em tons escuros. Era adepto de tênis e se não fosse pela implicância do colega usaria pochete, pois dizia ser mais prático para guardar tudo no mesmo lugar. O apelido 'Bolacha' veio em um curso que os dois fizeram juntos em parceria com a polícia do Rio de Janeiro. Marcos pediu uma bolacha ao amigo e um dos policiais cariocas disse que a única bolacha que ele conhecia era aquela que dava na cara de vagabundo. Antônio Carlos ameaçou aceitar a provocação, todavia, seu parceiro tomou a frente e com seu bom humor característico disse que não seria necessário iniciar uma guerra civil por isso. Todos riram, inclusive o provocador. Desde então, todos o chamavam assim, e ele aceitou de bom grado. Bolacha era mais alto que Feijão, quase um metro e noventa e cinco de altura, nunca foi magro, mas também nunca foi gordo. Nadou, correu, fez luta, mas nunca levou nada a sério, a não ser a polícia. Amava ser policial e agora com a volta de seu melhor amigo, sentia-se ainda mais feliz.

—Vai ficar me olhando ou vai me pedir em namoro logo?

—Magro desse jeito, tô achando que é você quem vai me pedir dinheiro pra comprar pedra!

—Ambos riram muito. Bolacha entrou no carro, tchau amor. Ele ouviu claramente a voz de Vitória, olhou para trás e lá estava ela, cabelos soltos, um terninho preto, camisa branca e salto alto, pronta para mais um dia de trabalho.

—O que foi?

—Nada - responde Marcos olhando para o amigo - achei que tinha ouvido algo - e ao se virar para o portão de casa, não vê mais ninguém.

Será que vai ser assim de agora em diante? Ao indagar isso, o perito imagina seus dias vendo uma pessoa que não está mais ali, sendo internado em um manicômio, pois agora ele falava com fantasmas, ou pior, falava com sua própria imaginação. O caminho até a delegacia foi feito sem problemas, passaram pelas ruas pequenas até as avenidas. Estava com pouco trânsito para uma cidade como São Paulo. Apesar de conhecer bem as ruas do bairro e o caminho até o trabalho, Marcos via que muita coisa tinha mudado, alguns comércios tinham fechado e outros foram abertos no lugar. Algumas casas haviam mudado a cor da fachada, outras com outros carros nas garagens. Seu próprio amigo trocou de carro. Quanta coisa mudou, quanta coisa aconteceu.

Chegaram na delegacia, Feijão estacionou o carro em uma vaga reservada. Marcos o parabenizou pela promoção, afinal, só poderia estacionar ali quem era perito e o próprio delegado. Ao entrar na delegacia, Marcos é aplaudido. Ele fica bastante incomodado e tenta agradecer a todos as boas vindas enquanto passa pelas mesas, até chegar a sua própria. A delegacia tinha pouco espaço e muitas mesas de trabalho, fazendo com que os corredores ficassem estreitos, o que dificulta a passagem de todos. As paredes cinzas não haviam mudado, tão pouco as mesas e cadeiras. Via que agora todos os colegas, peritos e investigadores, tinham computadores em suas mesas, algo incomum até alguns anos atrás.

Sua mesa estava limpa e sentia um cheiro de lustra móveis. Não se lembrava ao certo como estavam seus papéis, porém, pareciam muito bem organizados à direita da mesa. Em seu teclado não tinha poeira e sua cadeira de escritório não tinha o tecido verde musgo do assento rasgado e parecia confortável demais, nada como o que ele se lembrava. *Nada como uma boa licença para ter cadeira nova e mesa limpa*, pensou

Marcos olha para cima e vê o investigador Leonardo Bezerra. Eles eram grandes desafetos e nunca esconderam isso. Bezerra era baixo, cerca de um metro e sessenta, bastante acima do peso, com olheiras profundas e uma respiração ofegante. Usava uma camisa polo preta que, de tão desbotada que estava parecia cinza, uma calça jeans azul clara que o deixava ainda mais gordo e insistia em colocá-la na altura do umbigo. Tinha as orelhas lesionadas por conta do jiu-jitsu que praticou na adolescência, seu nariz era torto para direita devido a uma fratura não cuidada, tinha os olhos puxados, mas se dizia descendente de indígena, mesmo tendo a pele amarelada e o sobrenome do meio é Abe. Tinha uma força muito grande nos punhos, mas já não sabia lutar como antes, tendo apanhado diversas vezes nos treinamentos na Acadepol. Na última vez que se viram, alguns dias antes da tragédia, Marcos e Leonardo brigaram em um bar, o perito foi arremessado ao chão pelo investigador, contudo, Bezerra não conseguiu imobilizar o adversário e acabou tendo um dente quebrado, uma abertura na sobrancelha direita e uma grande abertura do lado esquerdo que lhe rendeu quase vinte pontos.

—Seu rosto ficou bonito com a nova decoração.

—Eu também gostei, agora assusto as pessoas quando olho.

—Já assustava antes, agora você só espanta - disse Marcos em tom de deboche.

—Tem razão. Deixa eu ligar para minha esposa enquanto ainda tenho uma.

O investigador viu tudo preto por um instante. Quando percebeu, Feijão já estava segurando sua mão que estava pronta para desferir um soco em Bezerra. Uma gritaria toma conta do pequeno espaço em que os três estavam. Ofensas são disparadas em alto volume, o que atrai a atenção do delegado.

—Porra Bezerra! Deixa o rapaz em paz! Não tenho um minuto de sossego. Antônio Carlos, Marcos, na minha sala agora!

Feijão e Bolacha ou Antônio Carlos e Marcos tentam se acalmar enquanto andam até a sala do delegado. Os corredores estreitos dificultam a passagem. Ao lado da porta da sala há uma mesa pequena com um computador e um telefone ao lado. Sentada na cadeira, uma moça morena, de cabelos lisos pretos, nariz fino e lábios grossos. Acenou para eles quando passavam e Marcos se assustou, olhando para Feijão.

—Está grande né?!

—Você está vendo também?

—Como assim cara? Claro que estou vendo, é a secretária do chefe. Não lembra dela?

—Valentina? Oi!

O perito dirige-se à moça. É a irmã de sua esposa, mas a semelhança é tanta que o assustou. *Você está a cara dela*, disse.

Não conseguiu continuar a conversa pois foi puxado para dentro da sala por Feijão.

A sala do delegado Sérgio Lucini era mais alegre do que toda a delegacia. Palmeirense fanático, tinha tudo que se pode imaginar do time, canecas, posteres nas paredes, bibelôs de porquinhos de uniforme, réplica de troféus e camisetas. Mesmo já tendo sido repreendido diversas vezes pelos seus superiores, não tirava nada da sala. As cadeiras tinham uma capa verde e branca que sua esposa havia feito. O delegado mesmo tinha uma tatuagem com o símbolo do Palmeiras que pegava suas costas todas, mas só sabia disso quem já tinha ido a jogos com ele, pois fazia questão de tirar a camiseta para mostrar a tatuagem. Ele era um italiano à moda antiga, falava alto, gesticulava muito com as mãos, e tudo isso com seus um metro e noventa, o faziam parecer muito nervoso, apesar de não ser. Usava barba para esconder a falta de queixo, seus olhos verdes com o globo ocular sempre vermelho o faziam dizer o tempo todo que era italiano até nos olhos. Ao entrarem na sala, o tom de voz do delegado mudou, pedindo com calma que se sentassem.

—Como você está Marcos?

—Primeiro dia fora de casa depois de um bom tempo.

—Deu um trabalho justificar sua licença de um ano e meio, mas usei meus contatos e no final deu tudo certo.

—Obrigado chefe.

—Bem vindo de volta. Mas não chamei vocês aqui para amenidades. O Departamento de Homicídios e Procura a Pessoa (DHPP) está atolado de trabalho e pediu um apoio nosso em uma investigação de assassinato. Aparentemente briga de vizinhos, discussão e morte. Preciso que vocês dois vão lá dar uma olhada. Antônio Carlos, ele tá muito tempo parado, se precisar, pega na mão dele.

—Deixa comigo chefe!

Os dois se levantam e saem da sala. Enquanto fechava a porta, Feijão vira para o delegado e fala:

—Chefe, e o Corinthians?

—Ah, vai tomar no seu....

Ele fecha a porta e só escuta uma gritaria do chefe, sem conseguir entender direito, mas sabia que era um monte de palavrões. Eles riem bastante. Os demais colegas não têm a mesma coragem e dificilmente brincam entre eles. Caminhando até o carro, Marcos buscava em sua memória como era investigar uma cena de crime. O que precisaria levar, não tocar em nada, como fazer as perguntas certas. Em seus pensamentos buscava informações, seu coração palpitava e em seu caminho Leonardo Bezerra. Ao passar pelo colega, recebeu uma trombada no ombro e quando se deu por si, Bezerra estava estatelado no chão, com o nariz cheio de sangue.

—Eu não falei, ele não tem a menor condição de trabalhar aqui!

—Foi você quem esbarrou nele, ele só se defendeu! - gritava Feijão.

—Já chega Léo, pra minha sala agora! AGORA! - gritou mais alto o delegado e um silêncio se fez.

—O que aconteceu cara? - pergunta Feijão quando entram no carro.

—Não sei. Ele esbarrou em mim e quando vi você segurava minha mão.

—Com muito custo segurei, diga-se de passagem. De onde veio essa força cara? Você precisa se tratar, precisa procurar ajuda.

—Vou procurar.

E o caminho foi com Feijão falando sobre o acontecido com Bolacha apenas prestando atenção em seus pensamentos. Para uma segunda-feira, o trânsito estava bem tranquilo. Saíram da delegacia, passando pela av. Cruzeiro do Sul, pegando o acesso à Marginal Tietê, rumo a Vila Prudente, na Zona Leste de São Paulo.

Bolacha não conseguia lembrar o que aconteceu entre o momento que levou o esbarrão e o momento em que deu o soco. Era apenas um grande espaço, uma lacuna, era como se ele apenas tivesse piscado. Seguiram pela Marginal até a saída que dava para a Av. Salim Farah Maluf e dali seguiram até uma rua paralela à rua do Orfanato. E foi na rua Cananéia, em uma barbearia, que eles encontraram com o perito Carlos Giliardi.

O perito era de estatura mediana, atuava com casos especiais e havia chegado ao local um pouco depois da polícia militar ser chamada. Seus cabelos compridos e brincos assustaram os policiais militares quando ele se identificou, porém, ao explicar o que fazia exatamente, foi mais aceito pelos colegas. Tinha tatuagens nos braços, e uma barba grande. Era esguio e Marcos achou que ele tinha um rosto que seria de uma pessoa gorda, se não fosse seu corpo magro.

Carlos apresentava a cena aos dois e era tudo bem bizarro. O barbeiro havia cortado o pescoço do cliente com a navalha que deveria fazer a barba. O corpo estava na cadeira ainda e o barbeiro algemado dentro da viatura da polícia militar. Havia um outro cliente no momento do acontecido, mas este fugiu de medo. Os olhos da vítima ainda estavam abertos. Antônio Carlos percebeu que o morto era um conhecido dos dois.

—Olha, é o Beethoven.

—Puta merda! grita Bolacha.

—De quem falam, amigos? questiona o perito Carlos

—Roberto Giurepi, foi um aluno nosso da Acadepol.

—Vocês tinham contato com ele?

—Não, depois que se formou, não o vimos mais. Ele estava no dia...

—Sim, estava - respondeu Bolacha interrompendo Feijão.

—Que dia, amigos?

—Num dia amargo, amigo - diz Bolacha, encerrando o questionamento.

O perito informa sobre a câmera de segurança e mostra a filmagem aos colegas. Estava tudo normal, as três pessoas aparentemente rindo, o cliente que estava aguardando via televisão enquanto eles conversavam, até que o barbeiro corta o pescoço de Roberto. Marcos pediu para ver o vídeo novamente e sem que Carlos tivesse tempo de responder, pegou o celular de sua mão. Viu e viu de novo. Até que notou algo e foi mostrar aos dois que o olhavam de maneira apreensiva.

—Olhem!

—Sim - os dois disseram.

—Viram?

—Ele cortou o pescoço - responde o perito, já impaciente.

—Isso sim, mas prestem atenção - e Marcos volta o vídeo mais uma vez, fazendo com que eles assistissem, dessa vez, o mais devagar possível - o barbeiro está olhando para o cliente que está sentado, não dá para ver o rosto, mas ele fala alguma coisa, e depois que ele fala, o barbeiro corta a garganta, Beethoven se contorce, o cliente se faz de assustado e sai correndo. Mas ele só corta depois que o cliente sentado fala algo. Não dá para ver quem ele é por causa do boné e esse casaco grande, a definição da câmera também não ajuda, só a posição dela já é algo que dê para ver isso.

Carlos revê a filmagem com calma, prestando atenção nos detalhes que Marcos aponta. Feijão também olha fixo. Eles veem a boca do cliente se mexer e olhar fixo do barbeiro, como se tivesse esperando uma ordem.

Precisamos ver outras câmeras da rua - o perito chama outros policiais e sai apontando para outras câmeras que viu e pede que procurem por novos pontos de filmagem.

—Detetive - gritou um policial - você precisa ver isso!

—É perito, amigo - e Carlos saiu em direção ao chamado, sendo acompanhado pelos dois colegas.

—É o casaco e o boné - afirma o policial.

—Parece com o casaco da filmagem, e o boné é preto e liso. Consegue ver se há algum fio de cabelo no boné, Carlos? - indaga Marcos.

—Olhando rapidamente não, mas vou mandar para o laboratório, quem sabe encontramos alguma coisa que não dê para ver agora.

Marcos e Antônio Carlos ficam por mais algum tempo na cena. Casaco e boné foram encontrados em uma caçamba de lixo, duas casas pra frente na mesma rua. Havia restos de cimento no chão ao lado da caçamba e uma pegada. Olhando rapidamente, a pegada parecia de um coturno ou uma bota, mas só seria possível ter certeza após a análise da perícia. Na barbearia, nada de incomum. Marcos olhou para a poltrona em que o cliente misterioso estava sentado, retirou a almofada e nada encontrou. A barbearia ficava em uma garagem que não era mais utilizada, tinha cerca de oito metros quadrados, com decoração voltada a lembranças do barbeiro, brinquedos dos anos 80, um relógio de ponto da década de 60, placas de sinalização de trânsito e uma placa com o nome da própria rua, ganhava destaque acima da poltrona. A cadeira de barbeiro era nova, mas ao lado ficava uma bem mais antiga, que era usada pelos clientes que aguardavam serem atendidos, e ao fundo, uma cadeira lavatório. Em uma prateleira logo abaixo do espelho, uma panela elétrica de arroz, onde o barbeiro aparentemente esquentava suas toalhas depois de usadas nos clientes. Havia próximo a saída, um frigobar e em cima um orelhão vermelho. O local tinha um banheiro e Marcos notou que havia algo fora de lugar.

—Feijão, olha! - apontava Marcos - em cima da porta do banheiro.

—A madeira da decoração tá caindo, o que tem?

—Não cara, acho que é algum tipo de armazenamento. Carlos - gritou - venha aqui por gentileza!

—Diga, amigo! - disse o perito, ofegante após a pequena corrida - O que houve?

—Acho que tem uma porta em cima da porta. Como você está conduzindo a investigação, pode ver se é e tentar abrir se for?

Carlos tenta puxar e não acontece nada. Marcos pede que ele empurre e solte, pois talvez assim a porta abra. E abriu. Atrás desta porta um isopor de armazenar alimentos estava colocado, com 60x60cm de tamanho estava colocado deitado, para que pudesse ficar fácil pôr e tirar algo. Nas sacolas havia muita maconha e muitas embalagens de papel de seda. Quando retiravam todas as sacolas deste isopor, um homem aparece na porta da barbearia.

—Já não basta tudo que está acontecendo aqui, ainda vão roubar as coisas do meu irmão?

—Como o senhor passou pelos policiais? Policial, leve esse homem para lá.

—Eu moro aqui em cima seu idiota! Meu irmão trabalha pra mim, essa barbearia é minha.

—Então, essa maconha aqui também é do senhor?

—Eu... eu não sei nada de maconha!

—O senhor vai precisar ir para a delegacia com a gente. Policial, pode grampear, coloca ele do lado do irmão.

O senhor de baixa estatura sai carregado pelos policiais. Era um homem branco de no máximo um metro e sessenta, magro e cabelos grisalhos, apesar da feição jovem. Usava camiseta do Palmeiras e ofendia os policiais enquanto era levado para a viatura. *Que primeiro dia*, pensou Marcos. Ele e Feijão se despediram do investigador e foram para a viatura. Haviam muitos curiosos atrás dos cavaletes que a polícia havia colocado. Marcos notou que um homem o olhava fixamente e quando foi em direção ao homem, este correu e com toda a polícia cuidando da cena do crime, ninguém conseguiu ir atrás. Ele mesmo estava ainda muito debilitado e se preocupou apenas em guardar na memória o rosto deste homem.

NEM TUDO É ROTINA

A volta ao dia-a-dia estava deixando Marcos cansado. Fazia duas semanas que havia voltado e sentia que precisava retomar sua rotina de exercícios. Muita papelada para cuidar o deixava entediado, tinha bastante coisa que outros colegas não queriam fazer e por ter ficado muito tempo de licença, foi gentilmente forçado a ficar na delegacia pelo psicólogo. Saía uma vez por semana apenas por duas horas, e o tempo na rua iria aumentando gradativamente, para que não tivesse nenhum outro episódio como o que acertou o soco em Bezerra.

Justamente hoje é seu dia de ir para a rua. Feijão é o encarregado de levar o colega para que volte a rotina das investigações. Indubitavelmente Bolacha era o melhor investigador que havia na polícia civil, tinha um olhar aguçado e fazia conexões onde ninguém conseguia ver. Seus casos viraram casos de estudo na Acadepol e era um prodígio. Isso tudo atraía ciúmes de policiais mais velhos e de policiais vaidosos.

O acionamento em que estava sendo direcionado era um desaparecimento. Um idoso havia saído de casa há muitos meses e Antônio Carlos era o responsável pelo caso. Esporadicamente, ele passava na casa da família para dar satisfações, mesmo não sendo o procedimento padrão. Era um senhor de 77 anos, estatura mediana, bem acima do peso para o tamanho, não usava barba e tinha histórico de violência doméstica. Aparentemente a família ficou aliviada quando ele saiu para comprar pão e não voltou mais. A casa ficava no bairro do Limão, na Zona Norte, em uma travessa da Av. Mandaqui, uma das mais movimentadas do bairro. O idoso nunca chegou à padaria no dia do desaparecimento. Ao chegarem na casa, não havia nenhuma movimentação diferente, parecia tudo tranquilo.

—Oi Dona Alice, bom dia - disse Feijão com alegria.

—Bom dia meu filho - respondeu Dona Alice, com ternura.

—Dona Alice, esse é meu parceiro, Marcos, ele está voltando de licença e trouxe ele aqui para apresentar para a senhora.

—Tá passando bem, meu filho? Tá tão magrinho! Tem AIDS ele, Toninho?

—Toninho? - pergunta Marcos em tom jocoso.

—Tem não Dona Alice, é raquítico o menino - responde Feijão em gargalhadas.

—Entra, meu filho, vô passa um café procês.

Marcos percebe que a senhora tem um sotaque forte de Minas Gerais. A casa tem decoração antiga, papel de parede em formas que remetiam aos anos 1970, porém, pareciam terem sido colocados recentemente. A sala tinha um contraste entre antigo e novo, os sofás largos, marrons, caberiam confortavelmente seis pessoas, a televisão parecia ser de última geração, pois ele ainda não tinha visto uma dessas por aí. Em contraponto, a mesa de centro e os enfeites de cima eram tão velhos quanto Dona Alice. A estante que ficava a TV lembrava uma que via na casa de sua avó. A cozinha, não obstante, intercalava tecnologia e velharia. Fogão e geladeira eram de inox, aparentemente novinhos em folha, já a mesa e as cadeiras de madeira pareciam ter saído de um restaurador, pois apesar de velhas, estavam em excelentes condições. O azulejo da cozinha era pequeno, em tons de marrom também, com detalhes de formas quadradas e triangulares desenhadas. Sentaram-se.

—Dona Alice, desculpe perguntar assim, mas poderia me contar como foi que seu marido desapareceu?

—Ah meu filho, é muito dolorido falar disso de novo. Mas como ocê tá chegando agora, não vou ser indelicada também e vou te contar.

—Não precisa Dona Alice - responde Feijão - eu o atualizo.

—Eu gostaria de ouvir dela, Toninho.

—Ele é bravo demais, seu amigo, Toninho.

—Força do hábito, Dona Alice. Não queria parecer rude.

—Tá tudo bem, meu filho. Eu sempre acordei cedo, pra prepara as coisa pro Bem. Acordava lá pelas cinco e vinha fazê o café pra ele. Agora acordo já é mais de nove, cê acredita? Aí então eu passava o café e assava o pão de queijo pra ele, porque ele só comia meu pão de queijo, sabe? Hoje não faço mais pão de queijo. Umas seis ele levantava, tomava o café e comia o pão de queijo. Ele não deixava eu comer junto com ele, sabe? Hoje eu faço o café e posso sentar na mesa. Era umas sete, ele fez como sempre, pegou a carteira e saiu, gostava de comprar o pão agora pra ficar velho e ele comer aquele pão murcho no café da tarde. Hoje eu só como pão fresquinho, é mais gostoso, sabe? E ele num voltô mais. É isso, meu filho.

—Entendi, a senhora saberia dizer - Marcos é interrompido por um barulho de algo caindo no fundo da casa - que foi isso?

—Ah, é os cachorro, meu filho. Pode continuar.

—A senhora saberia dizer que roupa ele usava no dia?

—Eu não tenho fresco na cabeça, sabe? Mas era uma - Dona Alice é interrompida pelo mesmo barulho de novo, seguido por um grunhido meio estranho.

—Não é melhor ver o que os cachorros estão fazendo, Dona Alice?

—Não, eles são bagunceiro, depois vô vê.

—É que não parece latido, Dona Alice - Marcos nota que a senhora está aflita e começando a ficar nervosa.

—Dona Alice, onde está seu marido?

—Como me faz uma pergunta dessa, rapazinho? Quero que vai embora agora!

—Calma Dona Alice, ele só fez uma pergunta - intervém Feijão, percebendo que Marcos notara algo.

—Dona Alice, o que tem ali no fundo não são cachorros. Não escutei um latido desde quando tocamos a campainha.

—Quero que ocês vão, agora!

—Não, Dona Alice, leva a gente ali no fundo.

Dona Alice pega uma faca que estava em cima da pia. Gritava feroz, mandava os homens embora e pedia socorro. Feijão sacou sua arma e ela foi pra cima dele. Com um movimento rápido Marcos segurou seu braço por trás, enquanto Feijão bateu com a arma em sua mão, para derrubar a faca. Ela foi rapidamente dominada e agora estava deitada de barriga no chão com os braços nas costas, como se fosse um bandido ladrão de carteiras. Ela continuava gritando por socorro. Marcos sacou sua arma e seguiu empreitada sozinho pela casa, indo mais ao fundo. A luz e a decoração ficavam pela cozinha, o restante da casa era parede rebocada cinza, quase sem luz. Se não fosse dia, mal daria para ver as coisas. O próximo cômodo era apenas um quadrado, sem portas e janelas, apenas uma entrada. Ele deu dois passos dentro do cômodo e quase caiu. Pegou sua lanterna e conseguiu ver, era um alçapão no chão, estava aberto e o barulho vinha de lá.

Havia uma escada pendurada e não era possível ver onde terminava. Marcos guardou a arma e colocou a lanterna na boca. Conforme ia descendo, ele girava a cabeça para poder iluminar onde estava indo. Não dava para ter noção do tanto que desceu, mas contou 30 degraus. A escada, aparentemente era feita em casa, pois não havia padrão de distância entre os degraus, o que fez com que quase caísse umas duas ou três vezes. Quando colocou os pés no chão, pôde perceber que as paredes eram de terra, assim como o chão. O cheiro de esgoto era quase insuportável. Uma lamparina a gás ainda estava funcionando, do outro lado do cômodo. Marcos podia ver algo que parecia um colchão. Foi se aproximando devagar e tanto o grunhido era alto e agonizante. Ele não pode acreditar no que a lanterna ilumina. A cena grotesca parecia um filme de terror. Um homem, pelado, sem os braços do ombro pra baixo e sem as pernas depois dos joelhos. Ao chegar perto, percebeu o porquê dos grunhidos, o homem não tinha língua. Ao lado de sua cabeça, uma travessa de ferro, que aparentemente funcionava como vasilha de comida. Lá de cima, Feijão berrava ao amigo se estava tudo bem, já que não era possível ver nada além de dois pontos de luz. *Chama ambulância, gritou Marcos, chama agora, porra!*

Ele sobe as escadas o mais rápido que pode. O cheiro forte vai ficando para trás. Ao chegar na cozinha, Dona Alice, deitada no chão, berra por socorro. Seu vestido, outrora branco, agora estava sujo de marrom que parecia com o barro lá debaixo. Feijão a mantém imobilizada até que Marcos pede para ele erguê-la e levá-la para a sala. Feijão a senta no sofá e se posiciona ao lado do amigo.

—Então, essas fotos viradas para baixo eram fotos do "sumido"? - Marcos pergunta em tom irônico, enquanto vai desvirando as fotos em cima da estante e nos outros pontos da sala em que tinham fotos.

—O moço é inteligente - diz Dona Alice em tom enfurecido - o que mais o moço inteligente descobriu?

—Seu papel de parede é velho, mas está bem conservado e parece que foi colocado recentemente. Mas tem alguns pontos em que ele está saltado, então acho que a senhora não se deu o trabalho nem de tirar os quadros em que o "sumido" estava - e com a mão na parede ao lado da estante, marcos rasga o papel de parede, mostrando não um, mas quatro quadros com fotos do marido de Dona Alice, sozinho e com a família.

—Esse miserável só tá teno o que mereceu a vida toda. Eu queria só ter prendido ele na cama, mas ele não parava de me xingá, aí fui ficando brava. Coloquei meus sonífero no café dele e ao invés de ir na padaria aquele dia, o infeliz voltô pra deitá. Prendi ele com as algema dele mesmo, mão e pé. Mas ele só me chamava de piranha, prostituta. No primeiro dia eu quebrei as mão dele, porque ele segurou meu cabelo e quase arrancô. No segundo dia, depois de ele me chamá de tudo quanto é nome, coloquei sonífero no café dele de novo e quando ele acordou, tava sem a língua, cortei metade, agora ele não xinga mais ninguém. Ele acordou puto de raiva e quando percebeu, tentou se soltá de todo jeito, quase quebrou a cama. Aí fui obrigada a quebra as perna dele. Dessa vez fiz com ele acordado mesmo, porque quando ele cortou os meu dedinho dos pé, ele fez com eu acordada - Dona Alice olha para os pés, que faltavam os dois últimos dedos de cada pé.

—Eu entendo, Dona Alice, a senhora só estava fazendo ele passar pelo que ele fez a senhora passar também.

—O que ocê entende moço? Por acaso foi ocê que foi obrigado a comer meus otro dois dedo que ele cortou? Ele fez eu cozinhá e comê. Por quarenta anos eu tive que dá pra ele todo dia. Todo dia! E quando eu tava naqueles dia, ele vinha atrás. E quanto mais eu gritava, mais ele forçava. E o dia que ele não conseguiu mais subir, foi quando ele usou outra coisa comigo pela primeira vez. E foi mais uns ano assim, até que um dia ele cansou e nunca mais me procurou. Onde cê tava nesses dia, moço? Entende? Cê num entende nada. Esse maldito fez uma vez isso com minha menina. Ela não é filha dele, mas até aquele dia chamava ele de pai. Depois desse dia, mandei ela morar com a minha irmã lá em Santa Rosa. Tadinha, achou ainda que tava errada.

—A senhora teve filhos com ele?

—Sobrô dois, que mandei pra morá com minha mãe ainda pequeno. Perdi as conta de quantas gravidez ele fez eu perdê. Quando ele descobria, ele me batia ainda mais. Mas quando ficava grande a barriga, ele deixava ir até o fim. Meu mais novo nasceu aqui nessa casa. Ele fez eu ficá igual cachorro e enquanto eu tinha que fazer força pra criança sair, ele entrava em mim atrás. Disse que queria eu sempre grávida porque ele teve o melhor dia da vida dele em mim. Depois desse dia, comecei a toma remédio escondido e nunca mais engravidei. Aí ele começou a me chamar de seca. Ruim mesmo era quando ele chegava da delegacia. Sempre que um ladrão escapava, eu apanhava.

—Essa informação a senhora escondeu bem da gente - diz Feijão, ainda se recuperando de tudo que ouviu.

—Ah Toninho. Ocê é bom moço, mas é tonto demais. Ocê nunca perguntô pra eu se eu tinha feito alguma coisa com ele. Ocês tudo viro uma velhinha e já ficaro com dó. Eu num sô mulher de tê dó.

—Eu pesquisei o nome do seu marido. Não tinha nenhum Jorge Oliveira na polícia.

—É porque não pesquisô direito. Ocê num se deu o trabaio de pergunta o nome inteiro dele. Ocê é um menino bom, Toninho, mas é muito inocente.

Marcos começa a vasculhar a casa, enquanto aguarda a chegada da ambulância e da polícia, que ele acabara de chamar. Ao subir as escadas de madeira para os quartos, ele vê que o papel de parede está igual aos dois lados das paredes. Deduz que haveriam mais quadros com fotos de Jorge por debaixo. No único quarto à direita das escadas, uma cama de solteiro rosa, com muitas bonecas sobre. O quarto estava todo decorado para uma menina, mas os brinquedos eram muito antigos, apesar de limpos. Ele contempla com dó, lembrando da história que acabara de ouvir. Seguindo para a esquerda, outro quarto com uma beliche. Carrinhos de madeira estão bem organizados no canto, embaixo da janela. Muitos bonecos pequenos e um trenzinho no centro do quarto, como se uma criança tivesse acabado de brincar. Uma das portas do guarda roupa tinha um buraco no meio e Marcos deduziu que poderia ser um soco que o fez.

O último quarto era o maior. O mesmo contraste entre tecnologia e coisas antigas pairava no quarto do casal. Também era o único que tinha um banheiro, com azulejos antigos azuis claros e uma banheira no canto da mesma cor. Ao lado das duas cabeceiras da cama, um par de armários pequenos da mesma cor. Marcos vê que apenas um dos lados da cama estava desarrumado, e vai ao outro lado, buscando algo que pudesse ser de Jorge. Abrindo a gaveta, o perito percebe que há uma carteira e algumas fotos de crianças. Ele pega tudo e desce. Chegando à sala onde estavam Feijão e Dona Alice, ele se senta na poltrona, de frente para a senhora.

—São seus filhos? - pergunta Marcos, mostrando as fotos para ela, que responde com um aceno de cabeça. Na porta da casa Feijão a olha, ainda incrédulo.

—Toninho - chama Bolacha em tom sério - essa aqui é a carteira dele, quer abrir?

—Não!

—A senhora quer me falar quem é seu marido antes que eu abra?

—Enfia esse trem no seu cu, rapaz!

Marcos apenas ri. Abrindo a carteira, Marcos vê que é uma carteira de policial, com o distintivo da Polícia Civil em um dos lados, do outro, a identidade funcional de Jorge. Ao fundo, sirenes de ambulância e viatura de polícia colidem com os sons. Vizinhos começam a sair para ver o que está acontecendo. Viatura e ambulância param na frente da casa, com o portão já aberto por Feijão. Marcos indica os fundos para os paramédicos, pedindo que tenham cuidado com o buraco. Os policiais conversam com Feijão na porta, com porta-malas da viatura aberto, pegando luvas e acessórios para uma investigação.

—Me diz uma coisa Dona Alice. Alguém mandou a senhora fazer isso?

—Ninguém manda ni mim!

—A senhora conversou com alguém antes de fazer o que fez?

—Já falei que ninguém manda ni mim!

—É, a senhora é esperta demais pra deixar alguém dizer o que a senhora tem que fazer. Só fico pensando, se a senhora aguentou tudo isso por anos, sem fazer nada, se alguém fez a senhora mudar de ideia e reagir?

—Ninguém!

—E como a senhora pegava seus remédios?

—O moço da farmácia trazia aqui.

—A senhora conversava com ele?

—Ele entrava pra tomá café com o Jorge, mas eu nunca falei com ele.

—Qual farmácia?

—Do lado da padaria.

Marcos levanta e vai até o portão da casa, onde está Feijão. Já há muitos policiais na porta da casa, duas ambulâncias e muitos curiosos. A Polícia Militar chega com mais duas viaturas e começa a cercar o local. O investigador reconheceu a mesma pessoa que estava na Vila Prudente, um homem alto com cabelo despenteado enrolado. Esse, quando percebe que foi visto, se afasta e ele o perde de vista. Ele chama Feijão de canto e já vai se encaminhando para o carro.

—Vamos para a farmácia - diz Marcos, mostrando o saquinho de papel com logo e endereço da farmácia.

—Vamos, mas o que está pensando? - pergunta Feijão, enquanto liga o carro e coloca o cinto de segurança.

—Ele pode estar envolvido com o cara da capa e boné, além desse cara que estava lá na Vila Prudente e aqui também. Olha isso aqui - Bolacha mostra uma foto ao amigo.

—Que tem? É o velho que morreu.

—Olha direito cara!

—Puta que o pariu!!!

—Com isso, são duas mortes de pessoas que conhecíamos em duas semanas.

—Caralho, velho! Coronel Galhardo, o Galo Louco.

—Jorge Oliveira Galhardo, o próprio. Ele se aposentou dias antes da morte de Vitória.

—Bolacha...

—Tá tudo bem!

O endereço da farmácia indicava ser a poucas ruas da casa de Dona Alice. O trânsito estava pesado, o que fez demorar muito mais do que o indicado no GPS. Ao chegarem, perceberam que, aparentemente, não havia alterações de comportamento de nenhuma das pessoas que trabalhavam ali. Se apresentaram a um atendente e pediram pelo gerente. Ao esperar pelo gerente, Marcos notou que a farmácia era antiga, tanto sua mobília quanto suas prateleiras. Começou a circular e viu que os remédios eram novos e estava tudo muito limpo. O chão era branco e não estava encardido apesar de ser visivelmente antigo. Todos os balcões eram de madeira antiga, porém em estado impecável. Havia ainda duas escadas presas a um ferro alto, para que pudessem pegar os medicamentos que estavam mais acima.

—Boa tarde. Sou o farmacêutico responsável, João Vieira.

—Boa tarde, João, sou Marcos, investigador da Polícia Civil, este é Antônio. Estamos procurando pelo entregador de vocês.

—O Pedrinho? Ele não veio hoje.

—Pedrinho? Ele avisou?

—Não, também não atendeu quando liguei.

—É comum ele ter esse comportamento? Mandou alguém até a casa dele?

—Não, não mandei e não, não é hábito dele. Eu só achei que...

—Qual o nome completo dele?

—Não sei, preciso ver nos registros de funcionários. Somos uma farmácia que não trata nada com escritórios, todos os registros estão aqui.

—O senhor também não acredita em depósito de salário na conta? - brinca Feijão.

—Não, todos recebem aqui. - ambos os policiais ficam boquiabertos.

—Precisamos ver os registros.

—Senhor policial, o senhor tem mandado?

—Olha só, estamos aqui investigando um assassinato em que Pedrinho pode ter participação. Agora, se o senhor quiser nos acompanhar até a delegacia para dar depoimento, podemos fazer isso agora, só que o senhor vai algemado.

Após uma longa pausa, o farmacêutico decide levá-los aos fundos da farmácia. Os livros ficavam em um armário de três andares verde. João tira as chaves do bolso para destrancar o armário. A porta da sala era de madeira com um vidro na metade de cima com uma pintura escrito "Administrativo" na altura dos olhos. Havia uma mesa alguns passos à frente da porta e logo atrás uma janela, também de madeira. Tudo estava muito limpo. Havia ainda um mancebo de madeira no canto esquerdo sem nada pendurado. O farmacêutico abre a primeira gaveta e tira uma pasta de fichário verde, colocando-a sobre a mesa. Marcos pede licença e começa a folhear onde ficavam os funcionários. Estava ordenado alfabeticamente, ficando fácil achar a letra P.

—Por favor, senhor João. Qual Pedro é ele?

—O último Pedro. Não contratamos nenhum Pedro depois dele.

—Isso é alguma brincadeira, senhor João? Está tudo rasurado aqui! Diferente dos demais, não há foto nem nome.

—Não é possível, eu pessoalmente cuido disso. Janaína!!! - diz João com um grito.

Os policiais deixam a sala e vão saindo da farmácia, que virou um verdadeiro cortiço, com toda a gritaria que se estabeleceu. Eles entram no carro e Marcos pede que voltem a cena do crime. O silêncio predomina e ambos ficam olhando para dentro, vendo a briga dos funcionários, ainda sem acreditar no que havia acontecido. Marcos pensava que teria de aceitar a derrota, apesar de ter desvendado o desaparecimento do coronel Galhardo.

ESTRANHO SENTIMENTO

"Num relance tudo ficou claro na cabeça do Investigador. Sabia quem era e sabia exatamente o que tinha acontecido naquele dia. Um papiloscopista que almejava se tornar investigador fora humilhado por ele na frente de toda a turma. Era uma atividade simples, mas o sujeito estava tão nervoso que mal conseguia falar com as falsas testemunhas. O investigador, então recém-promovido a Investigador, entupira-lhe o ouvido de ofensas pesadas e o colocou o apelido de 'mano coxinha'. Na gíria das ruas, coxinha era a forma como marginais se dirigiam a policiais militares.

—Coxinha? Caralho Coxinha, que merda você está fazendo?

—Eu devia era dar um tiro na cara dessa puta."

— — — — —

Marcos acorda assustado, o corpo todo suado. Quase toda noite o mesmo sonho. O último dia de sua esposa estava gravado em sua mente e era a única coisa que ele pensava. Com quase três meses de volta à polícia, o investigador já dormia em sua cama. O quartinho em que dormiu por todo tempo afastado, fora demolido e em seu lugar, ele plantou grama e uma roseira, que contemplava todo dia, ao tomar seu café antes de ir para o trabalho. Ainda a via andando pela casa, mas esforçava-se para olhar para outro lado. Já vai fazer dois anos, pensava. Na noite anterior, havia separado as roupas de Vitória em sacos de lixo preto. Estava decidido a seguir em frente. Há um mês voltou à academia, já se alimentava melhor e tinha visitado um dentista indicação de um colega da delegacia, o qual lhe deu um orçamento que ficaria caro, mas com parcelas pequenas. Tinha mandado o carro para a oficina de um amigo, que cobrou apenas as peças, com isso, tinha um carro quase novo à sua disposição.

Ao chegar na casa dos pais de Vitória, foi recebido por Valentina, sua cunhada. Ele se assustava todo dia ao olhar para a mulher na delegacia, pois ela e sua esposa pareciam demais. Ao recebê-lo, Valentina estava de biquíni na parte de cima e uma canga na cintura. Por um momento, quis beijá-la, mas se recompôs rápido, mesmo tendo ficado com uma imagem dela em sua mente, toda nua. Foi bem recebido por ela e indicado a ir à cozinha, para que tomasse café com seus pais. Seus sogros estavam sentados à mesa, recebendo-o calorosamente. Sentando-se, logo foi acompanhado pela cunhada e em seguida por seu marido, Clodoaldo. O sábado estava apenas começando, mas aparentemente o casal já estava acordado há tempos.

A casa dos sogros ficava no Jardim Europa, bairro nobre da cidade de São Paulo. Uma casa grande, garagem com vaga para seis carros, o caminho que levava da porta da rua a porta da casa tinha pedras no chão e uma grama verde com traços brancos, cheio de árvores do lado direito e cada uma tinha muitas orquídeas presas, dos mais diversos tipos. À esquerda, ficava a garagem, metade coberta, metade descoberta e apesar do tamanho, tinha apenas dois carros, dos sogros e da cunhada. A porta da casa tinha mais de três metros, toda em madeira. Marcos preferiu contornar a casa e ir direto ao jardim do fundo. Este jardim era ainda mais belo, cercava toda a parte de trás da propriedade que parecia estar mais em uma cidade do interior distante do que num bairro nobre da capital. A piscina era grande, ficava em um nível mais baixo que a casa e era toda azulejada em azul claro, tinha no fundo as iniciais do casal, L&C, em azul escuro. De onde estava, ele podia observar todas as árvores, eucaliptos, carvalhos, ipês e até mesmo um pau-brasil, que seu sogro afirmava ter ganho de um português amigo seu, mas o investigador desconfiava que vinha das atividades do sogro, que era madeireiro. A mesa em que fora posta o café era de madeira rústica, como em toda a mobília da casa. As cadeiras eram ornamentadas e cada uma tinha uma decoração própria e todas eram forradas com almofadas vermelhas. A mesa estava farta e ao perguntarem o que ele queria comer, pediu uma tapioca com manteiga e ovos mexidos, o que foi prontamente atendido pela sogra. Seu cunhado riu de seu pedido, considerando aquilo um pouco afeminado para um investigador, brincadeira que foi logo encerrada pela sogra, que chegava com o pedido.

A conversa estava amena, mas foi inevitável que tocassem no assunto de sua falecida esposa. Os pais dela principalmente, lamentavam a perda e lembravam das estripulias que as meninas faziam na casa quando eram crianças. Onde corriam, onde subiam, onde se escondiam, a entrada na adolescência, conhecer os namorados. Falaram também do momento político atual do país, dos times de futebol que torciam, comidas favoritas e assuntos aleatórios que mantinham a conversa fluindo. Todos riam, todos se divertiam, seu sogro se levantou e voltou com uma garrafa de whisky de uma marca que Marcos nunca tinha ouvido falar. Dizia ele que era de um tipo escocês envelhecido um tanto de anos e que precisava ser tomado de um jeito todo especial, sem gelo. Marcos recusou, mas depois de muita insistência do sogro e do cunhado, acabou cedendo e tomou um pouco. Ambos riram da careta que fez e quando tomou outro gole, as mulheres também riram. Ele foi convidado a usar a piscina, já que fazia muito calor, convite que acabou aceito, pois, após os goles da bebida, sentia que seria ideal abaixar a bebedeira, já que não estava mais acostumado a beber.

Depois de receber uma bermuda emprestada de Clodoaldo, sentou-se à beira da piscina, no mesmo lugar que costumava se sentar com Vitória quando namoravam. Tiveram apenas alguns momentos nesta piscina, e ali se recordava no dia em que foi expulso dali pelo pai de sua, até então, namorada. Fora tratado com desprezo por ser pobre, lembrava de cada palavra que Seu Chico falou naquele dia. Teve rancor, mas lembrou-se também de que ali tinha tomado uma decisão, nunca mais seria diminuído por ninguém, e que estudaria para ser rico. Lembrou de quando foi buscar Vitória no dia em que seu pai descobriu que eles ainda estavam namorando e que precisou conter o braço do velho para que não batesse na menina enquanto sua mãe apenas chorava olhando tudo. Muitas lembranças tristes daquela casa vieram em sua mente e entendia que só estava sendo bem tratado pois era o viúvo. Lembrou da discussão que teve com o sogro ainda no velório e da primeira vez que teve um apagão, quando Seu Chico ameaçou bater nele e quando abriu os olhos ele olhava seu sogro no chão, todo ensanguentado, nariz e mandíbula fraturados. Acreditava que estava sendo bem tratado por medo e não por respeito.

Decidiu ignorar os pensamentos e pulou para um mergulho. Sua cabeça estava longe, como que num sonho. Ouviu vozes, parecia uma gritaria e quando colocou a cabeça na superfície, viu seu cunhado sendo segurado pelo sogro e Valentina. Ele gritava olhando para Marcos, que não estava entendendo nada. Sua sogra foi em sua direção, pedindo que fosse embora. Marcos a ignorou e foi em direção ao cunhado e começou a entender o que ele falava.

—Seu filho da puta do caralho, tava encarando minha esposa por que?

—Encarando sua esposa? - Marcos não estava entendendo nada, não dirigiu o olhar a cunhada em nenhum momento.

—Tava olhando pra ela sim, seu puto de merda. Pensa que eu não vi?!

—Calma amor - dizia Valentina, horrorizada.

—Calma o caralho, sua piranha, eu vi vocês se olhando!

—Cara, você tá viajando, eu não tava olhando pra ela! - disse Marcos, começando a entender o que aconteceu. - Eu tava olhando para o nada, lembrando de um monte de coisas que aconteceu aqui, talvez você olhando de longe, achou que estava olhando pra ela, mas não foi nada disso.

—Vai tomar no seu cu, seu filho da puta! Tá pensando que eu sou corno manso igual a você?!

Clodoaldo consegue se soltar de seu sogro e corre em direção a Marcos. O investigador vê o cunhado vindo. Um homem com o dobro da sua altura, com bastante músculos de quem frequenta academia como parte da rotina diária. Clodoaldo é conhecido pelo seu temperamento explosivo e Vitória falava constantemente que Valentina reclamava de ter sido agredida aqui e ali. O Cunhado não fazia nenhum tipo de luta e Marcos sabia disso. O investigador tentou não se mexer, vendo ali uma encenação de suas aulas de defesa pessoal que dava no curso de formação de policiais. Clodoaldo desfere o soco em direção ao rosto de Marcos, que por sua vez, faz um movimento rápido e usa a força do cunhado contra ele mesmo, fazendo ele bater as costas no chão, ficando sem ar. Marcos desfere um chute nas costelas de Clodoaldo, calma, seu ar vai voltar, disse o investigador em tom irônico. Ele tira a bermuda do cunhado, ficando nu, se abaixa e esfrega a bermuda na cara dele.

      —Corno manso é você, seu filho da puta noiado do caralho. Já vou te falar uma coisa aqui mesmo: qualquer problema que eu tiver na polícia por sua causa, vai ser com você mesmo que vou resolver. Isso foi só um docinho perto da surra que eu posso te dar. Você pensa que eu não sei que você bate nela, seu merda? Você pensa que eu não sei que você é um delegadozinho de merda que tem acerto com vagabundo, seu filho da puta?! Eu sei de tudo, seu arrombado do caralho. Se chegar perto de mim, vai ser poucas ideias. Se eu souber que bateu nela de novo, vai ser seu último dia andando entre nós. Seu cu de burro do caralho. - Dessa vez o chute vai no estômago - Recado dado, papo de homem não faz curva. Fica fora do meu caminho. Valentina, se ele levantar a mão pra você de novo e você não me falar, quer dizer que você merece apanhar. Seu Chico, se eu souber que você sabia que ela apanhava e não fez nada, aquela surra que te dei no velório vai parecer festa infantil. Vocês me entenderam?! - grita o investigador para todos na casa, recebendo um aceno de todos, inclusive do cunhado caído.

Ele passa pelo sogro e dá um abraço na sogra. *Queria ter morrido com ela*, ele diz, chorando. Ela não devolve o abraço, mas chora quando ele a larga. Marcos sobe e pega suas roupas que ficaram no banheiro externo. Sentia como se tivesse tirado um caminhão das costas. Se trocou ali mesmo, pegou a chave que estava em cima da mesa e foi embora. Trancou o portão e jogou a chave por cima do muro. No caminho de casa lembrou de um asilo que ficava em Moema. Lembrou que tinha um brechó que era abastecido com roupas de doação e as vendas serviam para ajudar a pagar as contas. Parou o carro na porta do asilo, sabia onde ficava o brechó, já que muitas das roupas que estavam ali, ele tinha ido ali comprar com ela. Tirou os sacos de roupa do porta-malas e os deixou no balcão, indo embora em seguida. A moça que atendia tentou alcançá-lo, gritando por ele, mas o máximo que conseguiu ouvir foi, *é pra doação*. Entrou no carro e foi embora.

Ao chegar em casa, Feijão o esperava na porta. Brincou com o amigo sobre não atender o celular, disse que queria que ele conhecesse alguém, era uma mulher com quem estava se envolvendo e queria que o amigo desse sua aprovação, mesmo que informal. Os dois combinaram horário e local. Iam se encontrar naquela noite num restaurante de comida japonesa que ficava próximo a Av. Braz Leme no bairro de Santana. Bolacha imaginou que faria bem uma noite relaxante, tendo em vista o que acabara de acontecer. Se despediu do amigo com um abraço, entrou e foi logo deitar em sua cama. Precisava pensar no que aconteceu, sabia que tinha sido um tanto quanto violento, mas se recordava das vezes em que Vitória pedira que ele ignorasse o cunhado, deixasse pra lá, que relevasse as piadas maldosas e os insultos diretos. Hoje, colocou a forra alguns anos de mágoa que ficaram guardados. Sentiu a cama balançar como se alguém tivesse sentado. Ergueu um pouco a cabeça e ela estava lá, camisola preta, cabelos longos que brilhavam com a luz do sol. O quarto estava mais colorido. Ela se vira para ele, e com sua voz suave diz, não precisava ter feito aquilo e sumiu como em uma piscada em que tudo volta à realidade. Sacudiu a cabeça para espantar a visão e decidiu que precisava de algumas horas de sono.

Acordou quase em cima da hora combinada, tomou um banho rápido e pegou a primeira roupa que viu, uma camisa polo azul escura, uma calça jeans e um par de tênis. Não acendeu a luz pois achou que iria perder tempo. Passou um perfume, penteou o cabelo, pegou celular e carteira e saiu. Chegou ao restaurante 10 minutos depois do horário combinado. Odiava atrasos, mas se permitiu aproveitar esse momento. Na recepção do restaurante, informou que tinha um amigo lhe esperando. O recepcionista disse que não haviam mais lugares disponíveis e que todos os demais lugares estavam reservados. Marcos insistiu e mostrou até a mesa que o amigo estava sentado. O recepcionista, um homem de baixa estatura, pouco cabelo e um nariz longo e pontudo, pediu que ele se retirasse, chamando o segurança, um homem alto e forte. Feijão, ao escutar o falatório, levantou-se e foi de encontro ao amigo. Feijão precisou intervir, pois viu que estava ficando sério demais a situação. Explicou ao recepcionista e ao segurança que esse era o amigo policial que estava esperando. A mudança de atitude dos dois foi rápida e pediram desculpas imediatamente, o que foi recebido por Marcos com um sonoro vai tomar no cu seus arrombados do caralho, logo em seguida por um obrigado.

Os amigos andaram até a mesa em que uma mulher nova estava sentada. O restaurante era todo decorado com figuras de gueixas e samurais, espadas e carpas. A pintura era bem característica de locais em que a cultura japonesa predominava. Assim que se sentaram, não houve tempo para apresentações. O gerente da casa, um senhor oriental, vestido de terno cinza, camisa branca e gravata vinho se aproximou da mesa, desculpando-se pelo ocorrido e informando que Bolacha não teria sua refeição cobrada, como forma de desculpas do restaurante. Olhou para trás para a recepção e quando ia acenar para os homens que lá estavam, já havia uma mulher e outro segurança em seus lugares.

—Bom, Samara, esse é Marcos, meu melhor amigo e colega da polícia.

—Colega da polícia, tudo bem, mas amigo? - e ao notar a cara de espanto da mulher que acompanhava o amigo, deu risada - calma moça, é brincadeira. Somos amigos sim, faz tanto tempo que nem lembro mais quando a gente se conheceu.

—Lembra sim, fui eu quem te tirou daquela briga no campinho lá na Vila Clementino. Os caras iam te dar uma surra, sorte sua que eram meus primos.

—Ah, verdade, mas eu ia dar conta deles.

—Ia sim, de doze caras, mais velhos e mais putos, ia sim - e riram os dois.

—Então, Samara, por que escolheu esse nome?

—Eu não escolhi, eu nasci com ele.

—Escolheu sim, e vou te dizer, foi por causa do filme O Chamado, porque você queria impactar a todos com sua saída do poço.

—Você tinha razão Antônio, ele é muito bom.

—Tinha razão do que, Feijão?

—Feijão? - indaga Samara.

—Ele não te contou? - respondeu Marcos - é o apelido dele, porque se tem uma pessoa que peida fedido, mais podre que feijão, é o Feijão.

—Ah, verdade, já senti e ele se fez de desentendido. Feijão? Gostei - respondeu Samara, sorrindo.

—E ele é o Bolacha - diz Feijão todo encabulado - por conta de um curso que fizemos com uns policiais cariocas.

—Ah, verdade, lá é biscoito.

—Mas então Samara, quais são suas intenções com meu amigo?

—Vai depender dele. Sou quem sou e ele sabe. Não escondi nada. Se ele quer algo sério, estou aqui, agora, se quer brincar, estamos ambos perdendo tempo.

—Você é mulher e gosto de você como você é - diz Feijão, dando um beijo nos lábios de Samara - agora que já se conheceram e estão se juntando contra mim, podemos fazer os pedidos?

O jantar foi agradável. Trocaram lembranças e deram muitas risadas. Marcos se sentiu leve e viu que o amigo estava realmente feliz. Samara tinha traços suaves, uma pele clara e quase nenhuma maquiagem. Tinha um nariz fino, maçãs do rosto ressaltadas e um cabelo loiro encaracolado. Usava um vestido verde claro. Quando levantou, Bolacha pôde notar as curvas de seu corpo, com uma cintura bem pequena e uma bunda grande. Quando voltou, entendeu porque seu amigo tinha se apaixonado, ela tinha seios enormes e Feijão era louco por seios enormes. Seu sorriso era grande, e ela fazia piadas com tudo. Ele percebeu que seu amigo não tirava os olhos dela e ela fazia de tudo para que ele ficasse feliz. Entendeu que o amor estava ali e sentiu falta de Vitória. Imaginou o que ela iria achar de Samara e por um instante a viu sentada ao seu lado, rindo das piadas da namorada de Feijão. Terminaram a conversa e saíram quase com o restaurante fechando. Bolacha, novamente, recebeu desculpas do gerente e o agradeceu pela hospitalidade. Também pediu desculpas pela forma como tratou os funcionários e com um aperto de mão, agradeceu ao gerente pela comida. Se despediram na porta do restaurante, entrando cada um em seu carro. Foi o dia mais diferente de Marcos, com certeza.

PODIA SER EU

Já faz oito meses que voltou à ativa. Mais de dois anos sem sua amada esposa. Ainda a via em casa ou em algum lugar que frequentavam juntos, em momentos em que estava com Feijão e Samara ou em algum restaurante que via um casal juntos. A dor da perda já não era tanta, doía mesmo quando lembrava da traição e de não poder confrontá-la. Se sentia culpado por ter sido traído, pensava que se tivesse dado mais atenção, não teria acontecido. Se tivesse trabalhado menos, teria sido melhor marido, talvez ela não o tivesse traído. Se pegava perdido nesses pensamentos e sabia que não a trariam de volta. Passaram por tanta coisa juntos, foram dez anos de cumplicidade, de crescimento mútuo, de conquistas e tristezas.

Lembrava de como era tratado pelos familiares de Vitória. O desprezo por ele ser quem ele era, sempre se sentiu como um invasor. Quando anunciaram o casamento, o olhar de desprezo do pai dela foi como se tivesse levado um soco na boca do estômago. Já sua mãe, que não viveu para ver o que aconteceu com sua esposa, sempre o alertou quanto ao que poderia acontecer. *Gente como a gente tem que ficar no lugar da gente*, dizia ela. Como não conheceu seu pai, não tinha uma figura masculina em quem se espelhar. Aprendeu na rua como funcionam as coisas e decidiu bem cedo que não seria como seus amigos, como as pessoas que viviam ao seu redor. Um dia, ainda menino, recebeu a notícia que seu melhor amigo havia morrido, vítima de bala perdida. Logo viu na TV e nos jornais que o garoto era olheiro do crime, fogueteiro, quando na verdade o menino havia ido comprar pipas pra eles soltarem juntos, e sua mãe não deixou que fosse. Naquele dia jurou que não cresceria ali, não viveria como gato e rato, e se fosse pra escolher, seria o gato, nunca o rato.

Cresceu em um lugar que precisaria saber se defender e até mesmo atacar para ser respeitado. Nunca segurou uma arma antes de entrar para a Acadepol, e nunca precisou disso para ser respeitado. Entrou para uma escola de capoeira gratuita e aprendeu cedo a se defender. Conforme foi crescendo, conheceu karatê, kung-fu e quando entrou na academia, o krav maga. Não mexia com ninguém, respeitava todos, mas foi em uma situação inusitada que ganhou respeito do maior traficante da região. Estava voltando da aula de capoeira e viu ao longe uma viatura próxima com as sirenes apagadas. Fazia o mesmo caminho todos os dias e via sempre os mesmos rostos fazendo a venda de drogas. Passou bem devagar pela porta da biqueira e avisou que a polícia estava vindo, o que fez com que todos os bandidos se escondessem. Um dos policiais que estava na viatura notou algo de diferente e aplicou um enquadro em Marcos. Ele apanhou, tapas, socos e chutes e mesmo assim disse que não sabia de nada, que era apenas estudante. O policial ainda tomou sua mochila, que estavam seus cadernos e roupa da capoeira e antes de ir, deu dois tiros no chão que quase acertaram seus pés.

Alguns minutos após a partida da viatura, os moradores saíram para ver quem tinha morrido dessa vez, mas viram Marcos ser acudido pelos vendedores de drogas e pelo traficante que mandava em tudo. Disse a ele que se ele quisesse, eles se vingariam dos policiais, contudo, ele agradeceu e falou que não precisava de nada não. Mesmo assim, no dia seguinte, quando passou na frente na biqueira, um dos meninos deu-lhe uma mochila nova, cheia de cadernos, estojo com canetas e lapiseira e um uniforme novo da escola de capoeira. Na primeira folha do caderno, escrito "obrigado" com uma letra que parecia de uma criança que estava aprendendo a escrever.

Não se atreveu a recusar. Naquele dia, contou à sua mãe tudo que aconteceu. Não ouviu represálias nem lições de moral. Viu ela gastar o pouco dinheiro que tinha para comprar ingredientes para fazer um bolo de cenoura. Como ela conhecia o traficante desde criança e tinha, por diversas vezes, cuidado dele quando pequeno, sabia do que ele gostava. Foi levar pessoalmente o bolo em sua casa, que não era naquela portinha da biqueira. Aquilo foi a consagração de Marcos na favela. Ele era protegido como os próprios bandidos. Muitas vezes era escoltado do ponto de ônibus até em casa, quando chegava tarde da faculdade. Era ordem expressa do Valtinho, o traficante. Numa dessas noites que fora escoltado, Valtinho estava em sua casa, tomando café e comendo bolo de cenoura com sua mãe. Foi recebido com um abraço pelo traficante que estava emocionado. Dona Cida estava mostrando fotos de Valtinho quando era criança, com o irmão de Marcos, Roberto, que morreu logo que eles entraram para a vida do crime. Aí, cê tá proibido de entrar pro movimento, tá ligado! Foi a única coisa que Valtinho falou para ele.

Naquela semana, quando estavam indo ao cemitério visitar o túmulo de seu irmão, ele e sua mãe viram o corpo de Valtinho cercado por uma multidão. Marcos chegou perto para tentar ver algo, e só conseguiu distinguir seu rosto, pois ele estava com o mesmo boné que fora em sua casa dias antes. O colar de ouro estava em seu pescoço e seu corpo era uma mistura de sujeira e sangue. Ele conseguiu ver várias marcas de tiro. Alguns meses depois, sua mãe faleceu devido a diversos ferimentos depois de ser atropelada. O motorista fugiu sem prestar socorro e ela morreu no local, a poucas quadras de casa.

Quase formado, decidiu que era hora de sair dali e buscar um lugar onde pudesse terminar seus estudos e quem sabe, viver de forma mais pacífica. Trabalhava como auxiliar de escritório. Seu salário dava para pagar o aluguel de um quarto em uma pensão no centro da cidade e sua faculdade. Comia com o dinheiro que sobrava, quando sobrava. Já dava aulas na academia de artes marciais, por isso não precisava pagar, mas também não ganhava nada. Foi numa dessas aulas que conheceu Vitória. Foi amor à primeira vista. Ela namorava um rapaz completamente diferente de Marcos. Ele ia buscá-la todo dia em um carro luxuoso e o investigador pensava que nunca teria chances com ela. Até que um dia, Marcos viu os dois discutindo na porta da academia e foi ver mais de perto o que estava acontecendo. Quando estava quase do lado do casal, viu o namorado dela desferir um bofetão em sua face. O rapaz ia desferir um segundo tapa, quando Marcos colocou o braço e deu uma surra nele. Vitória ainda deu uns chutes no namorado caído. Ele não viu, mas no dia seguinte de manhã, o pai do jovem foi até a academia e falou que chamaria a polícia caso o rapaz não fosse demitido. O dono da academia mandou que o pai o fizesse, que chamasse a polícia, que seria uma ótima oportunidade de mostrar aos policiais as imagens da câmera de segurança mostrando o filho dele batendo em uma mulher. O homem saiu sem falar nada e Marcos só soube da história anos depois, quando foi entregar o convite do casamento ao antigo chefe.

Lembrou de quando anunciaram a gravidez à família dela. Lembrou também da cara de alívio que Seu Chico fez quando ela disse que sofreu um aborto espontâneo. Naquele ano compraram sua casa. Era em um bairro simples, diferente do padrão da vida que ela estava acostumada. Ele nunca ouviu uma reclamação dela. Lembrou da cara dela quando deu um golden retriever de presente de aniversário, o quanto foi triste vê-la chorar no dia que foi preciso sacrificá-lo por câncer generalizado com 12 anos. Entendeu que talvez não devessem ter filhos ou animais. Não tentaram mais ter filhos, não quiseram mais cachorros. Ela estava muito bem profissionalmente, tinha montado uma loja de roupas de grife e no piso de cima, um local onde mulheres que buscavam manter o peso iam tomar milkshakes com poderes milagrosos. Ele tinha sido aprovado nos exames da polícia civil, tinha se destacado nas aulas de defesa pessoal e já ensinava novas turmas. Tinha fechado seu primeiro grande caso e estava envolvido em diversos outros.

Foi difícil chegar até ali. Mais difícil ainda a perda dela. Não achou que conseguiria sair do buraco que estava emocionalmente até o dia que teve de voltar à ativa. Oito meses e ele não tinha saído nenhuma vez com seus colegas para tomar algo. Conversou com Feijão e pediu que combinasse com o pessoal, já que ele se dava melhor com todos. Até Leonardo, seu nêmesis, aceitou o convite. Era uma sexta-feira quente de outubro, ele não estaria de plantão no final de semana, *qual momento melhor para tentar me enturmar*, pensou.

O bar ficava na Av. Cruzeiro do Sul, bastante frequentado pelos policiais. Marcos foi na frente com Feijão, para reservar umas mesas. Chegando no bar, viram dois homens falando um pouco alto demais, parecia que já estavam bebendo há algum tempo. Um deles era um investigador antigo, já aposentado, que não deixou o hábito antigo de frequentar aquele bar para trás. Marcos acenou com a cabeça quando passou por ele, mas não conseguiu ver o rosto do outro homem, que usava um boné preto. Olhou desconfiado, mas logo se distraiu, escolhendo o melhor lugar para sentarem. Em alguns minutos, o restante dos colegas da delegacia chegou. Os mais antigos ficaram para trás para cumprimentar o antigo colega, já os mais novos foram entrando e sentando. Marcos já estava tomando um suco de laranja. Quando começaram as brincadeiras sobre ele beber suco, ele explicou que era por conta dos remédios que precisava tomar para a cabeça, mas Feijão sabia que não tinha remédio nenhum. Ninguém falou mais nada sobre isso. Leonardo era bastante amigo do antigo investigador, que também era advogado e fazia questão de ser chamado de doutor.

Todos bebiam e riam. Marcos observava como algumas pessoas podiam ser tão legais fora do ambiente de trabalho. Via colegas que estavam sempre de cara fechada e agora riam, gargalhavam. Apesar de gostar muito de comportamentos e de entender bastante, havia uma parte do comportamento que ainda achava intrigante. Como as pessoas conseguiam ser pessoas diferentes em ambientes diferentes. Ele pouco falou, pouco comeu. Não queria sair da dieta que havia retomado. Ao fundo, não via mais o homem de boné que estava lá quando chegou, via apenas o investigador Leonardo e o investigador aposentado. Procurou saber informações sobre o outro homem com o Delegado Sérgio. Descobriu que se tratava do lendário Edson Silva Júnior, o maior investigador que já se teve notícias. Mente notória na corporação, agora estava ali, muito embriagado tendo que ser amparado por seu antigo pupilo. Escutou também que Leonardo tinha muito de seu antigo orientador, era briguento, provocador e estava sempre se metendo onde não era chamado. O Delegado disse várias histórias sobre Edson e outras muitas de Edson e Leonardo como dupla. Alguns casos não tinham explicação ou pistas para que eles tivessem chegado a uma conclusão, mas chegavam.

Marcos aproveitou-se da bebedeira do Delegado para tirar-lhe mais informações sobre os dois. Olhava para a porta do bar e via Leonardo tentando segurar Edson, que não queria sentar. Viu que o embaraço entre os dois começou a ficar mais sério e levantou-se com a intenção de ajudar. Foi chegando perto que percebeu que o antigo colega de Leonardo estava tentando pegar sua arma e este não conseguia segurá-lo por conta de seus opostos em estatura e peso. Marcos gritou por Feijão que se levantou rapidamente e foi até os três. Edson toma a arma de Leonardo e aponta para o pupilo.

—Você tirou tudo de mim - grita o investigador aposentado. Assume que foi você quem me fodeu, assume, filho da puta.

—Do que você tá falando, Doutor? Eu te ajudei a vida inteira. Eu sou quem sou graças ao senhor. Do que está falando?

—Vai tomar no seu cu, seu bosta! Você que me entregou para aquele gordo nojento do delegado Sérgio! Se não fosse você ter aberto o bico, eu tava na ativa ainda, ganhando meus 'por fora' - apontou a arma e atirou em Leonardo, que caiu.

Edson levou dois tiros do Delegado Sérgio no peito, caindo morto. Feijão foi olhar Leonardo, e viu que foi um tiro no ombro esquerdo. Pegou seu celular e ligou para o SAMU.

Logo todos da mesa estavam próximos ao delegado. A ambulância chegou em poucos minutos. Quando Leonardo estava sendo resgatado, o Delegado Sérgio se aproximou dele e disse que, quando chegarmos no hospital, você vai me contar o que ele estava falando.

Marcos estava olhando o morto antes de ser recolhido. Lembrou das duas vezes que trabalharam juntos na Acadepol e o quanto ele era asqueroso. Não sabia seu nome até hoje e nunca imaginou que uma pessoa que era considerado ídolo, exemplo, era a mesma pessoa que batia com cabo de madeira atrás dos joelhos dos alunos durante os exercícios. Buscou com o olhar câmeras que pudessem ter registrado o momento. O bar era cheio de câmeras, e ele pediu ao gerente para ver as filmagens. Indagou há quanto tempo o velho morto e o outro homem estavam ali, e para sua surpresa, ficou sabendo que ambos frequentavam o bar todo dia nos últimos seis meses. Que sentavam sempre no mesmo lugar e o homem de boné raramente falava algo ou bebia, mas sempre pagava a conta.

Marcos identificou nas imagens os homens. Chegaram por volta das duas da tarde e ficaram ali, até então. Nenhuma câmera pegou imagens do rosto do homem de boné. Ele conseguiu ver que o homem era um mais alto que a maioria. Sempre olhando para baixo, com o boné encaixado ao rosto. Pegou seu celular e olhou o vídeo da barbearia. Pareciam, mas era muito pouco para dizer que eram os mesmos homens. Feijão concordou, não dava para ver muito. Ele ofereceu carona ao delegado para irem ao hospital, que aceitou com um aceno de cabeça. Pediu para que os que ficaram, acertassem a conta com o bar.

Chegando no hospital, foram à recepção e se identificaram. Foram informados que o investigador deu entrada pela emergência e estava sendo levado a UTI para cirurgia de retirada da bala. Os três foram direcionados à espera para que aguardassem um médico com notícias. Estavam todos dormindo nas cadeiras, quando, oito horas depois, um médico veio procurá-los. A cirurgia foi um sucesso, ele perdeu muito sangue, que foi reposto com transfusões, e estava em recuperação. Eles só poderiam vê-lo amanhã. Foram gentilmente convidados pelo doutor que os deu a notícia para doarem sangue, uma vez que, quando seu amigo precisou, tinha sangue disponível e que, no dia seguinte, seria dia de receber doadores de sangue. Concordaram e foram embora. Foi um dia longo e todos precisavam de um banho.

QUEM PROCURA ACHA

Marcos estava se sentindo angustiado. Achava que estava ficando paranoico, via conexões nas mortes recentes, mas ninguém o escutava, nem mesmo Feijão. Sentia uma tristeza que não sabia porque estava ali, sabia que não era pela perda de Vitória. Sentia sua falta sim, mas não sabia de onde vinha aquela tristeza. Era uma melancolia, tudo parecia cinza e sem graça, a comida tinha sempre o gosto de tapioca sem recheio. Depois do episódio na casa de seus sogros, Valentina tinha se aproximado mais dele. Conversavam constantemente, hora do trabalho, hora sobre assuntos aleatórios. Ele passou a observá-la mais atentamente, se haviam marcas de agressões em seus braços e pernas, se estava usando maquiagem demais no rosto e nos olhos. Passou a escutá-la também. Ela dizia que ele precisava seguir em frente, encontrar uma nova pessoa e que quando fizesse, amasse e se deixasse amar.

Por um instante lembrou-se de Coxinha, o algoz de sua esposa. Era um dos recrutas mais promissores que viu em todos seus anos como instrutor da Acadepol. Marcos, agora, entendia o porquê de o aluno ter feito o que fez. Não suportou a pressão e ofensas suas e dos próprios colegas. Por diversas vezes, ele se via no rapaz, inteligente, pensamento rápido, bom instinto. Mas isso fez também com que sentisse ciúmes. Falava para si mesmo que fazia o que fazia para testar o rapaz, mas sabia em seu âmago que não era verdade. Porém, nunca supôs que isso o levaria ao extremo de matar Vitória e tirar a própria vida.

Estava receoso quanto a se deixar amar novamente, mas parou de desviar os olhares de outras mulheres e passou a aceitar ser olhado também. Seu físico estava quase como antes e quando saia para correr de manhã, o fazia sem camiseta. Percebeu que homens também o olhavam e ele pensava brincando, pelo menos tenho opções. Valentina dizia que seu marido estava mais calmo, mas que a evitava mais. Conforme foram conversando, acabaram tendo mais intimidade, o que permitiu que ela contasse que eles não tiveram mais relações desde aquele dia. Ela vinha ocupando a cabeça com o trabalho e agora estava em busca de uma paz interior, o que havia encontrado em um centro espírita que ficava próximo a delegacia.

O investigador pediu ao analista de sistemas da delegacia que fizesse algumas averiguações no delegado Clodoaldo, pois ele acreditava que o cunhado ainda estava ligado a ações ilícitas. Fez sem falar nada com Valentina, para que ela não se afastasse. Descobriu que Clodoaldo não fez mais nada de errado, mas que estava gastando seu dinheiro com uma amante. Entendeu o porquê de seu cunhado não procurar mais a esposa. Conseguiu acesso a fatura do cartão de crédito e consequentemente, acesso aos gastos. Ele havia alugado um apartamento para a amante, mobiliado e comprado roupas novas. O maucaratismo só havia mudado o direcionamento, mas continuava presente. Marcos decidiu que guardaria essas informações como vantagem para uma hora que precisasse. Sabia que se o analista fosse pego, eles teriam sérios problemas, já que a ação estava sendo feita sem qualquer permissão judicial. Ele estava disposto a correr esse risco.

Sentia em sua cunhada uma amizade que nunca tivera chance de ter com uma mulher. Foi ao centro espírita com ela e gostou. Valentina apresentou sua amiga Duda à Marcos, e os três passaram a sair juntos. Duda trabalhava em uma loja de roupas na Cruzeiro do Sul e almoçavam juntos todos os dias. Ela era mais baixa que Marcos, cabelos e olhos castanhos lisos, estava bem acima do peso para sua estatura, tinha seios fartos, riso frouxo e bastante abrutalhada para uma mulher. Ele estava encantado, ela era uma versão feminina de Feijão.

Passaram a sair com mais frequência, posteriormente sem Valentina. Os meses foram passando e os dois já eram vistos em todos os lugares juntos. Combinou com Feijão que era hora de sair em casais. Marcou em uma pizzaria que ficava na rua Juventus, na Mooca, pois queria sair um pouco da Zona Norte. O jantar foi agradável, as mulheres se deram bem logo de cara. Quando foram embora, já no carro, Duda pareceu desconfortável. Achou que tinha comido demais e precisava de uma água com gás. Pararam em um posto de gasolina que tinha uma loja de conveniências, na própria rua Juventus, esquina com a av. Paes de Barros. Não quis parecer neurótico, mas percebeu que uma moto vermelha parou logo atrás e o piloto não desceu. Estava vestido todo de preto.

Seu instinto o deixou alerta. Entrou na loja de conveniência, tentou fazer de tudo para não dar as costas à porta de entrada. Manteve o piloto da moto ao seu alcance visual por todo o momento, sem encará-lo. Pagou pela água e saiu da loja de conveniências, logo atrás de uma mulher. Foi andando atrás dela, ficando uns bons passos para trás. Estava com a mão direita na cintura na parte de trás, pronto para pegar a arma. A mulher que estava a sua frente, sentou na garupa da moto. A tensão o impediu de ver que ela segurava um capacete. Assim que montou na moto, eles foram embora. Ao entrar no carro, Duda estava dormindo. Colocou a água no suporte, ligou o carro e dirigiu com calma, até a casa dela. A acordou, acompanhando-a até seu apartamento. Dormiram juntos naquela noite.

Os dias foram passando e Bolacha percebeu que sentia falta de falar com Duda. Conforme frequentava o centro espírita, entendia mais sobre a vida e a morte e que o que importava era a intenção das coisas. Em um sábado que estava de folga, foi ao centro para uma sessão especial, psicografia de entes queridos. No fundo do coração, esperava receber algo de Vitória. Duda estava trabalhando, por isso estava acompanhado apenas de Valentina. Já ao fim da sessão, quase sem esperanças, ouviu seu nome chamado. Sua cunhada o acompanhou, bastante ansiosa. O centro espírita ficava na av. Água Fria na Zona Norte de São Paulo. Era bem simples, a entrada era por um portão pequeno e as acomodações eram simples, em cadeiras de plástico. A médium responsável pela casa pediu que eles se sentassem.

—Marcos, há uma mensagem aqui para você, vinda de Vitória. Peço que abra sua mente e escute com o coração.

—Sim senhora.

"Meu querido Pretinho, que saudade. Estou aos poucos me recuperando do desencarne. A princípio pensei que tivesse sido você meu executor, lhe culpei muito. Fiquei ao seu lado pensando te castigar, te punir pelo que tinha feito. Não entendia porque sofria com minha morte do corpo físico, se fora você quem extirpara minha vida. Aos poucos fui percebendo que você sofria como eu e comecei a sentir dó de você, dó de mim. Sabia que estava morta, mas como podia estar viva? Minha avozinha Marieta veio ao meu encontro em um dia que orei muito. Voltei por algumas vezes ainda para ver como estava, e vi que voltou a trabalhar. Fiquei feliz. Aprendi aqui como as coisas que fazemos em vidas passadas acabam tendo consequências nesta vida. Fui sua esposa em outra vida, porém passei dando esperanças de compromisso a outro homem, o que nunca cumpri. Quando você me encontrou sentada naquela cadeira, eu já estava desencarnada, tinha sido estrangulada e fui colocada ali. Não consegui ver quem fez, minha avozinha pediu que eu deixasse esse assunto para trás, que você saberia o que fazer no momento certo. Minha irmãzinha querida, por que sofres? Sabes que podes contar com nosso irmão, por que não o faz? Acha que merece este sofrimento? Peço que olhe para dentro de seu coração e veja que o amor de Deus é maior que tudo, e você não precisa amar quem não te ama. Preciso ir agora, tenho muito estudo pela frente. Peço, cuidem-se. Os amo mais que tudo. Vitória."

Marcos chorava como um bebê que queria o colo da mãe. Valentina estava boquiaberta, não chorava, contudo, seus olhos estavam fixos na carta, como se a vida a tivesse dado um tapa na cara. Não tinha como não acreditar, tinham muitos detalhes na carta que mostravam ao investigador e sua cunhada que Vitória estava viva em algum lugar. Ainda era um pouco obscuro a eles entenderem essa continuação da vida. Uma coisa, porém, era certa, a continuação da vida existia. Ele agora pensava em apenas uma coisa, ver o relatório da autópsia de sua esposa. Levantou-se, perguntou a Valentina se poderia guardar a carta, o que recebeu um sinal positivo com a cabeça. Agradeceu a médium e as pessoas que a estavam ajudando e retirou-se. Sabia que não conseguiria informações no sábado à noite, mas não poderia esperar até segunda-feira.

Ligou para o analista de sistemas da polícia, Rogério, perguntando se poderia falar. Pediu que o encontrasse na delegacia, era algo urgente. Chegou lá em um tempo bom, já que era sábado e havia pouco trânsito. Vinte minutos depois, Rogério chegou. Rogério dirigia uma moto de 150 cilindradas, estava usando um boné vermelho com um pedaço de pizza bordado. Explicou que estava fazendo bico de motoboy para a pizzaria de um amigo. Ele era um homem já na casa dos trinta anos, com bastante cabelo, usava óculos com lentes grossas. Tinha o corpo de alguém que frequentava a academia diariamente, usava camisas largas, pois tinha vergonha de mostrar que tinha braços musculosos. Sempre de calças jeans e tênis, parecia que vinha trabalhar com a mesma roupa todos os dias, mas dizia que só gostava de camisetas pretas e calças jeans. Se cumprimentaram na entrada da delegacia e entraram.

Marcos explicou o que aconteceu e pediu para ver o relatório da autópsia. Ele estava agitado e ansioso. Rogério sabia lidar com o investigador, já que trabalhavam juntos há vários anos. Entendia a aflição do investigador e sabia o que precisava fazer. Colocou a mochila de entregador no chão do lado de sua mesa, tirou o boné e colocou sobre a mochila. Ligou o computador e sentou-se. O investigador puxou uma cadeira e sentou ao seu lado. Em poucos minutos o analista já havia entrado no sistema e com alguns cliques, tinha o relatório digitalizado da autópsia de Vitória. Rogério, já conhecendo seu amigo, mandou imprimir o relatório e nem teve tempo de buscá-lo na impressora, pois Marcos já estava de pé esperando sair folha por folha. Enquanto ele lia as folhas impressas, o analista e entregador de pizza nas horas vagas, lia na tela do computador. Após terminarem a leitura, ficaram um bom tempo olhando para a explicação sem dizer uma só palavra: "Morte por asfixia por estrangulamento." Algumas linhas abaixo, onde explicavam os ferimentos, podiam ler: "Na cabeça, têmpora esquerda queimada por disparo de projétil muito próximo ao couro cabeludo. Tiro efetuado de 2 a 4 horas após a morte." "Sangue coagulado nas costas indica que corpo foi movido do local original da morte."

O analista não tinha uma opinião formada sobre eventos sobrenaturais. Não duvidava e também não acreditava.

Naquele momento, estava em dúvidas em relação a sua própria crença, de que Deus não existia e que tudo acabava quando morria. Foi obrigado a ir à igreja quando criança, mas parou de acreditar em Deus, quando pediu que sua avó fosse salva de um câncer no estômago e Deus não o atendeu. Não conseguia entender as coisas espirituais, fato que fez com que focasse cada vez mais em estudar computadores. Ali tinha o controle de tudo. Não conseguia entender também como as pessoas não entendiam computadores, já que tudo era tão óbvio em sua cabeça. Leu e releu a carta mostrada por Marcos. Como alguém que morreu pode falar algo? Questionou-se isso muitas vezes. Não tinha nenhuma das respostas para suas perguntas. Levantou-se e foi ter com Marcos, perguntou se ele precisava de algo mais, pois teria que voltar a pizzaria. Recebendo a negativa do investigador, pegou capacete e bag, voltando para suas entregas.

Marcos, por sua vez, permaneceu sentado na mesma cadeira por mais de uma hora. Alguns colegas do turno da noite até brincaram com ele, sem sucesso, ele estava imerso em seus pensamentos. Por que não me falaram que ela já estava morta? Por que me deixaram acreditar que Coxinha a matou? O delegado sabe disso? Feijão sabia e não me contou? Quem a matou? Quem foi que matou minha esposa? Quem matou Vitória? Essa pergunta não saía de seus pensamentos.

Tentou lembrar daquele dia. Ela disse que ia na Dona Lúcia almoçar, sem nunca ter chegado lá. Quando recebeu a ligação de Coxinha, ela já estava morta. Duas horas antes ele almoçava com Feijão no bar perto da delegacia. Naquele dia de manhã, ela saiu de casa para o trabalho e disseram que ela saiu mais cedo para resolver algo com algum cliente importante. Marcos entendeu o que precisava fazer. Ordenar os pensamentos, recapitular tudo em sua mente e ir logo cedo onde sua esposa trabalhava para ter o máximo de informações que conseguisse. Seu celular tocou, era Duda o chamando para dormir lá. Não tinha cabeça para ela, só que não queria dormir em casa. Passou na pizzaria que Rogério trabalhava, pegou uma pizza marguerita e um refrigerante. Agradeceu ao amigo pela ajuda e foi ao encontro da namorada. Só pensava em como disfarçar seus pensamentos quando estivesse com ela.

QUANDO SE TEM MUITO PRO-BLEMA, SE TEM MAIS PROBLEMA

Marcos não conseguiu mais informações na empresa onde sua esposa trabalhava. Olhou junto ao segurança do prédio e não dava para ver nada além dela sair do prédio, sem ninguém, e dirigir-se ao estacionamento do outro lado da rua, pegando o carro. O estacionamento, por sua vez, não tinha câmeras. Havia o livro de registros com entradas e saídas que fora aposentado um ano atrás, quando o sistema para controle de carros foi implantado. O livro mostrava o horário de entrada e saída naquele dia, que batia com os horários da filmagem que o segurança mostrou a ele. Precisaria reconstruir mais do caminho percorrido por ela. Pensou nos próximos passos, sendo interrompido pelo seu telefone tocando, era Feijão, que precisava dele na delegacia.

Chegou à delegacia quase meia hora depois. Ninguém notou sua presença, o assunto era mais importante. Um casal morto em Balneário Dom Carlos, extremo da Zona Sul de São Paulo. Não havia contingente suficiente e eles precisariam atender esse caso. A polícia pericial já estava no local. Tinham informado que a Estrada Bem-Te-Vi era estrada de terra e que deveriam ter cuidado, pois chovia muito. Levaram quase 4 horas para chegar no local indicado pelos peritos. Era a última casa da estrada, sem muros com portão baixo. A cerca era baixa e o portão já estava aberto. Não tinham curiosos, por causa da chuva e por ser um local muito afastado. Marcos chamou a atenção de todos, sacou sua arma e atirou na rua em frente da casa. Pediu que ficassem atentos ao volume do tiro e de olho, caso algum vizinho distante aparecesse.

Os peritos haviam montado uma tenda que cobria toda a garagem, que era aberta. O piso era de cimento com pedras, algo bem simples. A casa era pintada de um amarelo mostarda, com as janelas em branco. De frente para a rua ficava uma janela e a entrada da casa era pela lateral. O investigador notou que a casa foi construída ao contrário. Entrando pela lateral, as cercas terminavam no muro, que contornava o restante da casa. Ele volta à garagem, vai embaixo da tenda e observa a cena. O corpo do homem caiu perto do portão de entrada. Um tiro na têmpora direita, arma próxima a mão direita, o rosto bastante machucado com a queda. O que mais perturbou Marcos foi o que viu dois passos ao lado. Uma lona laranja que parecia enrolar algo, a mangueira verde saía da torneira na parede e ia até uma das pontas da lona. Ele apoiou no Fusca branco que estava próximo a lona para tentar observar melhor. Abaixou-se, olhando onde a mangueira entrava, é uma mulher, doutor, escutou da perita que estava do seu lado.

Ele pede um par de luvas para ele e para Feijão. Chama os peritos e eles começam o trabalho para desenrolar o corpo da lona. A mulher estava nua e tinha a pele azul, como se tivesse se afogado. Suas mãos estavam algemadas nas costas. A mangueira estava enfiada em sua boca ainda ligada e ela ainda estava com os olhos abertos, com o rosto em imagem de desespero. Ele pediu que um dos peritos desligasse a mangueira. Sua boca permaneceu aberta, seus olhos azuis eram quase da cor que seu corpo tinha ficado, estava bastante inchada. Sua barriga enorme, deduziram que foi por causa da água. Saía água pela boca e genitais. O investigador pegou as chaves da algema, liberando as mãos da mulher. Seus braços ficaram para trás, duros pela rigidez post-mortem. Era impossível não notar os diversos machucados que ela tinha. O seio direito tinha uma corda amarrada bem no meio. A julgar pela cor, estava ali há bastante tempo. O seio esquerdo estava sem o mamilo. Havia marcas em sua barriga, pareciam vergões de agressão por fio. Como não tinha pelos pubianos, foi fácil observar que estava com a vagina mutilada, era um rasgo só até o anus. A perita era médica legal, o que permitia que eles pudessem observar com pouco mais detalhes. Já haviam pedido que o IML fosse buscar os corpos.

Marcos contornou a casa novamente. Percebeu que a porta estava aberta. Encontrou uma casa normal, o primeiro cômodo era a cozinha, ao lado um banheiro. Estava tudo muito limpo, muito arrumado. A sala era grande, com dois sofás e uma televisão. A esquerda da sala ficava um corredor, duas portas à esquerda e uma à direita. No quarto da direita, uma decoração para receber um bebê, pintado em azul, berço e outros detalhes em branco. Na porta do lado de dentro, letras coladas, HENRY.

A porta da esquerda, logo em frente ao quarto do neném, estava trancada. Decidiu que olharia ali depois e foi a outra porta. Era o quarto do casal, uma cama bem grande no centro, um guarda-roupas com seis portas à esquerda, ventilador de teto. A janela ficava acima da cama, fazendo com que ele deduzisse que era a janela que vira do lado de fora. Procurou por alguma chave nas gavetas, sem sucesso. Voltou e pediu a Feijão que emprestasse seu kit de chaves mestras. Abriu a porta com certa facilidade, encontrando um cenário de terror. Bastante sangue no chão. Pediu aos peritos que fotografassem tudo, e lhe dessem uma daquelas proteções de colocar nos sapatos. Com as luzes acesas ficava mais fácil de ver. Havia uma maca no centro do quarto, na parede oposta, três tripés com câmeras presas. Na parede ao lado da porta, diversos chicotes. Marcos entendeu que o casal era praticante de sadomasoquismo. Mais à esquerda, uma mesa com um bisturi. Em um recipiente hospitalar, o mamilo que faltava, junto com peles, que deduziu ser da vagina da mulher.

Pegaram as câmeras como evidência. Marcos ouviu a perita chamá-lo. Quando foi colocar o corpo da mulher no saco preto, viu um celular caído debaixo do carro. Ele pega o celular, está com metade da bateria carregada. Vai ao lado do corpo do homem, pega sua mão direita e coloca os dedos no sensor, tenta desbloquear, em vão. Tenta o mesmo com a mão esquerda, sem resultado. Tenta o pé direito e consegue com o dedão, sorrindo conta a todos. A alegria é passageira. O investigador começa olhando a galeria de imagens e tem acesso ao show de horrores que aconteceu naquele dia. Um vídeo feito com o celular começa com a mulher já algemada, deitada na maca. Aparentemente ela está gostando, gargalha e fala para ele começar logo. O homem pega um chicote na parede com lâminas na ponta. O rosto dela muda na primeira chibatada que recebe. *Tá maluco*, ela grita, *a criança*, ela grita. Todos se olham, a barriga da mulher não estava grande apenas pela água, ela estava grávida. A gritaria no celular do morto continua. Mais quatro chibatadas na barriga, todas machucando profundamente a mulher. Ele então apoia o celular de frente para a mulher, na mesa lateral da maca. Pega uma corda que estava no chão e amarra o seio direito dela. Vê-se que ele também está nu. Ele pega um alicate de ponta fina e prende o mamilo esquerdo dela, passando com o bisturi com um corte rápido. Os gritos dela são altos e ela não entende mais o que está acontecendo.

Doutor, ele está de fralda, diz a perita criminal. O vídeo continua com a mutilação da genital da mulher, que se contorce de dor. O homem pega o celular e mostra detalhes da esposa, Feijão não aguenta o que vê e quase vomita nos próprios pés. O homem estava fora de si, pega o celular e coloca no chão, em frente a maca, senta de frente para a câmera e começa o processo, ele extrai o próprio pênis sem um grito de dor. Os gritos ele solta depois, de alegria, balançando seu membro amputado de um lado para o outro. Ele tenta, sem sucesso, colocar no próprio anus. Irritado, ele joga em direção a mulher, e o membro cai embaixo do guarda-roupas. *Doutor, o pênis dele foi arrancado*, diz a perita. O celular cai e a filmagem para. Marcos volta ao quarto, pega o membro caído e leva para ser colocado junto ao corpo. Mostra o vídeo a mulher, que vomita ao ver a cena. *Já não há mais Deus no mundo*, diz, indignada.

O investigador vai atrás de informações sobre o casal na casa. Vai diretamente ao quarto do casal, procurando por qualquer coisa que pudesse identificá-los. Abre o guarda-roupas, identifica facilmente por ser a parte da mulher. Não precisou de muito esforço para encontrar a bolsa com documentos. Laisla Maria Garcês, 24 anos, natural de Rio Claro, São Paulo. *Já vi esse sobrenome*, pensou o investigador. Agora precisava saber quem era o homem. Continuou a busca, dessa vez abrindo as outras portas. Não foi tão fácil quanto achar os documentos da mulher. Não conseguiu encontrar nada que o identificasse no quarto. Foi ao banheiro do quarto buscando pelo cesto de roupas sujas. A primeira calça jeans que pegou tinha uma carteira. Bolacha não pôde acreditar no que leu.

—Feijão, corre aqui!

—Fala mano - disse Feijão ofegante - que foi?

—Olha quem é esse cara - disse Marcos, entregando a carteira de habilitação ao colega. Os olhos de Feijão arregalaram.

—Pedala Robinho! Caralho!

—Robson Luiz Garcês, 32 anos, natural de Rio Claro, São Paulo. Cara, eles eram irmãos!

—Puta Game of Thrones do caralho! Não brinca! Qual o nome dela?

—Laisla Maria Garcês.

—Jesus Cristo! Eu não sou de acreditar nas suas teorias da conspiração, mas já é a quarta pessoa que trabalhava com a gente que morre ou é assassinado.

—Agora preciso fazer o delegado ver o que você viu. Ele engravidou a própria irmã.

—Cersei Lannister manda um abraço - brinca Feijão.

O investigador pede que seu amigo o acompanhe. Vão até o quarto da tortura. Marcos orienta Feijão que pegue as câmeras e procure por imagens em que possam aparecer o tal 'cara do boné'. Entendeu que ali não teria como ir atrás de imagens que pudessem mostrar qualquer contato entre Robson e a figura misteriosa. Ficaram quase uma hora olhando o material e não encontraram nada além de uns tapas e umas chicotadas. Nada tinha chegado próximo ao que tinham visto nas filmagens. O investigador então passou a procurar por alguma droga na residência, também sem sucesso, não tinha nem aspirina.

O IML chegou quase oito horas após serem chamados. O carro já tinha quatro corpos e havia espaço para os dois que estavam ali, dentro do saco preto. Todos tiveram tempo de fazer busca pela casa por diversas vezes. Tiraram quadros, buscaram por pisos falsos, entradas escondidas. Foram nos terrenos do lado para tentar encontrar algo, mas só encontraram frustração. Ficaram todos aliviados com a chegada do IML. Os peritos se despediram e foram embora, logo atrás do carro da prefeitura. Ela queria ter certeza que os corpos estariam prontos para autópsia ainda naquele dia. Marcos e Antônio Carlos foram logo em seguida, assim que colocaram a faixa que interditou a casa. Já não chovia mais apesar da estrada de terra estar bastante escorregadia. Foram em silêncio o caminho todo.

Feijão deixou Bolacha na delegacia, seu carro estava estacionado lá. Imediatamente lembrou de Vitória e da nova informação que tinha sobre sua morte. Entrou no carro e antes que tivesse tempo para dar a partida, seu celular tocou, era Duda. Queria vê-lo, mesmo após inúmeras justificativas, acabou cedendo e foi ter com ela. *Um banho e um boquete, é só o que eu preciso hoje*, pensou e riu. Chegou na casa da namorada em trinta minutos. Ela tinha preparado um jantar romântico, vela sobre a mesa, camarão na moranga como refeição, o vinho tinto que ele gostava. Ele pediu um banho antes, disse que estava muito sujo. Ela o acompanhou, lavou suas costas e ganhou o boquete que queria. Já relaxados, colocaram um roupão e foram jantar. A comida estava morna, o vinho menos gelado e tudo era muito saboroso ao paladar de Marcos.

Terminaram de comer e foram assistir um filme. Deixou que ela escolhesse e aproveitou para dormir abraçado no sofá. Sonhou que estava no prédio da Acadepol. Ouvia e via a cena como uma câmera vê atores em ação. Via Coxinha como naquele dia, Vitória sentada na cadeira, tentou prestar atenção nela para ver se notava algo diferente. Dessa vez prestou atenção e viu que ela estava de cabeça baixa, não se mexia. Bolacha não teve tempo para reagir. Coxinha apertou o gatilho contra a cabeça de sua esposa. Ele acorda com o susto do disparo. Percebe que seu telefone está tocando, quando o pega vê que foram cinco chamadas não atendidas. A televisão está parada no título do filme que Duda colocou para eles. Entendeu que o filme havia acabado. Ela estava dormindo aninhada em seu peito. Atendeu o telefone, era Feijão. Pediu alguns momentos, para que pudesse levantar. Ajeitou Duda no sofá, que não acordou.

—Mano, tem alguma televisão fácil aí?

—Sim, que foi?

—Coloca no jornal, tá passando agora boletim urgente.

Um helicóptero faz a filmagem. Aparentemente uma casa está pegando fogo. Na legenda da chamada estava escrito: *INCÊNDIO MISTERIOSO EM CASA PRÓXIMO A REPRESA DE GUARAPIRANGA*. Ambos ficam em silêncio na ligação.

Não era necessário falar, sabiam que se tratava da casa do casal de irmãos. Estavam sendo observados. A repórter ao fundo explica que os bombeiros estavam se dirigindo ao local, que era de difícil acesso. Marcos apenas balançava a cabeça, estava incrédulo. Teriam de se contentar com as fotos tiradas do local pela perícia e as filmagens do casal. *Amanhã falamos*, diz o investigador antes de desligar. Desliga a televisão, vai até Duda e a acorda gentilmente, ajudando-a a se levantar para ir deitar na cama. Ela desperta, o abraça e tira seu roupão. Eles dormem depois de fazer amor.

DIA DE VISITA

O hospital estava cheio, uma colisão entre dois ônibus na Av. Zaki Narchi deixou muitas pessoas feridas, nenhum caso grave, apenas o suficiente para deixar o local cheio de gente. A Imprensa buscava imagens fortes, um cinegrafista inclusive mandou uma mulher desmaiar quando ele passou com a câmera. O circo estava armado e o controle de entrada e saída de pessoas estava comprometido, pois a segurança não estava dando conta. Marcos, Feijão e o Delegado Sérgio entraram sem dificuldades, caminhando entre os feridos, passando pelo saguão até o elevador.

Leonardo Bezerra estava internado no andar geriátrico, em um momento pós-operatório, após a retirada da bala em seu ombro bem como a reconstrução do osso que quase explodiu quando levou o tiro. Com o resultado da balística, ficou constatado que a bala que o atingiu era expansiva, aquela bala dum dum que explode quando acerta o alvo. O próprio Delegado Sérgio reabriu algumas investigações em que Leonardo estava envolvido, os casos mais conhecidos que tiveram a morte do bandido. Ele estava sendo investigado por utilização de balas expansivas, que não é permitida pela Secretaria de Segurança Pública. Encontraram diversas caixas com balas adulteradas no carro do investigador. Se identificaram ao policial à paisana que estava na porta e entraram no quarto em que ele estava. Ele dividia o quarto com mais outros quatro homens. Nenhum ali sabia que ele era policial, o que é comum nesse tipo de situação, acontecendo para proteção do indivíduo.

Sérgio e Marcos acordaram o investigador. Este falava com a voz mole por estar entorpecido com os remédios para tirar a dor. Disse que, por sorte, não teve o braço amputado na altura do ombro. Que nunca mais conseguiria mexer o braço esquerdo normalmente e ficaria um bom tempo em fisioterapia. Ele foi informado pelo delegado sobre as investigações que iria enfrentar. A partir daí, não falou mais nada, sabia que se vitimizar para aqueles homens não faria nada além de causar raiva. O celular de Marcos tocou, fazendo com que ele pedisse licença aos dois e saísse do quarto. Era Rogério, informando sobre um corpo que foi exumado de um dos casos de Leonardo. O mesmo tipo de bala foi encontrado. Já estava a caminho para ser testada na balística. O analista de sistemas informa ainda que foi atrás de algumas outras filmagens do dia da morte de Vitória, que o prédio ao lado do estacionamento pegou um carro entrando pela manhã e ninguém saiu de dentro, o que não era possível ver pela filmagem anterior. O mesmo carro sai alguns minutos depois de Vitória. Não era possível identificar o carro, pois não havia placas. Rogério havia ligado no estacionamento e o registro daquele dia tinha a informação 'carro novo'. Disse que buscaria mais informações e o manteria informado. Marcos tratou de dizer como estava o investigador, e ao despedirem-se, desligaram.

Marcos volta ao quarto, vê o delegado sentado na cadeira de acompanhantes ao lado da cama de Leonardo, que dormia. Sérgio diz que logo depois que ele saiu, recebeu uns palavrões pelo investigador, que virou o rosto e fechou os olhos. O investigador notou que quando entrou no quarto, Leonardo abriu o olho esquerdo levemente, fechando rapidamente. Entendeu que ele estava acordado, escutando tudo. Aproveitou-se da situação e contou a conversa que teve com Rogério, aumentando alguns fatos, como a exumação de diversos cadáveres de casos do investigador e que a balística tinha confirmado que as balas encontradas nos corpos eram da arma de Leonardo. Este se manteve imóvel enquanto escutava os colegas conversando. Os demais pacientes do quarto estavam dormindo, o que fez com que ambos confabulassem o que aconteceria com o investigador, abertamente. Ambos os três sabiam o que aconteceria se um policial fosse preso, mesmo que em cadeia para policiais. Sérgio se despediu e foi até a porta, Marcos deu dois tapinhas no ombro esquerdo de Leonardo, se despedindo. Abaixou próximo ao seu ouvido esquerdo e disse que sabia que ele estava acordado e que ele pagaria por tudo que fez. Saíram do quarto, se despediram do policial que guardava a porta, indo ao estacionamento do outro lado da rua para irem embora. Bolacha convida o delegado para almoçar no posto de gasolina próximo a delegacia, pois tinha um lanche na loja de conveniências que era muito bom e aproveitaria para lavar o carro. Sérgio recusa o convite e agradece, informa que precisa voltar a delegacia. Eles se despedem e cada um segue seu rumo.

Chegando no posto, Marcos cumprimenta os funcionários, que são conhecidos há algum tempo, pois sempre deixava o carro para lavar ali. Ele acena ao frentista de longe, que retribui o aceno, indo em direção ao carro do investigador. A loja de conveniência é ampla, com diversas opções de bebidas, comidas congeladas, produtos em prateleiras, lembrando um mercado de bairro. O que o atraía ao local eram os lanches feitos na hora. A loja tinha uma cozinha à mostra como em padarias, com chapa para lanches. A atendente, sempre simpática, acostumada a atender o investigador, começa a preparar o lanche dele, um americano, e ela sabia como ele gostava, o presunto mais frito, queijo muçarela por cima bem crocante, tomate e alface por cima do queijo. Catchup, maionese e mostarda ele colocaria depois. Abriu uma das geladeiras e pegou uma garrafa pequena de suco de laranja natural que era feito ali mesmo na loja de conveniência. A moça era bastante simpática, puxava assuntos sobre o clima ou futebol, era torcedora do Corinthians e brincava sempre com o delegado Sérgio, que é palmeirense. Levou o lanche até o investigador, que agradeceu.

Pegou seus fones de ouvido, colocou a Netflix no celular e colocou sua série favorita, um suspense policial finlandês, que tinha lançado nova temporada. Conseguiu comer, beber e ter seu carro limpo quando terminou o episódio. Pagou e se despediu da atendente, dirigiu-se ao carro dando uma boa gorjeta ao frentista. Sentia-se feliz, alimentado, pensava em Duda e Vitória, sentia uma leve culpa por seguir em frente. Lembrou da carta que ela enviou através do centro espírita e confortou-se. Frequentava o centro com assiduidade, junto com Duda e Valentina. Sua namorada passou a saber de tudo aconteceu em sua vida antes que ela chegasse, dizendo que ela também tinha um passado e todos deveriam seguir sua vida adiante. Com o passar do tempo, ele entendeu o que ela queria dizer com isso, soube que seu avô abusou dela na infância, seus pais nunca acreditaram, fazendo com que ela frequentasse terapia há anos, tendo distúrbios de alimentação e sono.

A apoiou como foi apoiado. Naquele dia mais cedo, foi ao cemitério pela primeira vez depois do velório, levou Duda a pedido dela mesma. Deixaram flores no túmulo de Vitória, fizeram orações a ela, saindo logo em seguida. A deixou no trabalho e foi se encontrar com o delegado no hospital, como haviam combinado. Estava agora sentado em seu carro, buscando uma música do Charlie Brown Jr no Spotify quando seu celular tocou. Era Feijão, perguntou se ele tinha muita coisa pra fazer, pois precisava ir ao banco, queria o amigo junto para conversar. Voltou a delegacia, deixou o carro no estacionamento, aguardou o amigo sair. Foram andando, o banco ficava há algumas quadras de onde estavam, podiam conversar durante aquela caminhada curta. Marcos estava em forma, já Feijão era viciado em musculação, só não estava acostumado a andar e correr.

Os seguranças já os conheciam, logo liberaram a porta rotatória. Se cumprimentaram com um aceno de cabeça. Ficaram em pé na fila, Antônio Carlos precisava pagar algo que estava vencido e só poderia pagar naquele banco. Conversaram sobre a visita mais cedo ao investigador, sobre a casa que pegou fogo. Notaram que com pouca gente, suas vozes poderiam ser mais altas do que deveriam falar. Decidiram que seria melhor falar de amenidades, focaram em receitas, já que Feijão cozinhava muito bem. Estavam quase para serem atendidos, Marcos deixou o amigo na fila e foi esperar próximo aos seguranças Reginaldo e Maria de Fátima, com quem tinha amizade superficial. Falavam sobre o trabalho na agência, clientes difíceis, o tempo de São Paulo. Marcos notou que o gerente estava andando com dois homens atrás, tinha o olhar preocupado, os dois homens pareciam apressados.

Os acompanhou com o olhar, perguntou onde eles estavam indo, o segurança respondeu que ali ficava o elevador que levaria ao cofre, dois andares para baixo. Se eles entraram, vão ter que sair. Continuou a conversa até que Feijão fosse atendido. Seu amigo passou por ele e se despediram dos seguranças, um homem parado e uma mulher em um suporte mais alto, protegida por uma parede blindada. Antes que saíssem, Marcos chama o amigo de canto para terem:

Dá uma enrolada, acho que tem algo acontecendo. Entraram dois caras atrás do gerente, aparentemente foram até o cofre. O que estava mais para trás, deve ser o mais experiente, não olhava para os lados, usava terno, andava calmo. O que estava mais perto do gerente, era alto, usava só camisa branca e calça, olhava para os lados. O gerente também parecia aflito. Vou ficar perto da saída, você fica ali, ao lado daquela porta - indicou Marcos ao sair da sala que os homens entraram.

—Devia ter vindo sozinho, você atrai desgraça.

—Você que é desligado. Vai, já tem um tempo que eles entraram, vão ter que sair.

Os policiais esperaram pacientemente a saída do trio. Saiu o homem mais alto com uma mochila nas costas, saiu o homem de terno com outra mochila, porém, nada do gerente. Isso deixou o investigador preocupado. Fez sinal com a cabeça para o amigo que passou a seguir o homem de terno. Ficaram próximos a porta giratória, Marcos caminhou, trombando propositalmente com o homem da frente. Pediu desculpas, recebeu um empurrão, não desistindo, desfere um soco no estômago do homem maior, que, sem esperar pelo golpe, cai. Logo atrás, o homem de terno não teve tempo de sacar uma faca que trazia em um bolso interno, Feijão colocou seu revólver em sua cabeça antes que pudesse pensar em qualquer reação. Mandou que ficasse de joelhos com as mãos cruzadas atrás da cabeça. O outro estava sendo algemado por Bolacha. Abriram as mochilas e viram que, além de dinheiro, joias, e outros objetos que pareciam de valor.

Feijão colocou as algemas no homem de terno. Os dois ladrões estavam deitados, algemados. Marcos estava acionando uma viatura quando foi surpreendido com um revólver em sua cabeça. O segurança pedia que ele largasse o telefone. Cansei de ser pobre, doutor. Com movimentos bem suaves, o investigador colocou seu celular no chão, em seguida sua arma, a pedidos do segurança. Fez sinal ao amigo que fizesse o mesmo. Não disseram uma só palavra. Olhou para onde deveriam estar os seguranças e viu que a colega estava algemada, deitada no chão. Os clientes, quando perceberam, puderam ver o segurança saindo pela porta da frente com as duas mochilas. As imagens depois mostraram que ele ainda teve tempo de pegar a chave do carro de um cliente que estava entrando, se oferecendo para manobrá-lo, colocando as mochilas no carro, partindo sem que pudessem acompanhar. Com os ladrões imobilizados, Marcos decidiu ir atrás do gerente, que não tinha voltado com eles. Ele havia recebido uma pancada na cabeça e estava desacordado em frente à entrada do cofre. Voltando ao andar que estava, chamou uma ambulância uma vez que Feijão já tinha chamado reforço policial.

Seus colegas da Polícia Militar chegaram logo em seguida, bem como a ambulância. Precisaram acompanhar os policiais até o DP para dar depoimento de como tudo tinha acontecido. No carro, a caminho da delegacia, Feijão se sentia intrigado. Começou a pensar na forma como tudo aconteceu, em como o segurança os abordou, o amigo não reagindo. Não pode ser. Repassou a cena várias e várias vezes em sua cabeça até que chegassem ao DP. Estavam saindo do carro quando ele pega no braço do amigo.

—Eu sei que você é muito inteligente. Você vê coisas que eu não consigo nem imaginar. Por um acaso, você sugeriu que o segurança roubasse os ladrões?

—Talvez.

—Vi sua reação. Quando ele colocou a arma na sua cabeça, você deu um sorriso. Não sou de duvidar do que você faz, confio em você mais do que confio em mim até. Você colocou a vida do segurança e da família dele em risco.

—Reginaldo não tem família. Perdeu a mãe há dois meses e estava falando que nada fazia mais sentido. Sua colega o julgava pela dor da perda, fazendo brincadeiras com a orfandade do colega. Falei em tom de brincadeira, *"já pensou se aqueles dois são ladrões, conseguiram entrar aqui sem disparar alarme. Quem sabe eles saem com uma boa grana, daria pra viver o resto da vida sem precisar se preocupar."* Deduzi que havia algo errado quando o gerente buscou olhar para os seguranças e levou um leve soco nas costas do homem de terno. Fiquei observando e o resto você viu o que aconteceu.

—Marcos, não dá pra brincar de Deus. O cara podia ter te matado, me matado, matado alguém, sei lá.

—Sim, você tem razão.

—Para de usar esses truques comigo, ok?!

—Calma cara. Eu não dei motivos para ele atirar. Ele só fez o que queria ter feito.

Enquanto prestavam depoimento, o delegado Sérgio conseguiu acesso às filmagens, ficando intrigado com Marcos ter conversado com os seguranças momentos antes do crime. Aceitou a justificativa de que ele estava jogando conversa fora enquanto Feijão pagava suas contas. Ninguém conhecia Bolacha como seu amigo. Sabia que o que foi feito foi calculado, estando menos nervoso conseguia enxergar isso. Claramente feliz do amigo ser polícia e não bandido.

O carro roubado pelo segurança foi encontrado próximo a sua casa. Aparentemente, ele pegou o que julgou necessário e sumiu. Ninguém o viu entrar ou sair. Os vizinhos relataram que ele é um homem muito discreto, que estava sempre andando de cabeça baixa, depois que sua mãe morreu, quase não o viam mais. Marcos torcia para que Reginaldo tivesse um fim de vida decente, sem exageros, que fosse feliz. Os dois ladrões ficaram presos naquela noite. No dia seguinte, um advogado conseguiu soltá-los alegando que, se não haviam conseguido efetuar o roubo, não houve roubo. O juiz aceitou o argumento, soltando os dois no final do dia.

A REPERCUSSÃO

Tudo o que se falava nas últimas semanas era sobre o roubo ao banco feito pelo próprio segurança. A imprensa não dava trégua no assunto, apresentadores de programas policiais acusavam Marcos de tudo. A segurança, Maria de Fátima, foi convidada a dar entrevista em todos os programas de todas as emissoras. Largou o emprego de segurança por conta da fama repentina. Aceitou o convite de um programa diário para ser especialista em segurança pública. Estava em todas as reportagens que falavam sobre a atuação da mulher na polícia, a segurança da mulher e tudo que envolvesse a mulher.

Maria de Fátima, uma mulher pequena, cabelos crespos, muitos quilos acima do peso, nunca tinha feito outra coisa da vida que não fosse ser segurança. Brigou a vida inteira com a balança, até que vieram os três filhos, fazendo-a desistir da briga. Aproveitou o destaque que estava recebendo e o dinheiro repentino que passou a ganhar, para se separar de seu marido, um pedreiro bêbado que só batia nela. Não era à toa que Maria tinha como amante seu amigo de infância, que ela sabia que era o verdadeiro pai de seus filhos, agora o assumia como marido. A vida sofrida fez dela uma mulher apática ao que acontecia ao seu redor. No dia do assalto, ela sequer percebeu o que estava acontecendo até que Reginaldo colocou o revólver em sua cabeça, e mesmo assim ainda ficou confusa. Deitou-se rindo, enquanto era algemada. Por sorte, as câmeras internas não filmaram seu rosto, os clientes não olharam para ela, apenas Marcos, já rendido pelo segurança, a viu gargalhar no chão. Ela tinha medo dele, evitava atacá-lo quando questionada.

Foi ela inclusive que tirou o foco das acusações sobre uma possível cumplicidade do investigador com Reginaldo, dizendo que falavam sobre família, futebol, o que iriam almoçar, assuntos amenos. Falou isso porque não se lembrava da conversa, não estava prestando atenção, lembrava apenas dos rostos dos dois, se olhando e rindo bastante. Tinha para si que estavam contando piadas. Era agora mais atenta, via detalhes que não observara antes. Seus filhos eram grandes, seu atual marido agora tinha cabelos brancos, ela mesma tinha muitos cabelos brancos. Seu rosto não estava mais como antes, agora com rugas, muitas linhas de expressão. Percebeu tudo isso quando estava sendo maquiada para entrar ao vivo em um dos muitos programas que foi convidada. Tentou não transparecer, mas ficou incomodada. Maria era agora uma pessoa pública, queria fazer a diferença na vida das mulheres, principalmente nas que apanhavam dos maridos.

No programa em que atuava diariamente, passava uma reportagem sobre um deslizamento, uma pedra grande que atingiu apenas uma casa, matando pai e filho imediatamente. A criança tinha cinco anos e gerou grande comoção da população. Enquanto comentava a notícia, Maria viu Marcos e Feijão investigando o local. Imaginou que poderia ser algo além de um deslizamento e disse ao vivo, como se tivesse recebido informação interna, que haviam policiais civis investigando o acidente, que poderia ser algo além disso.

Realmente, os policiais foram chamados para ter com a defesa civil, visto que no dia chovia muito. A defesa civil já tinha apontado aquela área como área de risco, contudo, as pedras daquele barranco não estavam frouxas, predispostas a cair. Os investigadores viram com cuidado, pediram que os peritos fossem levados ao local. Era dia, não chovia mais, Marcos observou pegadas fora da picada que estava consolidada. Ali em cima era um local onde os jovens iam para consumir drogas, transar, era conhecido na região como morro do abate, pois as mulheres que iam ali com os namorados eram "abatidas", ou seja, iam para ter relações com os homens. Muitos, inclusive, usavam aquelas pedras como apoio, fosse para usar drogas, fosse para relações íntimas. No entanto, Marcos observava pegadas na grama, que foram fixadas com o barro que estava embaixo e a chuva fazendo o restante do trabalho. Eram pegadas de botas, pareciam botas de quem trabalha em fábrica, por conta do solado.

Marcos e Feijão fizeram o caminho reverso, que descia todo o morro e terminava em frente a marcas de pneu. As marcas seguiram por mais alguns metros, até o asfalto, que seguia mais adentro do bairro, até sumirem, não sendo possível determinar onde tinha ido aquele carro. Imediatamente, os amigos se olharam e disseram ao mesmo tempo, é um Fusca. Pneu estreito, com aquelas ranhuras específicas, sabiam antes mesmo da conclusão da análise dos peritos, era um Fusca. A análise confirmou algumas semanas depois o que eles já sabiam. Antes disso, com o molde das pegadas, fizeram diversas pesquisas junto com os peritos, para determinar qual marca era compatível com aquele tipo de sola. Chegaram à conclusão que se tratava de uma marca específica que uma empresa de calçados de Ribeirão Pires fazia.

A empresa em questão, divulgava muito seu produto nas redes sociais, se dizendo única no mercado com solado que não grudava terra, não derrapava e não se perfurava facilmente, sendo perfeito para pessoas que trabalham em indústrias. Não foi difícil encontrar o endereço da fábrica. Marcos e Feijão foram à fábrica para saber mais sobre o produto e buscar informações dos clientes que efetuaram a compra. Foram prontamente atendidos pelo presidente da empresa, uma mulher com seus trinta e cinco anos, muito alta, seios enormes, cintura fina, cabelos negros que chegavam a bunda. Ana Laura era engenheira civil, perdeu o pé esquerdo em um acidente alguns anos atrás. Por conta disso, decidiu que ninguém mais precisaria passar por isso, criando esse sapato, abandonando a engenharia civil, se dedicando ao seu novo trabalho.

Recebeu os policiais em sua sala. Os aguardava de pé, estava, como sempre, com uma saia rodada que chegava aos joelhos, uma blusa bem colada, sem mangas, cabelos soltos. Eles se espantaram ao ver a prótese no pé dela e em como ela andava perfeitamente, quase desfilando. Pediu que a seguissem para dentro de sua sala e indicou a cadeira que cada um podia sentar.

—Vocês são baixinhos, mas são bonitos - disse ela rindo.

—Eu faço academia e meu amigo aqui é corredor - respondeu Feijão, sem entender o cortejo.

—Sou Ana Laura, presidente da Superbota, tirei a manhã para falar com vocês. Em que posso ser útil.

—Ana, sou Marcos, esse é Antônio Carlos, somos investigadores da Polícia Civil. Houve um deslizamento mês passado em Mogi das Cruzes e encontramos essas pegadas próximo ao local onde havia uma pedra que caiu em cima de uma casa, matando pai e filho.

—Fiquei sabendo desse acidente. História triste. E por que a Polícia Civil está investigando um deslizamento?

—Não podemos dar muitos detalhes - disse Marcos - mas suspeitamos que seja um assassinato e não um simples deslizamento. Conto com a descrição da senhora quanto a este assunto. Preciso saber para quem vendeu suas botas nos últimos tempos, para que possamos buscar pelo possível criminoso.

—Então é algo importante - disse Ana, com brilho nos olhos - diga-me, Marcos, e o que eu ganho te passando essa lista?

—A gratidão da Polícia Civil, senhora.

—Almocem comigo, os dois e aceito a gratidão depois. Faço apenas essa exigência. Aceitem, e terão tudo que quiserem - disse a engenheira, cheia de malícia na fala.

—Tudo bem - concordou Marcos - almoçamos. Me diga uma coisa. Pode também disponibilizar uma lista dos funcionários?

—Depois do almoço, o que quiserem, meninos. Vamos, o restaurante que gosto é um pouco longe. Cibele - gritou Ana - desmarque minha agenda da tarde, vou acompanhar os policiais e ficar à disposição deles pelo resto do dia. Ligue para Sophia, diga que preciso falar com ela urgente. Oi Sophia, querida, tudo bem meu amor? - disse Ana menos de um minuto depois - preciso que separe uma lista com todos os funcionários, nome completo, telefone, endereço, tudo. Não, não querida, problema nenhum, necessidade minha, mesmo. Deixe sobre a minha mesa, estarei fora da empresa hoje. Obrigada querida, beijo. Cibele - gritou novamente - coloca a Marta na linha por favor. Martinha, oi querida - novamente, em poucos segundos, falava com outra pessoa - preciso de uma lista com os últimos clientes. Aliás, me faz uma lista com os clientes desse ano, quem comprou o que, de onde são, endereço completo por favor. O que? Não, não querida, é uma necessidade minha, mesmo. Deixe sobre minha mesa, não estarei aqui na parte da tarde. Obrigada querida. Pronto - disse a presidente - após o almoço terão o que pediram. Hora de eu ter minha parte do acordo.

Foram com ela até seu carro. Uma SUV vermelha, dentro cheirava novo. A vaga ficava bem em frente à entrada do prédio, tinha o nome de Ana pintado em uma placa branca escrito em vermelho, em frente ao carro, Ana Laura, Presidente e Fundadora. Andaram por mais de trinta minutos. Ana foi ao motel mais caro da cidade. Conhecia a recepcionista pelo nome. Os homens nada falaram. Ela escolheu a suíte mais cara, tinha piscina, banheira e cama redonda. Podem escolher, comemos agora ou depois, mas eu prefiro depois, disse a mulher. Ficaram por três horas no quarto, fazendo todas as vontades da mulher, bem como se satisfazendo também. Se olharam por várias vezes, segurando a vontade de rir. Feijão achou engraçado a mulher tirar a prótese. Tomaram diversos banhos e depois almoçaram. A mulher não economizou na comida, picanha, salmão, tudo que eles quisessem. Na saída, pagou tudo, uma conta que ficou muito mais cara do que os dois ganhavam no mês.

Voltando a empresa, Ana entregou os papéis aos investigadores. Falou que estaria à disposição deles, quando quisessem. No carro, os dois se olhavam, incrédulos. Era a primeira vez que tinham feito aquilo para ter informações. Marcos ficou com os papéis das empresas e Feijão com os funcionários. Uma hora olhando os papéis, ele identificou que todas as empresas que compraram as botas eram de fora do estado de São Paulo. Todavia, Feijão encontrou dois funcionários que moravam em Mogi das Cruzes, um deles na região do deslizamento. É ela, disse Feijão. Marcos ligou o carro, foram conversando até a delegacia. Antônio Carlos queria confrontar a pessoa agora, porém, foi acalmado por Marcos, que precisava passar as informações ao delegado.

Chegando na delegacia, alguns repórteres estavam na porta. Depois do assalto, isso virou uma constante. Repórteres buscavam uma palavra de um dos investigadores. Chegavam a ser inconvenientes, provocando os policiais para que tomassem alguma atitude abrupta. Foram todos orientados previamente pelo delegado Sérgio, que não deveriam dar entrevistas, bem como ficar atentos às provocações dos repórteres. Evitara-os e entraram direto à sala de Sérgio. Marcos contou o que descobriram, pulando a parte do almoço. Explicou que tinham um suspeito, mostrando todas as evidências que tinham. O delegado Sérgio prontamente aceitou os argumentos, pois confiava muito nos dois. Separaram alguns nomes de funcionários da Superbota, para que o suspeito não ficasse receoso em ir. Em alguns dias, as intimações foram enviadas aos funcionários.

Toda essa movimentação da polícia acabou chegando aos ouvidos de Maria de Fátima, que agora tinha alguns informantes. Alguns vendiam as informações, outros trocavam por favores, como fotos com famosos, autógrafos e até mesmo presença dela em festas de aniversários. Preço que ela estava disposta a pagar. Ficou sabendo que naquele dia iriam depor seis pessoas a respeito do deslizamento. Quando disse isso na emissora, além de ganhar mais alguns pontos com os diretores, conseguiu ainda ir ao lado da repórter, para que pudessem tentar entrevistar os depoentes. O delegado, vendo a emissora na porta da delegacia, pediu à secretária que avisasse a todos os que seriam interrogados que a entrada seria pelos fundos da delegacia, evitando assim constrangimento e exposição desnecessária dos depoentes. Não houve recusa. Eram seis depoentes, quatro mulheres e dois homens, sendo que as quatro mulheres chegaram com advogados.

Os homens foram os primeiros interrogados. Não tinham nada demais a falar, não notaram comportamento estranho em ninguém. Foram liberados com pouco mais de meia hora de interrogatório. A primeira mulher entrou, acompanhada de seu advogado. Os investigadores sabiam que não havia culpa nela para o deslizamento. Contudo, Marcos achou intrigante a maneira como ela disse que nenhuma das mulheres que estavam ali tinham culpa de nada, não era porque estava sumindo dinheiro da empresa que era culpa delas. Disse ainda que todas ali eram mais donas da empresa que a própria dona, que passava seu tempo saindo com homens ao invés de fazer seu trabalho. Foi interrompida pelo advogado, que passou a responder por ela. Pouco mais de uma hora depois foi dispensada.

A segunda mulher chegou com a mesma postura. Criticou a presidente da empresa, acusou-a de ser promíscua, de não cuidar da empresa, de não dar benefícios melhores e ser uma piranha, como ela mesma disse. Falou ainda do desvio de dinheiro, chegando a acusar a primeira mulher, assim como outras mulheres que cuidavam do departamento financeiro.

Como aconteceu anteriormente, o advogado interrompeu sua cliente e passou a responder por ela. Aparentemente, Ana Laura não tinha muitos fãs em sua empresa. Restavam as duas que levantaram reais suspeitas. Os investigadores haviam combinado de deixar a principal suspeita para o final, para que ela ficasse desconfortável.

Assim que a terceira mulher entrou na sala, seu advogado tomou a frente e não deixou que ela respondesse nada. Apesar de usarem todas as técnicas, ela se manteve em silêncio durante todo o interrogatório. Não falou nada, nem relativo ao desvio financeiro da empresa. Feijão e Bolacha ficaram bastante incomodados. Preferiram liberar a depoente depois de uma hora de conversa. Estavam cansados, com fome, mas determinados. Era pouco mais de sete horas da noite quando pediram que entrasse a última mulher.

Ambos adotaram um tom ameno, falando sobre a empresa, as botas, sua relação com Ana Laura, contornaram bastante o assunto. Ana Flávia trabalhava na Superbota desde sua fundação. Havia ajudado Ana Laura com o projeto, visto que trabalhavam juntas na construção que ocorreu o acidente. Disse que ajudou a presidente com o projeto, testou em campo, passando detalhes de como fora toda a concepção da marca. Foi se sentindo à vontade com a conversa e dando detalhes sobre a operação da Superbota, como angariavam clientes, o superfaturamento em uma licitação da prefeitura de Ribeirão Pires, como elas faziam quando homens donos de empresas iam lá para fechar negócios. Explicou que elas tinham acordo com um motel famoso da cidade, onde tinham câmeras escondidas. Como a maioria dos homens era casado, elas os chantageavam em troca de contratos.

Eles se entreolharam nessa hora, rapidamente. Teriam de cuidar deste assunto depois. Marcos viu que tinha a confiança de Ana Flávia. Questionou sobre sua vida pessoal. Ela disse que namorava antes de entrar no projeto com Ana Laura, mas que a amiga havia se apaixonado por seu namorado, que também se apaixonou por ela, abandonando-a. Ana Flávia tinha um metro e cinquenta, seu corpo era de uma mulher que fazia exercícios regularmente. Era negra, mas gostava do seu cabelo bem liso. Usava lentes de contato verdes, uma camisa amarela e calça branca. Nos pés um salto roxo que a deixava dez centímetros maior. Feijão entendeu que havia um ciúme dela para com a amiga, aproveitando a situação.

—Dona Ana, a senhora estava presente no dia do acidente de sua, até então, colega de trabalho?

—Sim, estava.

—A senhora viu o acidente? Poderia descrever como foi?

—Qual a relevância dessa pergunta, policial? - indaga o advogado.

—Curiosidade. A senhora não tem problema em matar minha curiosidade, não é mesmo?

—Tudo bem Agnaldo - disse Ana - eu vi o acidente. Estava chegando com o elevador quando aconteceu. Ela estava no quinto andar e eu chegando de elevador. Sempre que nos víamos, gritávamos, OI ANA, uma para a outra. Quando nos víamos era assim, ela gritava meu nome e eu o dela. Eu já tinha aceitado que ela ficou com o Joca, mesmo porque eles já tinham terminado. Ele quis voltar, mas eu já tava em outra - continuou Ana após uma longa pausa - Eu gritei, ela virou para trás para gritar de volta, as hastes que estavam sustentando uma coluna soltaram, caindo sobre o pé direito dela. Precisou de uns vinte homens para levantar a coluna, era cimento puro recheado de vigas de aço. Ela gritava muito, quando viu o sangue, apagou.

—Imagem muito triste para se ter na memória - continuou Feijão - Nessa mesma obra morreram dois homens, correto? Um mestre de obras e um engenheiro.

—Correto.

—Que obra azarada.

—Pois é.

—E como foi o relacionamento da senhora com dona Ana Laura depois disso?

—Fiquei sempre junto dela. A acompanhei na fisioterapia, estive junto quando ela deu o primeiro passo sozinha. Um dia disse que tinha sonhado com uma bota que era indestrutível, feita de poliuretano e fios de diamante.

—Por que diamante?

—Diamante é o material mais resistente encontrado na natureza.

—E pouco tempo depois, ela apareceu com o projeto da bota usando seu sonho como base, correto?

—Correto.

—Como a senhora se sentiu?

—Traída. Mas ela me chamou pra trabalhar no protótipo com ela, disse que usou meu sonho como inspiração. Aí aceitei.

—Nossa, uma amiga um tanto quanto invejosa ela, não? Rouba seu namorado, agora seu projeto.

—Ela tem o que quer aos pés dela, mesmo não tendo mais pé - Ana Flávia solta uma gargalhada que assustou até seu advogado.

—A senhora está em algum relacionamento, atualmente?

—Estava, mas ele morreu em um acidente.

—No deslizamento em Mogi das Cruzes?

—Como sabe?

—Não sei! Vi só que a senhora é de lá. Anotei aqui logo no começo da nossa conversa, não se lembra?

—Ah sim, verdade. Sim, ele mesmo. Morreu ele e seu filho. Muito triste esse acontecimento. Nunca se sabe o que esperar quando chove nesses lugares.

—Realmente. Qual o carro da senhora, dona Ana?

—Tenho três, um Jeep Renegade, um Camaro, mas minha paixão mesmo é meu Fusquinha. Era do meu pai, aprendi a dirigir nele, sou muito apegada às minhas coisas.

—Muito apegada às suas coisas, como é apegada aos seus namorados?

—O que o senhor quer dizer com isso? - interrompe o delegado - que tipo de interrogatório é esse?

—Doutor Agnaldo, estou apenas fazendo uma pergunta à sua cliente. Gostaria que o senhor a deixasse responder.

—Tudo bem, Agnaldo - interrompe Ana Flávia, antes que o advogado continue - sim, sou MUITO apegada às minhas coisas. Meus carros, minhas roupas, meus namorados! Minhas coisas.

—E a senhora é tão apegada aos seus namorados que seria capaz de matar por eles?

—Mas é um absurdo, vamos encerrar…

—Sou capaz de qualquer coisa para preservar o que é meu.

—Até mesmo provocar o deslizamento de uma pedra de maneira mecânica para cair em cima de uma casa apenas, assim como fez com a sustentação da coluna, que caiu sobre o pé de Ana?

—Já chega, não responda nada Dona Ana, a senhora...

—Essa puta pega tudo que é meu! Essa vagabunda já tem tudo, é rica, linda, gostosa e uma puta de uma invejosa do caralho! Era pra ela estar na casa - Doutor Agnaldo coloca as mãos sobre a cabeça, acenando negativamente - ela sabia que eu estava namorando o Galhardo. Fiz tudo escondida para ela não roubar esse também. Arrumei um cara pobre, simples, viúvo, sem ninguém. Seria só meu. Mas não, a vagabunda não conseguia ficar com a buceta dentro da calcinha. Ela me seguiu um dia que disse que não poderia ficar até mais tarde. Fiquei sabendo uma semana depois, quando o Juninho me viu e perguntou pro pai quando a outra tia Ana iria voltar, que ela era legal e dava presentes. Ali entendi tudo. Ele tentou se explicar, mas eu não deixei, apenas saí. Levei um mês planejando. Dessa vez não iria errar. Falei pra ela que ia me encontrar com alguém, cheguei em casa, troquei de carro e fui pro morro. Duas horas esperando a puta chegar. Ela veio de táxi. Só fui saber no outro dia que não era ela, era Cibele, a secretária, levando um presente pro Juninho. Como fui para trás da pedra, não vi quem saiu do carro e nem que já tinha ido embora quando a pedra caiu.

—O mestre de obras e o engenheiro, foi a senhora também?

—Fui. Paguei a eles para que deixassem as hastes frouxas. Eu não podia ser vista ali, mesmo porque eu não alcançaria para fazer o trabalho, nem teria força suficiente. A sorte dela foi que eu cheguei e ela se virou, ficou só o pé para trás. Empurrei um do sétimo andar e deixei uns fios desencapados para o outro. Nem tive trabalho, foi como acidente de obra.

—Quem apresentou a senhora seu último namorado?

—Um colega de vocês, um delegado que frequenta o clube. Galhardo era pedreiro dele.

—Qual o nome do delegado, a senhora lembra?

—Clodoaldo - responde Ana, depois de pensar uns minutos.

Marcos está impressionado com a forma como Feijão fez a condução do interrogatório. Coube ao investigador ler os direitos de Ana. Ela foi colocada em prisão especial, visto que tinha ensino superior completo. Eles agora precisavam descobrir se foram filmados no motel e se foram, pegar as filmagens. Assim que saiu a notícia de que uma mulher fora quem provocou o deslizamento em Mogi das Cruzes e ela havia sido detida, a imprensa entrou em polvorosa. A antiga segurança, Maria de Fátima, que havia falado antes que poderia ser algo provocado e não um acidente da natureza, estava ainda mais em alta na mídia.

Precisaram sair pelos fundos da delegacia, após uma longa espera, para conseguirem evitar os repórteres. No dia seguinte, foram até Ribeirão Pires, na fábrica da Superbotas. Foram recebidos por Ana Laura na recepção da empresa. Ela os aplaudia com um grande sorriso no rosto. Pediu que os acompanhasse até sua sala. Feijão começou a falar assim que se sentaram. Disse a ela sobre o acidente que Ana Flávia provocou, sobre a revolta que a amiga teve quando teve namorados roubados, quando teve o projeto roubado. O investigador mudou rapidamente de assunto e passou a falar dos desvios financeiros que estavam acontecendo na empresa, orientando-a a chamar uma auditoria. Buscou voltar ao assunto com uma questão:

—Por que precisou roubar o namorado dela?

—Qual deles?

—O primeiro, de quando vocês se conheceram.

—Ah sim. Ele era muito bonito pra ela, combinava mais comigo. Depois vi que ele era chato, aí terminei.

—E agora que sabe que ela quem provocou o acidente que te fez perder o pé, ainda assim, não tem raiva dela?

—Não, ela só "tomou" meu pé. Eu tomei tudo dela. Namorados, amigos, dei até pro pai dela na festa de bodas de prata dos pais dela, porque eu podia. Falei tanto do cabelo dela que ela passou a alisar, falei dos olhos, ela passou a usar lente. Ela já nem sabia mais quem ela era. Olha pra mim! Mesmo sem pé, eu sou linda pra caralho!

—Sobre a licitação superfaturada que ganharam, como ganharam?

—Ah meu amor, pra chegar onde eu cheguei precisei ralar muito. Estudei igual uma condenada, mal saí de casa pra conseguir passar naquele vestibular. Depois que entrei na faculdade, estudei ainda mais. Você sabe o quanto é difícil ser mulher no mercado de trabalho? Ter que se provar a cada dia apenas por ser mulher? Se eu conseguia algo, era porque dava pra alguém, nunca pela minha competência. Até mesmo amigas falavam isso, só consegui estágio porque dei pro coordenador, emprego porque dei pra não sei quem. Foi então que resolvi fazer de um jeito diferente. Dou pra quem eu quero quando eu quero, e quando quero algo na vida eu consigo. No caso dos contratos, no motel que a gente foi, tenho câmeras por todos os lugares, levei outros lá, filmei tudo, chantageei todos. Não tinha como não ganhar. Pagaram o que eu quis.

—Assim como fez com a gente?

—Sim, claro - disse Ana, após uma longa gargalhada - pode apostar esse seu pau gostoso nisso.

—Você sabia que aquela pedra que caiu na casa do Galhardo era pra acertar você?

—Desconfiei quando vi a notícia. Ele era um homem bom, nunca me quis, acredita? Fiquei pelada na frente dele e ele se virou, mandou eu me vestir e ir embora, acredita nisso? Um pedreiro me dispensou. Agora sim eu vi de tudo.

—E o que foi que você mandou sua secretária entregar na casa dele aquele dia?

—Um brinquedo que o menino pediu. Pensei que se não podia conquistar o pai sendo eu, conquistaria o pai pelo filho. Fiquei presa em uma reunião aqui e não consegui sair.

—Sim, a senhora tem muita sorte. Não morreu primeiro porque se virou na hora certa, depois por causa de uma reunião.

—Sim. Senhores, o papo está muito agradável, mas se era só isso, podem ir, tenho mais o que fazer. E não se esqueçam, quando eu precisar, vou chamá-los, vocês dois agora trabalham para mim.

—Ah sim, sobre isso - Feijão abre o bolso do lado esquerdo da jaqueta que estava usando. Puxa uma microcâmera - segui sua ideia, resolvi filmar nosso encontro. Marcos, se isso cair nos noticiários, sabe me dizer quem ela pode chantagear pra limpar a barra dela da mídia?

—Bastante gente em.

—O que vocês querem? - pergunta Ana, com ódio no olhar.

—Nossa filmagem. Aliás, todas as filmagens. E quero agora.

—Aí você me complica, vou ficar sem vantagem nenhuma.

—Você quem sabe. No jornal de hoje, todos vão saber quem é Ana Laura, dona da Superbota. Você acha que ela precisa se preocupar, Marcos?

—Eu acho que precisa. Vai usar aquele contato do Balança São Paulo?

—Tá certo, fica no cofre que tenho aqui - diz Ana, apontando para um quadro que fica na parede lateral da sala.

—Abre com calma, temos bastante tempo - responde Marcos, com sua pistola na mão.

—O backup, onde fica? - pergunta Feijão, quando recebe uma caixa cheia de micro cartões de memória.

—Na sala da administração do motel - responde Ana, de cabeça baixa.

—Você acha que ela vai ligar lá avisando que a gente tá indo, Marcos?

—Acho que não. Ela é esperta, não vai querer a gente no pé dela.

Eles a deixam sentada em sua cadeira com o olhar perdido. Chegam ao motel cerca de trinta minutos depois. Se identificam e pedem para falar com o gerente. Este, rapidamente os recebe, pensando tratar-se de um pedido de almoço ou uma refeição. Eram muitos policiais que faziam isso, almoçavam ou jantavam no estabelecimento em troca de uma proteção extra. Foram levados à sala da administração. Lá, pediram para ver as câmeras escondidas. O gerente tentou mudar o assunto, mas Marcos já estava com a arma em punho. Feijão chegou bem perto do gerente, um senhor de certa idade, cabelos brancos, de óculos, muito gordo, com a respiração ofegante. Usava uma camisa polo branca e uma calça jeans. Disse-lhe que Ana Laura tinha dado todo o esquema e ele queria as filmagens. Sabia que aquela puta ia me trair, disse o gerente assim que entregou a caixa cheia de micro cartões de memória.

Eles pediram para ir em todos os quartos que tinham câmeras escondidas. Eram as três melhores suítes. Marcos ficou na sala da administração enquanto Feijão foi com o gerente até os quartos para retirar as câmeras. Quando terminaram o trabalho, o investigador tinha quase noventa microcâmeras em uma caixa. Antes de sair, avisaram que, se soubessem de mais alguma coisa, eles teriam de fechar, pois eles colocariam todos os órgãos de fiscalização atrás deles. Na saída, Marcos ligou para a vigilância sanitária, fazendo uma denúncia anônima sobre o motel. *Melhor assustar agora*, pensou.

PEÇAS SOLTAS

Como toda quinta-feira à noite, Marcos ia ao centro espírita que passou a frequentar. Duda e Valentina estavam sempre com ele, ou ele com elas, não sabia mais diferenciar. Sentou-se nas cadeiras de plástico mais afastadas do palestrante, precisava pensar. Aproveitou para fazer algumas orações, pedir por orientação dos mentores espirituais. Sabia que havia traído Duda, sentia-se mal por isso. Fiz o que precisei, pensava tentando se consolar. A vontade de contar à ela era enorme, por muitas vezes se pegou começando a conversa, mudando de assunto logo em seguida. Assumiu para si que ajustaria contas disso quando desencarnasse, não queria dar esse desgosto à namorada.

Enquanto orava de olhos fechados, sentiu uma mão em seu ombro e outra em sua coxa, Duda e Valentina tinham chegado, sentando-se uma de cada lado dele. Elas vestiam branco, ele estava com camiseta branca e um jeans azul claro. Fazia frio para uma noite de dezembro. Duda o sentia distante, fazia o possível para agradá-lo. Ele retribuía como podia, com a culpa corroendo sua mente. Aproveitou que Duda foi receber um passe e puxou conversa com sua cunhada:

—Tô precisando fazer umas pequenas reformas em casa, tem algum pedreiro pra me indicar?

—Não tenho, Cu, quem cuida disso é o Clodô.

—Entendi. Vocês reformaram recentemente?

—Não, desde que mudamos não mexemos na casa. Sei que ele tem os contatos. Deixo as coisas de homens para homens cuidar.

—Ando tão estressado, Cu, queria dar uns mergulhos, tomar um sol.

—A gente podia ir pra praia né?! Eu inventava algo pro Clodô, você pegava sua namô e a gente ia.

—Verdade. É perigoso você mentir pra ele, mas seria legal. Conhece algum clube que dê pra gente fazer isso?

—Não somos sócios de nenhum clube, tô meio por fora do que rola.

Ele encerrou a conversa com um aceno de cabeça. Entendeu que Clodoaldo frequentava algum clube, provavelmente com a amante e que reformara algo, pois conhecia o pedreiro morto. O pedreiro, Clóvis Oliveira Galhardo, filho do Galo Louco, era coincidência demais. Começou a suspeitar do cunhado, primeiro como este sendo o homem de boné preto, depois como sendo mandante deste homem de boné e do outro que o seguiu em algumas cenas de crimes. Sabia que o delegado Clodoaldo tinha algo a ver com tudo, só não conseguia ligar os pontos. Esses pensamentos, bem como a traição, não saíam de sua mente.

Nos dias anteriores, uma reportagem sobre o desabamento foi exibida na televisão por Maria de Fátima. Ela foi a única que observou de maneira mais atenta a filmagem. Agora era tida como um guru de segurança. Marcos não se incomodava. Lembrava pouco dela, passou a observá-la mais quando a viu na televisão. Ela foi a primeira pessoa que o isentou de tudo, colocando a culpa toda em Reginaldo, seu colega de segurança. Ela também foi a única que falou na mídia que não seria possível uma mulher com o tamanho e força de Ana Flávia empurrar uma pedra daquela sozinha, ou sem ajuda. Ela, porém, não sabia que as investigações dos escombros tinham encontrado um tipo de macaco hidráulico construído por Ana, especificamente para levantar a pedra sem que ela fizesse esforço. O equipamento tinha formato redondo em sua base, com uma alavanca que imitava um macaco hidráulico de oficina mecânica. Estava bastante danificado. Não tinha se quebrado conforme Ana Flávia tinha planejado e só foi identificado quando estavam removendo o lixo e aquela estrutura não fazia parte de uma estrutura básica de uma casa.

Refletiu que seria arriscado começar a investigar o delegado. Se quisesse ter algumas respostas, precisaria encontrá-las indiretamente. Refletia como coisas com antigos recrutas e ex-policiais vinham acontecendo. Sentia-se perseguido, só não sabia por quem. Comentou algumas de suas frustrações com sua namorada que o orientou a procurar um psicólogo. Lembrou que uma vez por semana um psicólogo do estado ia na delegacia, na maioria das vezes ficando o dia sozinho, pois ninguém o procurava. Decidiu que falaria com ele na próxima vez que estivesse na delegacia.

Pediu a Rogério, o analista de sistemas da delegacia, que procurasse pelos outros filhos do Galo Louco, se algum deles tinha alguma conexão com alguém da polícia. A filha morava em Lages, no Rio Grande do Sul, o outro filho era engenheiro e trabalhava nas plataformas petroleiras, sem contatos próximos com policiais. Ficou aliviado com a notícia, duas pessoas a menos para se preocupar. Pediu que ele buscasse pela mãe do filho de Clóvis, o resultado o assustou. Tinha sido atropelada por um ônibus uns anos antes, saindo do trabalho. Uma mulher do seu lado foi assaltada, reagiu e na briga com o assaltante, caíram nela, que foi jogada para frente do ônibus, não teve tempo de reagir. Lembrando da história, orou por ela naquele momento.

Terminando as orações, foram embora. Junto com o hábito das orações de quinta-feira, veio o hábito de tomarem açaí após a sessão. Andavam de carro uns dez minutos e ficavam mais uma hora conversando enquanto comiam. Justamente naquele dia, Clodoaldo resolveu buscar Valentina. Houve uma troca de olhares entre ele e Marcos, junto com um breve aceno de cabeça de um para o outro. O investigador ainda viu o delegado sair gritando com ela assim que o carro se movimentou. Pediu perdão a Deus de antemão, pois se a visse machucada, o cunhado tinha destino certo. Pagou a conta e foi embora com a namorada. Tiveram uma noite amorosa, dormindo abraçados.

No dia seguinte, prestou atenção em Valentina, se ela tinha algum tipo de hematoma. Foi sondar com ela e ficou feliz em saber que Clodoaldo brigou com ela por eles terem um compromisso e não por estar com eles comendo açaí. Observou como ela falava, aos seus olhos parecia feliz. Aceitou como verdade o que ela disse, procurando não a analisar mais. Seria ele o analisado, pois estava a caminho da sala do psicólogo. Brincou com alguns colegas sobre futebol. Fazia isso apenas para se enturmar, não entendia nada do esporte. Passou na porta da sala do delegado, colocando a cabeça para dentro e perguntou, *e o Corinthians, chefe?*, o que foi recebido com muitos insultos e gritos de *VAI PALMEIRAS*, o que fazia com que todos da delegacia dessem boas risadas.

Entrou na sala do psicólogo, Arthur Santos. Este foi pego de surpresa, pois já fazia alguns meses que estava na delegacia e não tinha recebido ninguém em sua sala. A porta estava aberta, mesmo assim, Marcos bateu e pediu permissão para entrar. O psicólogo estava sentado em sua cadeira, que ficava de frente para a porta. A mesa era pequena, ele estava apoiado sobre ela com os cotovelos, segurando o livro. Arthur usava um terno creme com camisa marrom mais escura e uma gravata dourada bem larga. Usava óculos com armações pretas e grossas, com lentes que deixavam os olhos do psicólogo bem grandes, popularmente chamadas lentes fundo de garrafa. Seus cabelos fartos estavam bagunçados, pareciam que raramente viam recebiam um pente. Tinha a voz trêmula quando falava. Pareceu ao investigador que ele era o retrato da insegurança. Sentou-se na outra cadeira disponível na sala e se apresentou.

—Doutor, sou Marcos, investigador há alguns anos. Fiquei sabendo que o senhor está atendendo a gente aqui de graça. Venho buscar ajuda.

—Não precisa de formalidades, rapaz. Me chame de Arthur. Fui designado a esta delegacia. É uma determinação da Secretaria de Segurança Pública. Creio que seja a primeira pessoa que me procura. Dependendo da nossa conversa, posso chamá-lo de paciente.

—E como funciona, doutor? Digo, Arthur. O que preciso fazer agora?

—O que quer fazer?

—Quero falar.

—Falar sobre o que?

—Sobre uma tristeza muito grande que sinto.

—Estou aqui para escutar. Conte-me sobre sua tristeza.

Conversaram por quase duas horas. Marcos sentia-se leve, como se tivesse tirado um peso das costas ao compartilhar com alguém como se sentia com a perda de sua esposa. Nunca tinha dito nada, nem mesmo a Feijão. No entanto, procurou Rogério pouco depois, para que ele fizesse uma verificação na vida do psicólogo. Como não encontraram nenhuma informação fora do normal, ficou tranquilo em relação ao doutor. Retomou com Feijão a investigação sobre a conexão entre os casos, falaram sobre o homem de boné preto, sobre o outro cara que os observava nas cenas dos crimes. Terminaram o expediente sem conseguir chegar a uma conclusão sobre a ligação entre as mortes. Até pegarem os dois suspeitos, não teriam como chegar a outra conclusão. Combinaram que se encontrariam à noite para jantar na casa de Samara.

A noite chegou e os planos mudaram. Valentina ligou para Duda, pois Clodoaldo foi convocado a ir à delegacia devido a uma emergência que aconteceu. A casa de Samara era muito pequena e Marcos perguntou ao amigo se poderiam mudar o programa da noite para um lugar externo. Como ela não havia feito nada para comerem, não houve problemas, ficou acordado que iriam a uma cantina italiana que ficava no bairro do Bixiga, na rua 13 de maio. Feijão e Samara chegaram primeiro, escolheram uma mesa próxima a porta, que era uma das maiores da cantina. Em seguida chegou Valentina, desacompanhada, logo depois Marcos e Duda. Pediram vinho e entradas. Riam bastante. As meninas aproveitaram para tirar algumas dúvidas com Samara, sobre como faziam para ter relações e outras perguntas sobre sua transição. Ela se sentia à vontade com as mulheres para comentar abertamente, deixando Feijão muito envergonhado.

As mulheres começaram a falar abertamente de suas vidas sexuais com os atuais companheiros. Valentina disse que o que mais gostava em Clodoaldo era sua brutalidade e o tamanho exagerado de seu membro. Disse que se não sentisse dor, não era satisfatório. Já Duda, era romântica, disse como Marcos tinha entendido ela por completo, que sabia a hora de ir devagar e a hora de ser mais intenso. Samara deixou escapar que Feijão era flexível quanto à suas preferências, o que fez ela repensar a remoção de seu órgão. Os homens, quando questionados, preferiram tomar um gole de vinho, fazendo com que as mulheres rissem. Até os garçons, quando iam atender a mesa, escutavam o que era falado e caiam na gargalhada. Foram até o caixa para pagar, Valentina começou a rir, pois trouxe o cartão de crédito do marido. Essa é na conta dele, disse ela gargalhando. Na porta da cantina, todos se abraçaram e despediram-se.

Valentina aproximou-se de Marcos, abraçando-o emocionada, dizendo que sabia o quanto sentia falta da irmã, o quanto ela era importante para ele. Eles se abraçaram, ela começa pular eufórica, fazendo-os girar em círculos. Marcos escuta o barulho de uma moto passando e um estrondo. O corpo da cunhada ficou mole em seus braços. Ele a segurou com força, pensou que tinha desmaiado. Começou a ficar tonto, tentou colocá-la no chão, acabou caindo junto. Duda e Samara foram acudir os dois enquanto Feijão tentava ver para onde a moto ia, o que já não era possível. Ele fica desesperado, liga para o SAMU. Os funcionários da cantina saem para ver o que aconteceu. *Tiro*, alguém gritou. *Acertou eles*, outro gritou. A visão do investigador começa a ficar escura, consegue olhar para a cunhada, que está caída, imóvel. Seus olhos fecham, não consegue escutar mais nada.

PRESENÇA DIVINA

Muitas vozes falavam em sua cabeça. Via luzes e um barulho constante. Não via mais nada. Acordou em um gramado extenso, estava sentado debaixo de uma árvore. Vitória, em uma camisola branca, comprida, oferece a mão direita para que ele a segure e se levante. *Venha*, ela diz, *preciso te mostrar algo.* Em um piscar de olhos, Ele volta ao dia fatídico, onde sua vida deixou de ser a mesma. Estavam sentados na viatura, tomando o café quente e saboreando pedaços de bolo de fubá cremoso. O último dia do ano estava quente, apesar das nuvens escuras no céu de São Paulo.

—*Não tem nada mais gostoso que comer bolo tomando café! - diz Vitória.*

—Não tem nada mais gostoso que bolo com café!

—Cara, pra você não tem nada mais gostoso que comer. Ambos caíram na gargalhada.

—O que está acontecendo? - indaga Marcos - por que vejo tudo como se estivesse vendo na televisão?

Vitória não responde. Olha para ele e sorri. Seu sorriso o faz esquecer a pergunta. Olha para a viatura novamente, fazendo com que ele olhe também.

—Você peidou, Feijão? Mas que cheiro de esgoto cara! Nunca um apelido fez tanto sentido!

—Ah Bolacha, olha o rio Pinheiros logo ali cara. Meus peidos são sempre cheirosos.

—Cheirosos como corpos em decomposição. Você já percebeu que... – Bolacha é interrompido pelo vibrar de seu telefone. Olha no visor e vê não identificado. – Tá bloqueado. E aí, atendo?

—Pode ser o delegado – responde Feijão – atende.

—*Você não precisa se arrepender de ter atendido, era pra ser assim - diz Vitória, mas sem mexer os lábios.*

—Alô, quem fala?

—A minha voz eu não espero que reconheça – dizia a pessoa do outro lado da linha – mas a voz dela eu tenho certeza que reconhecerá.

—*Não era eu, era ele me imitando.*

—Amor, pelo amor de Deus amor, me tira desse lugar, esse filho da... – a voz familiar continua falando, mas é abafada.

—E então, reconheceu? – perguntava a voz misteriosa, em um tom arrastado, lembrando um vilão de desenho animado.

—Seu filho da puta, se fizer algo a minha mulher eu juro que te mato! – gritava Bolacha.

—Não acredito que esteja em condições de fazer ameaças, caro investigador. Neste momento você tem apenas uma escolha, fazer absolutamente o que estou falando ou ela morrerá como uma cadela de rua.

—*Eu já estava morta. Ele sabe. Ele está aliviado que não precisou me matar. Eu já o perdoei, devia fazer o mesmo.*

—Tá bom, tá legal - disse o investigador com calma. O que você quer?

—Veja bem, neste momento estou onde tudo começou, e é exatamente aqui que tudo vai terminar. Você tem dez minutos para chegar aqui, ou essa putinha morre.

Vitória segura a mão de Marcos, fazendo com que ele sentisse uma paz enorme. A dor do momento foi embora. Ele entendeu o que ela queria, que ele observasse a cena sem estar imerso. Ela o olha e acena positivamente com a cabeça, como se tivesse lido seus pensamentos.

—Olha cara, eu não sei quem é você ou o que eu fiz, mas deixa ela fora disso, tá legal?! Seu problema é comigo então vamos resolver como dois homens civilizados.

—Eu não sou civilizado – gritou a voz na outra ponta – eu sou o resto de ser humano que um dia eu fui, senhor

Investigador. Eu sou o lixo que sobra quando os porcos são alimentados. Desde o dia em que você me humilhou na frente daqueles outros malditos, isso aqui é o que sobrou de mim. Perdi minha família e minha carreira por sua causa, e é exatamente o que vai acontecer com você.

—*Repasse cada frase dita, meu amor.*

—Calma cara, me passa o endereço que você está.

—Para um super investigador, você mal parece um investigador. Muito bem, oito anos atrás, ACADEPOL, prova prática para entrar no DEIC.

Num relance tudo ficou claro na cabeça do Investigador. Sabia quem era e sabia exatamente o que tinha acontecido naquele dia. Um papiloscopista que almejava se tornar investigador foi humilhado por ele na frente de toda a turma. Era uma atividade simples, mas o sujeito estava tão nervoso que mal conseguia falar com as falsas testemunhas. O inspetor, então recém-promovido a investigador, encheu-lhe o ouvido de ofensas pesadas e o colocou o apelido de 'mano coxinha'. Na gíria das ruas, coxinha era a forma como marginais se dirigiam a policiais militares.

—Coxinha? Caralho Coxinha, que merda você está fazendo?

—Eu devia era dar um tiro na cara dessa puta.

—*Você humilhou muita gente. Um preço alto foi pago e não estou falando de minha vida.*

Enquanto Coxinha continuava a ofender a mulher que estava ao seu lado, Bolacha faz um sinal para Feijão ligar o carro. Abriu o porta-luvas, puxou o bloco de notas e uma caneta escrevendo: *ACADEPOL, CIDADE UNIVERSITÁRIA, VOA, MINHA ESPOSA REFÉM*. Feijão o sentiu percorrer um frio na espinha que aumentava e esfriava também sua barriga. Sem questionar, jogou o café ainda quente pela janela, ligou o carro saindo arrancando pela rua Fernandes de Abreu entrando à direita na rua Miriti, novamente a direita, caindo na avenida Juscelino Kubitschek. Seu coração batia muito acelerado e podia ver no rosto do amigo a aflição, o desespero. Pegou o Túnel Pres. Jânio Quadros há mais de 100km/h. Estava tão alucinado quanto o amigo. Sabia aquele caminho de olhos fechados. O fizera tantas vezes que não se recordava mais quantas.

—Tudo bem, eu fui um completo idiota. Nunca deveria ter feito aquilo, me arrependo.

—Não há mais espaços para arrependimentos, investigador. Tenho certeza que colocou esse seu parceiro gordo para dirigir enquanto você tentava ganhar tempo comigo, e pelo tempo que conversamos vocês devem estar agora contornando a praça. Cinco minutos é tudo que lhe resta. Se em cinco minutos vocês não estiverem aqui, a vadia morre.

Coxinha não lhe deu tempo de responder. Bolacha tentou retornar a chamada, mas o telefone já estava desligado. Lembrava claramente daquele dia. Tinha sido motivo de risada por anos nas bebedeiras dos policiais. *Lembram como ele chorava*, dizia um. *Ele soluçava como um bebê*, gritava outro. O policial não se perdoaria se algo acontecesse à sua esposa. Estava casado com ela há mais de 8 anos. Por que meu Deus, por que, ele se perguntava. Não tinha respostas. Meu Deus, eu prometo qualquer coisa, mas por favor, salva minha esposa, ele pensava. Sabia que a situação não estava sob seu controle. Pedia ao Deus que sua esposa tanto amava, suplicava a Ele que ela fosse salva.

—Aqui, chegamos. Ele disse em qual sala está?

—Eu sei qual sala ele está. Na sala que eu o humilhei.

Vitória assistia a tudo com o marido. Viu como Bolacha e Feijão corriam desesperados. O filme daquele dia passava em sua cabeça. Via Coxinha e todos os outros na sala. O jovem rapaz, recém promovido, arrogante e pretensioso estava de pé olhando o não menos jovem membro da classe. Um rapaz com não mais de vinte anos, cabelos enrolados em grandes cachos, rosto fino com queixo pontudo, olhos azuis. Estava com uma calça jeans preta, com uma camiseta de banda de rock, sentado no chão com as pernas dobradas, chorando. Quanto mais chorava, mais o investigador o humilhava. "Como espera ser policial de verdade desse jeito? Como acha que os seus colegas irão te respeitar desse jeito? Você é um merda rapaz, um merda.

Você não serve nem pra papiloscopista. Só concursado mesmo para ter conseguido esse emprego. Agora vai, levanta esse rabo azedo do meu chão e vaza daqui ". Enquanto corria, essa cena ecoava em suas lembranças.

Os colegas passam pelo longo corredor da academia. Era a última sala à direita. De longe observaram a porta já aberta. Ambos sacaram suas pistolas, segurando-as em posição. Bolacha foi a frente a passos mais lentos, Feijão o acompanhava. Lentamente, o investigador colocou as costas contra a parede. Com passos laterais, chegou até a porta com um movimento rápido, virou-se para a esquerda adentrando na sala. A sala estava escura, as cadeiras amontoadas nos cantos, apenas o centro livre. Uma cadeira estava disposta no centro com uma única luz em cima. Sua mulher estava sentada nessa cadeira, amordaçada, mãos e pés amarrados. O sujeito estava em pé à esquerda da vítima, apontava uma arma para a cabeça dela. Ele estava descalço sem camiseta, que aparentemente rasgara para amarrar e amordaçar a mulher. Usava apenas uma calça jeans preta. Tinha o cabelo raspado, mas seus olhos azuis eram inconfundíveis. Uma expressão de terror tomava seu rosto.

—Pelo visto ainda consegue se lembrar de mim, não é investigador? – sua voz soava estridente e tinha um tom de deboche preocupante. A forma como falava a palavra investigador revelava toda sua ira.

—Coxinha, seu problema é comigo, aponta essa arma pra mim.

—Eu desejei muito sua morte. Pensei em como faria para te matar. Te segui várias vezes, mas vocês faziam o favor de não ter rotina, não tinha um horário fixo. Mas nos últimos tempos eu passei a pensar, o que seria pior do que matá-lo? A resposta era clara, estava bem na minha cara: fazê-lo sofrer.

—Cara, abaixe essa arma, implorou o policial.

—Passei a seguir essa putinha aqui - continuou Coxinha, ignorando o apelo de Bolacha. Ela tinha rotina. Ela ia para o salão de beleza, ela arrumava as unhas, depilava a bucetinha. Essa vagabunda levava uma vida de princesa, tinha até tempo para te meter uns belos galhos. Foi aí que tudo ficou claro pra mim. Ela gastava o seu dinheiro, estava sempre linda e cheirosa para você. O melhor jeito de fazê-lo sofrer era fazendo ela sofrer.

—Seu filho da puta, abaixa essa porra dessa arma!

Os olhos do rapaz estavam frios. Ele olhava para os policiais com ódio. Ele estava terrivelmente sóbrio e isso assustava Bolacha. Dentes escassos, amarelados, se exibiam quando falava. Coloquem as armas no chão e chutem pra cá, disse o jovem homem. Ambos obedeceram.

—Pronto cara, eu tô aqui. Acaba logo com isso.

—Péssima escolha de palavras, investigador.

—*Aqui, meu amor. Aqui sua vida mudou para sempre. A minha já tinha mudado, eu não estava mais naquele corpo. Não consigo ver quem fez aquilo comigo, mas não foi esse rapaz. Perdoe-o.*

—Então, quem foi?

—*Não sei, não consigo ver. Voltei algumas vezes na memória, mas só lembro de ter meu pescoço apertado. Quando olho a cena, baixo minhas vibrações e rapidamente minha avó me ajuda. A pessoa usa máscara. Não consegui olhar quem foi.*

Bolacha não teve tempo para reagir. Coxinha apertou o gatilho contra a cabeça de sua esposa. O corpo preso a cadeira cai, sem vida. Em um movimento com a mesma mão que acabara de matar a esposa do policial, ele coloca o revólver calibre .38 em sua têmpora direita puxando o gatilho. Feijão cai de joelhos de boca aberta sem conseguir acreditar no que seus olhos acabaram de ver. Bolacha solta um grito, *não*, ele diz. Mas já é tarde. Não pode fazer mais nada. Vitória está morta. Ela pega em sua mão e na velocidade do pensamento, estão no topo do prédio, de pé no beiral. Marcos se assusta, sendo acalmado por ela. Ela olha a cidade e respirando fundo diz:

—*Busque sua paz interior, meu amor. Ame e se deixe amar. Nossa união é muito maior que esse corpo que carrega seu espírito.*

—Sinto tanto sua falta.

—*É temporária, logo estaremos juntos de novo. Agora preciso ir. Você tem coisas a resolver* - ela o empurra.

—Vitória!

Ele abre os olhos. Em um quarto de hospital, Duda está sentada em uma cadeira ao seu lado. Feijão está de pé, próximo a porta. Confuso, tenta entender o que está acontecendo. Feijão pede que se acalme, pois tem algumas coisas que precisa saber. O amigo diz que ele levou um tiro no ombro, um pouco mais para baixo teria pego o coração. Pergunta se ele se lembra de algo. Por mais que tente se lembrar, tudo está muito distante. As lembranças parecem um sonho, não tem certeza se tudo é o mesmo sonho ou se está acordado. Valentina, ele diz, buscando o amigo com o olhar. Recebe um sinal negativo com a cabeça. Em sua memória, todas as imagens vêm de uma vez, o jantar, a despedida, a euforia da cunhada, o estrondo, o sono. Sua respiração começa a ficar ofegante, seus batimentos cardíacos aumentam e o monitor cardíaco dispara. Rapidamente as enfermeiras entram no quarto, pedindo para que todos saiam. Marcos é sedado e volta a adormecer. Enquanto seus olhos se fecham, a visão de Vitória fica turva e some, assim que ele apaga.

SEMANA DE LUTO

Marcos ficou uma semana internado no hospital. Precisaram conter a hemorragia, que, por pouco, não tirou a vida do jovem investigador. Levou a mesma semana para fazerem a autópsia no corpo de Valentina. Ela era mais baixa que ele, no entanto, na euforia dos pulos e giros que deu no momento que foi alvejada, o tiro entrou em seu pescoço na parte de trás, saindo pela garganta, atingindo o ombro de Marcos. Feijão, quando o levava para casa, disse tratar-se de algo encomendado, pois a moto usada no dia foi encontrada na baixada do Glicério, abandonada. Não havia impressões nela. Disse que, analisando as filmagens, a moto passou por diversas vezes na frente do restaurante, que, provavelmente, a morte do amigo havia sido encomendada.

Feijão disse que esperaria o amigo tomar banho e se arrumar, pois dali iriam direto para o velório de Valentina. Samara e Duda já estavam lá. Ele perguntou do que Marcos se lembrava do tempo no hospital, este disse que teve muitos sonhos, que sonhou com Vitória de forma nítida e que ela o empurrou do topo da Acadepol. O amigo agora entendia o motivo do grito chamando a falecida, *faz sentido*, pensou. Bolacha tomou banho, com muita dificuldade. Pegou o único terno preto que tinha comprado para essas ocasiões. Cheirava guardado, um pouco empoeirado devido a ter sido usado apenas uma vez.

Depois de pronto, pediu para que o amigo passasse um café para eles. Sentia dor de cabeça muito forte, porém, não queria tomar remédios. Não falavam muito, não havia o que falar. Feijão passou os últimos dias correndo atrás de filmagens, de pistas, procurou pela roupa do motoqueiro, refletiu que pudesse ter sido abandonada também. A moto havia sido furtada dias antes, não pôde ser entregue ao dono devido ter sido usada em um assassinato, acabou virando evidência. Ambos olhavam um ponto fixo qualquer, quase esquecendo o café quente em suas canecas.

Dirigir até o cemitério foi a tarefa mais fácil. O crematório da Vila Alpina foi onde Vitória foi velada e cremada. Não se recordava ao certo como tinha sido aquele dia, estava sob forte medicação. As lembranças pareciam um sonho em algumas partes, um pesadelo em outras partes. Lembrou de ver pessoas com rostos disformes, rindo de sua cara, de ver monstros enormes com formas horríveis. Viu muita gente de branco aquele dia. Eram lembranças confusas, não sabia ao certo o que pensar. Rapidamente em sua cabeça, vieram os dias depois daquele e toda a dor voltou devastadora de uma vez, como em um raio caindo em um campo de mato seco, espalhando fogo por tudo.

Sacudiu a cabeça para afastar os pensamentos e lembranças ruins. Já seria tudo muito ruim quando chegasse lá, sabia, sentia. O caminho serviu para tentar colocar as lembranças do dia no lugar, organizando cronologicamente. Pediu que Feijão explicasse as filmagens que viu, se dava para perceber o tamanho de quem pilotava a moto. Ele passou com detalhes tudo o que foi perguntado. Marcos sabia que podia confiar nas informações, já que o amigo tinha uma boa memória. Não lembrava de ter visto moto nenhuma quando chegara, tão pouco durante o jantar. Valentina estava bastante à vontade, brincou muito, nada exagerado, estava apenas sendo ela. Como ela usava uma blusa sem mangas, ele observou bem no dia que ela não tinha quaisquer marcas de agressão.

Não conseguia entender. Começou a pensar que ele era a pessoa que estava sob vigia e não ela. Será que ela morreu por minha causa? De nada adiantaria tantas perguntas. Seriam perguntas que trariam mais perguntas, algo que ele queria evitar. O braço esquerdo apoiado em uma tipoia doía muito, mesmo assim ele resistiu em tomar remédios. No fundo, tinha medo de viciar em remédios. Escutou muitas histórias de policiais que levaram tiros, ficando viciados em remédios para dor.

Chegaram no crematório cedo, entraram pela Av. Francisco Falconi. Feijão procurou estacionar o carro em um local que fosse de fácil manobra para sair rápido, caso fosse necessário. Era seu hábito parar o carro vendo esses pontos em qualquer estacionamento. Notou que tinham algumas viaturas do DP da Vila Carrão onde Clodoaldo era delegado. Pensou rapidamente que os demais carros deviam ser de colegas, uma vez que a família de Valentina era pequena, os irmãos de seus pais haviam morrido há alguns anos e nunca conheceu nenhum de seus avós. Imaginou que o clima estaria hostil para ele.

Ao entrar na sala onde estava sendo velada a cunhada, viu próximo ao caixão seu cunhado e seus sogros. A sala do crematório era redonda, com o caixão ao centro e os assentos em volta seguindo a arquitetura da sala. Todas as cadeiras eram forradas em tecido verde, que era a única cor viva presente no local. O restante da decoração era em cinza escuro, que lembrava mais o metrô de São Paulo. Conforme foi se aproximando dos três, que estavam de costas para a entrada, notou que todos os olhares da sala se dirigiam a ele. Sentiu-se como um aluno novo chegando em uma escola nova.

A poucos passos do cunhado, este virou, ameaçando ir de encontro a Marcos para agredi-lo. O investigador tão pouco se abalou com a atitude de Clodoaldo, continuando em direção a ele. O delegado era pura raiva, não falava nada, mas forçava ser largado por seus colegas. *Lembra da última vez que deu chilique comigo o que aconteceu?* Perguntou Marcos, a poucos centímetros de Clodoaldo, que por sua vez, se recompôs, arrumando seu terno, voltando com a cor do rosto ao normal, depois de ter ficado com o rosto ardendo de raiva.

Esticou a mão ao sogro, que, inicialmente, recusou-se a fazer o mesmo. Insistiu o genro, puxando a mão de Seu Chico, que o olhava com ódio, praticamente sem piscar. Segurando a mão do sogro, aproximou-se de seu ouvido, perguntando se ele sabia que o delegado era corrupto e isso podia ter sido encomendado pelos inimigos dele. Quando voltou a olhar o sogro nos olhos, viu que não havia alteração nenhuma de expressão.

Então você sabe, disse o perito, notando que nada mudava novamente, disse que Seu Chico estava envolvido no esquema todo. O velho jogou a mão de Marcos, que manteve os olhares no sogro, que se virou de costas. Descobriu ali o porquê de o velho sempre acobertar o cunhado.

Dirigiu-se então a Dona Lúcia, que veio em sua direção e o abraçou firme, colocando sua cabeça em seu ombro, disse-lhe: Você devia ter morrido com ela, largando-o abruptamente, dirigindo o olhar mais frio que recebera na vida. Por mais trinta minutos ficou no local. O caixão estava aberto, contudo ele não teve coragem de olhar para dentro. Queria lembrar dela como a tinha visto sempre, feliz, alegre e determinada. Quando estavam baixando o caixão, que seria levado para a fornalha, ele preferiu sair. Feijão, que estava sentado ao seu lado com Samara e Duda, o acompanharam.

Do lado de fora, sua namorada o puxou, abraçando-o. Pegou sua cabeça com as duas mãos e o beijou suavemente. Disse-lhe:

—Tenho sido muito feliz ao seu lado nesses últimos meses. Me redescobri como mulher, aprendi a amar e ser amada e principalmente a me amar. Obrigada por isso. Estar com você foi maravilhoso. Até você levar um tiro e eu estar lá para poder te ajudar, eu aceitei, pois é você que amo e estaria ali mil vezes por você. O que não aceito é você amar uma mulher que morreu. Isso quer dizer que não vai conseguir me amar como te amo, que não a esqueceu e, pelo visto, não vai esquecer. Estou terminando com você, Marcos. Não me procure mais.

Duda virou as costas, deu um longo abraço em Samara e despediu-se de Feijão. O casal olhou para Marcos, que abaixou a cabeça, começando a chorar. Sabia que estava perdendo uma grande mulher, mas que ela estava certa em tudo. De nada adiantaria contar o sonho que teve, só pioraria a situação. Rogério, que assistia a tudo de longe, se aproximou deles. Feijão foi o primeiro a abraçá-lo.

—Que aconteceu com a Duda?

—Terminou comigo.

—Meus sentimentos, mano.

—Obrigado. Como você tá, Bolacha?

—Eu que deveria perguntar isso a você. Como você tá mano?

—Tô zuado. A irmã que eu mais gostava morreu, agora a Valentina.

—Puta que pariu - disse Feijão, explodindo em uma gargalhada.

—Para porra - disse Bolacha, dando um soco no braço de Feijão. Vai fazer piada agora, nessa hora?

—A vida é uma piada, meu amigo. E esse braço aí, caiu da cama?

—Nada, fui resgatar um embaixador de terroristas.

—Não deu muito certo, pelo visto. Aprendi hoje que, se eu quiser morrer, é só namorar você. Você tem um faro para matar gente da minha família.

—Caralho Rogério, que bosta cara. Não é pra eu rir, mas esse comentário foi engraçado demais - Disse Feijão, levando outro soco de Bolacha.

—É uma bosta mano, ela tava tão feliz, manja?

—Manjo. Valentina é uma mulher que sempre viu a vida com o copo meio cheio. Era...

—O Clodoaldo quis me bater ali. Achei meio teatro. Falei pra ele ficar pianinho se não quisesse levar outra surra.

—Tô sabendo, ela me contou dessa treta.

—Que treta? - pergunta Feijão - você bateu no delegado?

—Bati nele na casa dos meus sogros. Odeio esse cara.

—Porra, quem não odeia?

Todos riram desse comentário de Feijão. Marcos se despediu de todos, estava muito triste para continuar conversando normalmente com qualquer pessoa. Pediu um carro por aplicativo direto para casa. Queria comer, mas sentia-se culpado. Se questionava quanto a ser ele o objetivo do assassino. Uma dor pungente em seu coração o impedia de ser racional. Deitou-se ainda sem se trocar e permitiu-se dormir enquanto chorava. Acordou no fim do dia com muita dor no ombro esquerdo, decidiu que precisaria de remédios. Foi caminhando até a farmácia, precisava de algo que fosse aliviar sua dor, talvez um analgésico, quem sabe eles lhe dariam morfina. No caminho, notou que todos olhavam para ele quando passava. *Deve ser o terno*, pensou. Só percebeu na farmácia que sua roupa estava toda torta no corpo, muito amassada também. Se permitiu rir, mesmo que por um momento, arrumando a roupa no corpo.

Explicou toda a situação à farmacêutica, que lhe deu alguns remédios para dor. Comprou uma garrafa d'água, tomando os remédios ali mesmo. Sentiu uma leve tontura, sendo levado para uma sala dentro da farmácia, para que sentasse e pudesse descansar. Lembrou que não havia comido nada. Quando melhorou, comprou também algumas barras de cereais e foi embora comendo. Passou na padaria, preferiu comer no local, não queria ter de limpar nada em casa. *Se o contato com eles era ruim, imagina agora*, pensou quando lembrou dos sogros. Lembrou também que eles não estavam tristes, estavam com raiva, muita raiva. Diferente de quando tinha lembranças do velório de Vitória, quando Dona Lúcia e Seu Chico choravam desesperadamente. Duas filhas casadas com policiais e um filho analista de sistemas da polícia. *Será que é algum carma?*, pensou Marcos.

Pediu um pão com ovo e um refrigerante. Terminou com rapidez, pedindo mais um. Satisfeito, pagou e foi embora. Caminhava lentamente, estava perto de casa, queria só tomar um banho, alguns remédios e dormir. Na esquina do quarteirão de sua casa, viu que tinha um carro diferente parado do outro lado da rua. Parou e ficou olhando. O carro estava estacionado de frente para ele, era um carro preto com vidros filmados, impossibilitando ver quem estava dentro. Alguns minutos depois, viu dois homens que pularam o portão de sua casa, voltando para o carro, saindo em disparada. Se escondeu enquanto o carro passava. Não tinha placas. Deu a volta no quarteirão, imaginando que se tivessem colocado uma bomba, escutaria a explosão na caminhada. Nada ouviu, ficando ainda mais preocupado.

Chegando pelo outro lado, não haviam carros desconhecidos, a rua estava bem calma. Olhou com cuidado antes de abrir o portão com a chave, estava desconfiado de terem plantado explosivos. Decidiu que mandaria colocar cerca elétrica e arame farpado no dia seguinte, pensou também em um sistema de alarmes. Andou com cuidado, estava muito escuro e ele não havia levado lanterna. Dava passos lentos, ficando próximo ao muro que fazia divisa com o vizinho. A porta principal estava aberta, passando por ela, dirigindo-se ao fundo, onde a porta da entrada pela cozinha estava fechada. Pegou a chave que ficava escondida debaixo de um azulejo solto, colada com fita adesiva. Deixara propositalmente daquela maneira, caso um dia perdesse a chave de casa.

Destrancou e abriu a porta com cuidado, observando possíveis fios que ligassem a possíveis bombas. Não havia nada. Quem entrou na casa entrou pela porta da frente. *Será que levaram algo?*, pensou. Abriu uma gaveta da cozinha, retirando um fundo falso. Na gaveta tinham duas armas de uso pessoal. Destravou a arma, engatilhou e caminhou em direção a sala e posteriormente a porta. Não havia nada, apenas a fechadura da porta estava com sinal que tinham utilizado uma micha para abrir a porta, haviam muitas ranhuras. Trancou a porta por dentro, pegou um calço que tinha em uma gaveta do móvel da sala, colocando para travar a porta. Pegou também uma cadeira, colocando a parte de cima junto a fechadura. Fez o mesmo com a porta da cozinha.

Ali não encontrou nada estranho, não havia nada fora do lugar. No quarto, manteve o mesmo cuidado. Sua cama estava toda bagunçada, diferente de como ele havia deixado. Puxou o cobertor e viu algo que o impressionou. Um porco, todo aberto, com as tripas para fora. Lembrou no trabalho que tiveram para passar o animal por cima do portão e riu. Ligou para Feijão, informando o que tinha acontecido. Ele se encarregou de ligar para a delegacia e informar tudo. Agora Marcos teria de lidar com outras situações além de assassinatos.

FAMÍLIA AMALDIÇOADA

Rogério chegou cedo à delegacia como sempre chegava. Como de costume, passou café para todos, encheu sua caneca, dirigindo-se para sua sala, um cubículo no fim do corredor onde ficava amontoado junto ao hack dos servidores da delegacia. Chegava sempre cedo devido a frequentar a academia cedo. Tomava banho lá e ia direto para o trabalho. Ninguém sabia sua real função, para todos na academia ele era um entregador de pizza, sem que soubessem que a pizzaria era dele. Rogério era dono de vários empreendimentos, tais como um lava-rápido, um escritório de contabilidade, uma loja de roupas de skate em um shopping da zona leste, além de investimentos em criptomoedas.

Trabalhava ali para ficar perto da irmã, que pouco se importava com ele. Sempre o achou chato demais por só falar em computador, jogos de computador, programas para computador. Ele nunca se importou. Já Vitória o tratava com ternura. Sentia muita falta da irmã, sabia que ficava ali só para olhar para Valentina, que lembrava muito a irmã morta. Com a partida da segunda irmã, já não sabia mais se queria continuar naquele lugar. Gostava de Marcos e Feijão, eles o tratavam com respeito e pela primeira vez sentia que tinha amigos.

Três semanas após a morte da irmã, Rogério juntava os cacos de sua vida pessoal. Conseguiu retomar contato com os pais, mesmo que superficialmente. O convívio era difícil, seu pai não aceitava ter um filho que fosse diferente dos outros meninos, era constantemente agredido física e emocionalmente por ele. Sua mãe, que pouco tinha emoções próprias, não tinha forças para se defender das agressões que ela mesma sofria, tão pouco conseguia ajudar o filho. Para as irmãs, ele era outro pai. As tratava como princesas, dava tudo que pediam, amor, carinho, presentes, viagens. A ele, restavam as surras e ofensas.

Começou a fazer aulas de computação com um amigo, aprendendo rapidamente a desenvolver programas usando a linguagem C, C++, Assembler, conheceu Cobol e em pouco tempo já fazia programas que conseguiam entrar em outros computadores, pegar dados, alterar dados, fazendo com que ficasse conhecido na comunidade hacker como PugnaX, personagem do jogo Dota 2 que absorve a vida de inimigos para se curar, sempre com um truque na manga, usando o poder dos inimigos contra eles próprios. Poucos pegavam a referência. Em dois anos ele já havia feito mais dinheiro com isso do que Seu Chico em toda a carreira.

Começou a praticar kung fu aos 14 anos, quando conheceu Marcos. Foi ele quem o apresentou a Vitória, sem imaginar o que aconteceria depois. Aos 16 anos já era dono da pizzaria e do lava-rápido. Passava-se pelo filho do dono, dava ordens em nome do seu "pai". No mesmo ano, foi colocado para fora de casa, quando Valentina o viu beijando um rapaz e contou para todos em casa, no jantar. Seu Chico arrombou a porta do quarto pegando o rapaz pelos cabelos, chamando-o dos mais absurdos nomes. Assim que o soltou, Rogério deu uma surra inesquecível nele, quebrando duas costelas do velho. Só parou quando Dona Lúcia tentou segurá-lo e ele desferiu um tapa em seu rosto sem intenção. Voltou para seu quarto, arrumou sua mala e saiu de casa para nunca mais voltar.

Desde então, dormia nos fundos da pizzaria. Montou um quarto para ele lá, com muito conforto. Pediu que a irmã levasse seu computador, o que foi possível com facilidade, visto que seu pai estava jogando tudo do menino no lixo. Marcos o apoiou, oferecendo sua casa para que ele se hospedasse lá. Para o amigo ele dizia que o dono da pizzaria deixava ele dormir ali, e aproveitava para cuidar do lugar. No espaço, treinavam lutas nos fundos. Por alguns anos, ali foi a academia particular dos dois.

Algum tempo depois, partiu em uma viagem para a Europa, morando em albergues por Portugal, Espanha, França, Irlanda, Alemanha e muitos outros países. Ficava no país o tempo que fosse necessário para aprender bem o idioma e sair sem ser pego nos seus roubos virtuais, era assim que se mantinha por lá. Falava fluentemente seis idiomas. Na Inglaterra não teve tanta sorte. Em conjunto com a Interpol, Rogério, ou melhor PugnaX foi preso, julgado e deportado, ficando terminantemente proibido de pisar em território inglês pela vida.

De volta ao Brasil, ficou preso por alguns meses em uma cadeia modelo no Paraná, já que apresentava nenhuma periculosidade. Lá era obrigado a estudar e trabalhar, foi lá também que descobriu o fisiculturismo, passando a praticar musculação todos os dias. Saiu de lá oito meses depois, após conseguir usar um dos computadores da biblioteca da cadeia. Alterou todas as suas datas de saída, deixando de cumprir sua pena de dezoito anos, reduzindo-a para oito meses. Ninguém desconfiou, já que o rapaz era muito bem visto aos olhos de toda a administração. Nas ruas, retomou seus golpes virtuais por mais alguns anos, até que foi preso pela polícia federal. Para escapar das acusações, aceitou trabalhar para eles pelo tempo da pena, que seria de cinco anos. Achou que ensinaria, já que se considerava um gênio. Lá dentro viu que era só mais um no meio de tantos iguais. Não se sentia diferente, apenas fora de lugar. Aprendeu diversas coisas atuando pela PF. Uma vez livre, pediu que pudesse ser recomendado à polícia civil de São Paulo, pois queria ficar perto da família, o que foi prontamente atendido.

Acabou por escolher a delegacia que seu amigo trabalhava. Durante a licença de Marcos, Valentina, a outra irmã, passou a trabalhar lá também. Ele ignorava-a, ainda era difícil para ele falar com ela depois do que ela fez. No dia de sua morte, seus olhares haviam se cruzado, ela o cumprimentou, ele devolveu. Não havia palavras. Rogério se arrependia de não ter falado nada. Se soubesse que seria o último dia de vida da irmã, teria deixado a raiva e orgulho de lado, indo falar com ela. Não podia voltar no tempo, mas gostaria muito. Ficou parado de frente a mesa que a irmã costumava ocupar. Só voltou a si quando o delegado Sérgio colocou a mão sobre seu ombro, como gesto de consolo. Voltou a si, agradeceu o delegado com um aceno de cabeça e foi para sua sala.

Passou a receber olhares piedosos de seus colegas. Até o psicólogo veio procurá-lo para falar, conversa que ele recusou. Deixou o doutor parado em frente à sua porta esperando resposta. Arthur ficou falando algumas coisas que ele não deu atenção, ouviria depois, no gravador que ficava próximo a porta, que ele colocou ali para essas situações, que não queria conversar, mas que poderiam ser falas interessantes. Ele olhava de volta, forçava um sorriso e acenava com a cabeça. Conseguiu escutar algumas palavras como perda, morte, morrer, fim. Naquele momento nada importava. O telefone tocou naquela hora, ele pediu licença ao psicólogo, fechando a porta. Marcos estava do outro lado da linha, vendo se ele tinha encontrado imagens do carro nas câmeras, se tinha conseguido ver quem eram os homens que saíram de sua casa.

Rogério havia deixado um programa de reconhecimento facial rodando há alguns dias, porém, nada tinha sido encontrado, até aquele momento, quando um alerta em sua tela disparou. Um dos homens era Gerson, um assaltante de bancos, conhecido pelos colegas por ter facilidade em arrombar cofres. Disse ao amigo que, quando tivesse informações do próximo, ele daria, o que não foi necessário ligar novamente, uma vez que novo alerta tocou. Esse era o ex-policial Alberto, que havia sido preso por formação de quadrilha e assalto a bancos. Começou a olhar nos sistemas que tinha acesso, buscando conexão desses assaltantes com os policiais. Não tinham ligação direta com nenhum policial, contudo, Alberto tinha ligação com uma mulher, Ariane, que atuava na Secretaria de Segurança Pública (SSP). Notou que quinzenalmente os gastos dos cartões dos dois era no mesmo restaurante na praia do Gonzaga, em Santos. Continuando a busca, procurou pelo veículo registrado no nome da mulher, seguindo, viu que havia registro de sua passagem pelo pedágio da Rodovia dos Imigrantes, ida e volta no mesmo dia.

Intrigado, procurou por câmeras de segurança na região do restaurante. O próprio restaurante tinha circuito fechado. Com suas habilidades, teve fácil acesso ao circuito fechado. Pelo horário do pagamento do almoço tinha a certeza de quando os encontraria, bastou que procurasse onde estavam sentados, o que foi fácil de ser encontrado. Chegou ao início do encontro, viu que Ariane entregou um papel à Alberto, que leu e guardou no bolso da jaqueta jeans. Adiantando até a saída, viu que ele tinha estacionado seu carro ao lado do dela. Para isso, precisou invadir o sistema de monitoramento das ruas de Santos, acessando uma câmera no alto de um poste do outro lado da rua. Viu que a placa do carro dele estava registrado no nome dela. Surpreso com a informação, procurou por outros carros ligados a Ariane, encontrando mais quatro carros. *Pode ser que ela seja uma laranja*, pensou.

Buscou por infrações de carros em seu nome, não encontrando nada. Acompanhou a volta de Alberto pelas câmeras. As imagens se perdiam na região de São Bernardo na Rodovia Caminho do Mar. Criou um alerta para quando aquela placa fosse reconhecida pelas câmeras, assim saberia quando Alberto estivesse na rua. A monitoração de Ariane a levou de volta à Secretaria. Os demais carros estavam em posse de outros quatro homens, Gerson, o qual ele já tinha informações e outros três que precisariam ser identificados. Ariane tinha contato direto com o Secretário de Segurança Pública, que, por sua vez, era amigo próximo de seu cunhado, Clodoaldo. *Não pode ser*, pensou. *O que esse puto tá aprontando?*, falou sozinho. Criou outros sete alertas, um para cada placa de carro em nome da secretária, um para o secretário, outro para seu pai e outro para sua mãe. Não sabia direito o que procurar, apenas precisava seguir uma linha de raciocínio.

Precisava de um café. Lembrou que não tinha almoçado. Bloqueou sua estação de trabalho, trancou sua sala, saindo em direção à rua. Passava das três da tarde, logo não precisaria chamar ninguém para almoçar. Foi até o bar em que Leonardo foi baleado. Gostava de ir naquele bar justamente por gostar dessa lembrança. Estava do lado do velho que atirou naquele dia. Não gostava de lembrar de ver o delegado Sérgio atirando no velho, gostava só de lembrar de Leonardo levando o tiro, ele detestava o investigador. Chegando no bar, notou que havia um homem de boné preto sentado de costas para a porta. Tentou recordar o rosto daquele homem de boné sentado na porta do bar no dia do tiroteio. Ficou com a voz de Marcos em sua cabeça, falando do homem de boné que andava vendo nas filmagens, do outro homem alto de cara assustada que o observava nas cenas dos crimes. Pediu no balcão o prato do dia, polpetone recheado de presunto e queijo, além de uma porção de batata frita, falou que não colocasse arroz, muito carboidrato, ele disse sorrindo. Pediu água para beber e foi sentar-se na mesa que dava de frente ao homem de boné.

Não andava armado. Isso o deixava inseguro às vezes. Percebeu que o homem que observava não se escondia, comia assistindo televisão, chegando até a tirar o boné algumas vezes para coçar a cabeça sem cabelos. Era um homem muito grande, muito gordo, que, quando o olhou, o cumprimentou, fazendo com que ele relaxasse. *Vanderlei*, gritou o *atendente, vai tomar café?* O gordo careca de boné preto acena positivamente com a cabeça. Rogério almoçou, pagou e resolveu caminhar para fazer a digestão. Tinha o físico avantajado, algo que atraía olhares, ele sabia. Andava prestando atenção em tudo, sem que parecesse que estava prestando atenção em tudo. Caminhou em volta do quarteirão, decidindo que precisava voltar ao trabalho. Queria olhar para outras linhas de investigação antes de dar alguma informação a Marcos e Feijão. Chegou à delegacia, tudo parecia normal. Foi até a sala do delegado Sérgio, queria compartilhar com ele as coisas que viu antes de sair para comer. Abriu a porta e precisou conter sua fala. Leonardo Bezerra está sentado na cadeira na frente da mesa do delegado. Retornaria no dia seguinte ao trabalho, após ser suspenso durante a investigação da utilização das balas dum-dum.

—Diga Rogério - disse o delegado olhando para o analista parado na porta.

—Oi Doutor, ia chamar o senhor para tomar um café, acabei de almoçar.

—Ia, não vai mais? - gargalhou o delegado.

—Boa tarde, nerdola.

—Boa tarde, velho brocha.

—Moleque filho da puta - disse Leonardo, dirigindo-se a Rogério, levantando da cadeira.

—Vem, seu bosta, e o soco que o Marcos te deu vai parecer tapinha nas costas de bebê. Acha que o tiro que levou doeu? Vem!

—Calma crianças, tem doce pra todo mundo - disse Sérgio - Já passo na sua sala para tomarmos aquele café, Rogério. Senta Léo.

—Esse moleque do...

—Senta Léo - grita Sérgio, sendo obedecido na hora.

O analista fecha a porta sem bater, virando-se para ir à sua sala. Viu que todos tinham parado seus afazeres para ver o que estava acontecendo. Abriu sua sala, sentando-se. Em alguns minutos, o psicólogo vai a sua sala.

—Tudo bem, Rogério?

—Sim. Chegou a conhecer o Leonardo?

—Ouvi falar, acho que cheguei aqui depois que ele foi afastado.

—Devia falar com ele, é um velho perturbado.

—Ele quem precisa me procurar, não posso abordá-lo.

—Então não deveria estar aqui, não te procurei.

—Entendo que esteja triste com os acontecimentos recentes e...

—Doutor, nem começa. Você não entende e eu não quero que entenda - diz Rogério encerrando a conversa, batendo a porta na cara de Arthur.

—Doutor - gritou o delegado - venha aqui, quero lhe apresentar Leonardo Bezerra.

Mesmo com a porta fechada, Rogério pode ouvir a conversa no corredor. *Quanta bosta*, pensa ele.

PELOS ARES

A pizzaria de Rogério ficava no bairro do Tucuruvi, na rua Pataíba. Era uma rua pequena, discreta, assim como ele queria que fosse. A frente pouco lembrava um local que fazia pizza, tendo um balcão onde os entregadores pegavam as encomendas e iam embora. Não era possível comer no local. O analista equipou com o que tinha de melhor para o ramo, um forno a lenha feito sob medida, fabricado com as especificações utilizadas na Itália. Isso fazia com que consumisse mais lenha, porém ele não se importava, queria qualidade. Tinha também um forno de aço inox, onde fazia pães com os mesmos recheios utilizados nas pizzas, sendo um local bastante procurado pelos clientes. O espaço era enorme, ocupado por dois fornos a lenha, dois fornos a gás além de um fogão industrial. Tinha quatro dos melhores freezers industriais verticais que um dono de estabelecimento poderia ter. Nada ficava de fora, nem era desligado à noite, para não ser uma vergonha da profissão.

O quarto que dormiu nos fundos, logo que comprou o local, há muito tinha sido transformado em vestiário. Rogério havia comprado o prédio todo, tinha mais dois andares para cima, portanto, o térreo era destinado apenas ao seu comércio. Era o que mais gostava, mas o que dava mais trabalho. Tinha os mesmos funcionários desde que assumiu, sem que eles soubessem que era o dono. Pagava o maior salário da região, tinha todos com carteira assinada, vivia pagando bonificações. Tudo isso fazia com que gostassem de trabalhar ali sem gerar perguntas. De vez em quando, levava Marcos ou Feijão lá para comer, depois saia dizendo aos funcionários que eram os donos, eram sócios um do outro, dizia que eram muito ricos, por isso acabavam dando bastante dinheiro a eles.

O andar de cima fez de sua residência. Não era luxuosa, apenas atendia suas necessidades de conforto. Junto com um amigo engenheiro, que depois veio a ser seu namorado, retirou as paredes reforçando a sustentação, para que pudesse ter um grande ambiente integrado. Gastou bastante dinheiro na reforma do prédio. Sentiu-se feliz com o resultado. Os funcionários achavam que o proprietário do prédio tinha alugado a alguém, sem desconfiar de nada. No segundo andar, Rogério fez de seu escritório. Toda sua parafernália tecnológica estava ali. Muitas mesas com muitos computadores, além de um rack com vários servidores. Precisou colocar insulfilm nas janelas para que não deixassem sair o brilho das luzes que os equipamentos mostravam. Nem seu namorado sabia do que tinha em cima. Tinha quatro links de internet, configurados em redundância para assumirem qualquer falha um do outro. Tinha configurado seus computadores com vários túneis virtuais, de modo a não ser achado facilmente durante seus trabalhos. Era frequentador assíduo da deep web, um tipo de internet que permitia acessar sites que a internet convencional não deixava.

Seu escritório de contabilidade ficava algumas ruas perto de onde morava. Lá, cuidava de seus negócios como se fosse mais um empresário qualquer. Usava a estrutura que ele mesmo criou para poder lavar o dinheiro que fazia com seus negócios de invasão. Realizava vários trabalhos para pessoas do mundo inteiro, desde invadir um e-mail, alterar nota no sistema da faculdade até pegar filmagens de determinados locais para detetives particulares. Tornou-se um especialista em invadir sistemas de circuito fechado. Seu lava-rápido só dava prejuízo, não importava quem ele contratava para tomar conta. Contudo, era conveniente que deixasse aberto, conseguia se encontrar com alguns amigos do submundo hacker ali, fazendo parecer um encontro casual de duas pessoas que foram lavar seus carros. Evitava rotina, sabia que as pessoas prestavam atenção para ter o que falar depois.

Aprendeu a ser discreto em tudo. Na academia, era um entregador de pizzas, na pizzaria, ele lavava carros durante o dia, no lava-rápido era um pizzaiolo, no escritório de contabilidade não era ninguém, uma vez que suas empresas estavam no nome de Cleiton da Silva Souza Júnior, um empresário como muitos outros. Alberto faleceu aos dois anos de idade, sendo uma oportunidade única para Rogério pegar seus documentos, mantendo-o vivo, pelo menos nos seus negócios. Se fosse pego, tinha planos B, C, D e mais algumas letras do alfabeto. Sabia como escapar, conhecia o sistema por dentro, entendia o que chamava a atenção e o que passava despercebido. Praticava essas ações ainda dentro da PF, quando entendeu como eles trabalhavam lá. Saindo, o restante foi fácil.

Cadastrou a pizzaria em alguns aplicativos de entrega de comida. Aumentou seu alcance, sua visibilidade atraindo mais clientes. Em contrapartida, seu lucro caiu vertiginosamente, visto a porcentagem que os aplicativos pegavam. Criou então um aplicativo para seu negócio. Para popularizar, mandava um folheto para cada cliente que viesse dos aplicativos famosos, dando uma pizza grátis no primeiro pedido. Rapidamente ganhou notoriedade, podendo abrir mão dos famosos, ficando apenas com o seu. Os aplicativos trouxeram muitos mais entregadores ao seu estabelecimento. Isso fez com que ele precisasse contratar mais gente para fazer com que a produção atendesse a demanda de pedidos. Ele mesmo fazia parte da equipe que realizava a entrega.

De uns dias para cá, notou que dois dos entregadores ficavam sempre muito perto de sua moto. Eles nunca tiravam o capacete. Desconfiado, anotou as placas, realizando uma busca, descobrindo que se tratavam de motos roubadas. Passou a deixar sua moto um pouco mais longe, contudo, os dois repetiam os movimentos. Neste mesmo dia, se aproximou de um deles enquanto esperavam suas entregas, dizendo que um pombo tinha feito um estrago em seu capacete. Imediatamente um deles tirou, era Alberto, o ex-policial que colocou o porco morto na cama de Marcos. Manteve sua expressão inalterada. Imaginou que o outro seria Gerson. Todos da delegacia sabiam que ele era entregador de pizza de noite, viu que seria fácil eles chegarem até ele. *Próximo*, gritou a mulher responsável por entregar os pedidos, é minha vez, disse Rogério olhando para os dois homens. Pegou as entregas, colocou na bag de entregador, subiu na moto pensando que ela explodiria quando desse a partida. Nada aconteceu. Bom, então foi o freio, acelerou e freou algumas vezes, novamente nada. Não voltou mais aquele dia. Resolveu levar a moto no dia seguinte para uma revisão em um mecânico amigo seu. Novamente nada.

Chegando na delegacia, contou a Marcos o que aconteceu. O investigador já sabia de todo o trabalho que Rogério fez, pediu ao amigo que tivesse cuidado. Feijão, que estava do lado, ofereceu sua moto para que ele usasse. O analista recusou a oferta, agradecendo. Achou melhor passar a usar seu carro. Era um carro popular, com grandes modificações tecnológicas, isso queria dizer que se cortassem o freio, ele receberia um alerta em seu celular. Neste dia, fez uma nova checagem em Gerson e Alberto. Descobriu que Gerson havia morrido duas semanas antes, em um acidente de carro na via Dutra, quando ia para sua casa em Guarulhos. Inquieto, buscou todas as imagens que poderiam dar-lhe uma pista de quem seria a pessoa que acompanhava Alberto. Fez a investigação que precisava ser feita, passo a passo, de onde eles vinham até chegar na pizzaria. Percorrendo o caminho, viu que eles se encontravam em um posto de gasolina na Marginal Pinheiros, próximo à estação de trem de Santo Amaro. Começou pela pessoa desconhecida, acompanhando seus passos de maneira reversa até que conseguiu. Surpreso, chamou Bolacha e Antônio Carlos em sua sala. Os dois estavam de pé, logo atrás do analista, observando o que ele mostrava:

—Quero que vejam isso - diz Rogério, parando a filmagem - deu um trabalho do caralho.

—Que tem? Quem é essa mina? - perguntou Marcos.

—É a Mata Hari.

—A sua Mata Hari?

—Sim - responde Feijão.

—Estou rodando esse rosto no sistema. Podem me adiantar antes do resultado?

—Maria Helena, ex-policial e ex-namorada do Feijão.

—Ah, entendi, MH, Mata Hari.

—Não, porque ela tinha acabado de entrar na polícia e era metida a Sherlock Holmes. Falei que ela era, no máximo, uma espiãzinha de merda, Mata Hari - dizendo Bolacha e Feijão, o apelido dela, uníssono.

—Você é cruel, Marcos.

—Fui. Não faço mais isso. Mas sim, era cruel, dava apelidos, humilhava.

—Essa mina tá envolvida com o Alberto, consequentemente com o secretário, consequentemente com seu cunhado, vulgo Clodoaldo. E adivinha, as placas estão no nome da Ariane, secretária do secretário. Ela mora em Interlagos e nas últimas duas semanas está fazendo esse caminho até a minha pizzaria.

—Pensei que você era só entregador - comentou Feijão.

—É um modo de dizer. Tô falando que eles estão indo lá, se fazendo passar por entregador.

—Vou fazer o seguinte - diz Marcos - vou sair daqui agora e vou até a casa dela. Você fez o mesmo para achar onde o Alberto mora?

—Ainda não.

—Beleza! Feijão, quando ele terminar, vai até a casa do Alberto. A gente vai dar um susto neles hoje. Vamos só ficar parados, em frente à casa deles. Vamos deixar que eles nos vejam. Isso já vai entregar uma mensagem, vai mostrar pra eles que estamos de olho.

—Vou fazer isso. Mas tenham cuidado, Gerson morreu em um acidente de carro duas semanas atrás. Acho que foi encomenda.

Marcos se despede deles e sai em direção a Interlagos. Quer chegar lá antes do horário de pico. Ele está com muita adrenalina e sabe disso. Coloca algumas músicas relaxantes para ir se acalmando. No caminho pensa o que fará quando a ver, se a chama pelo nome, se age como um reencontro casual ou se a aborda e a ofende. Não, isso não, ele pensa. Lembra do que combinou com os colegas, vai apenas ficar ali, na porta da casa para que ela o veja.

Enquanto isso, Feijão aguarda o trabalho de Rogério. Fica difícil encontrá-lo, pois ele dirige mudando muito de faixa. O analista precisou voltar várias vezes para acompanhar de onde ele vinha. Foi um trabalho difícil, contudo, realizado. Alberto também morava em Interlagos, apenas algumas quadras da casa de Maria Helena. Comentaram entre si que eles não deveriam saber onde o outro mora, ou, se soubessem, faziam bem o papel de não se encontrarem na mesma rua. Eles informam a Marcos, que informa já ter chegado à casa da mulher. Rogério procura alguma câmera que seja possível ver quando Alberto sairá de casa, para assim manter o investigador informado.

As horas passam, sem que haja movimentação. Os três estão falando ao telefone, Rogério e Feijão da delegacia, Marcos de campana em frente à casa da ex-policial. Para que não seja visto segurando o telefone na orelha, ele abre o porta-luvas, pegando seu fone de ouvido. O analista observa as câmeras de segurança que conseguiu invadir. Ele não fica mais impressionado com a facilidade que tem para fazer esse trabalho. A movimentação começa na frente da casa de Alberto.

Parou uma moto na frente da casa dele. A pessoa saiu da moto sem tirar o capacete e entrou.

—Dá pra ver a placa? - indaga Marcos.

—Tô aproximando, segura aí.

—Aqui nada ainda, tô de olho.

—A pessoa tá saindo da casa - informa Feijão, tirando a arma da cintura, colocando em cima da mesa.

—E a placa, nada?

—Não, as definições são ruins. Tirei um print aqui, vou jogar no sistema de definição.

—Parou uma moto aqui na porta da Mata Hari. A pessoa desceu da moto e tá abrindo o portão. Hei Mata Hari - gritou Marcos. A pessoa olha para trás, dando a entender que se tratava da ex-policial Maria Helena - Lembra de mim, Marcos, colega Charlie seu.

—A definição da imagem saiu, é a placa da moto que ela dirige. Onde está... - Rogério é interrompido por barulhos de tiro - que porra é essa Bolacha?

—Essa filha da puta tá atirando em mim - grita Marcos, abaixado atrás do carro - ela ligou a moto e foi embora. Tô vendo aqui se ela deixou o portão da casa dela aberto.

—Caralho! Você tá bem, mano? - questiona Feijão.

—Tô, por sorte. Nem vi ela sacando. Filha da puta é uma espiã boa. O portão aqui tá trancado. Chama reforços, passa os dois endereços. Estou indo para a casa do Alberto.

—Beleza. Feijão, vamos no meu carro. Precisamos passar na pizzaria, primeiro. Eu disse pra todos que você é um dos donos. Você precisa dizer pra eles que hoje não vão abrir. Precisa garantir a segurança deles.

—Então a pizzaria é sua.

—Vai tomar no cu, Feijão! Estamos falando de vidas em jogo aqui caralho. Deixa tudo aí e vamos.

Os dois correram para o carro de Rogério. Enquanto isso, Feijão, ao abrir a porta do carro, lembrou que tinha esquecido sua arma na mesa de Rogério e pediu que o amigo esperasse. Vai, vou ligando o carro, disse o analista. Feijão não conseguiu nem entrar na delegacia, escutou a explosão primeiro. Quando o investigador se virou, viu o carro de Rogério em chamas. Feijão estava atônito. Todos começaram a sair da delegacia, alguns com seus celulares na mão ligando para os bombeiros. *Mano, quase entrei no carro*, pensou Feijão.

Marcos dirigia a toda velocidade para a casa de Alberto. Por ser uma região afastada, chegou rápido à casa. Parou o carro do outro lado da rua. Com cautela, desceu do carro, observando se não estava sendo espionado por alguém. De arma em punho, atravessou a rua até o portão da casa. Notou que não estava trancada. Abriu lentamente, entrando no local. A garagem estava vazia. Alguns metros à frente, a porta da casa estava entreaberta. Tudo estava escuro. O investigador pegou sua lanterna no bolso, segurando-a na mão esquerda, enquanto a direita empunhava a arma, assim ficava fácil de iluminar e se proteger. Abriu a porta lentamente, iluminou o caminho à frente. Logo na entrada um corpo caído, estava de bruços. De mais um passo, conseguiu iluminar o rosto que estava virado para a esquerda, era o ex-policial Alberto. Marcos viu que estava deitado em uma poça de sangue. Passou a lanterna pelo corpo, vendo que ele estava deitado em cima de muito sangue. Mais um pouco, viu que ele tinha pisado no sangue, pois estava em pé próximo aos pés do cadáver. Conseguiu iluminar as costas, viu que tinha três tiros. Ouviu o som próximo de sirenes. Olhou para trás e viu duas viaturas paradas na frente da casa

Não teve tempo de pegar seu telefone do bolso. Com gritos de *'parado'*, *'larga a arma'*, os policiais o abordaram. Sou polícia, sou polícia, o que de nada adiantou. Eram policiais civis, tinha visto pela viatura, porém, não os conhecia. Imaginou serem de outra delegacia. Colocou sua arma no chão, começando a se justificar.

—Estou em investigação colega, eu...

—Cala a boca, assassino de policiais - disse o outro policial, dando um soco na boca do estômago de Marcos.

Bolacha levou mais uns socos e alguns chutes. Entendeu que se tratava de uma situação atípica. Colocaram seus braços para trás e o algemaram. Foi levado com um marginal qualquer para a viatura, sendo jogado no banco de trás. Um policial entrou na viatura, sentando ao seu lado no banco de trás. Outros dois vieram depois, sentando um no banco do motorista, outro do passageiro. Ligam o carro, saindo do local, deixando a outra viatura para trás.

—Amigos, deve estar acontecendo algum engano, eu sou...

—Cala a boca, caralho! - disse o policial brutamontes atrás, dando um violento soco em sua barriga.

—Se ele falar de novo, pode cortar a língua - diz o policial baixinho no banco do passageiro.

—Viro o que acabou de acontecer na norte? - pergunta o policial gordo e careca que dirigia

—Nem, que pega?

—Explodiro um carro no estacionamento lá.

—Caraio! - exclama o baixinho - já sabe se morreu alguém?

—Um cara dos computador lá - responde o gordo careca.

—Você é da norte né defunto? - pergunta o baixinho - Ah, aprendeu. Aí, ele aprendeu. Faz um agrado nele aí pra mostrar que a gente tá feliz - Marcos recebe outro soco na barriga do enorme policial sentado ao seu lado - Já já vai acabar Marquito, já, já.

BALANÇA O ESQUELETO

Feijão está sentado na porta da delegacia, olhos fixos no carro, ainda em chamas. Algumas pessoas saíram correndo em desespero, outras se esconderam debaixo de suas mesas. Para ele, o ouvido ainda zunia. Sentiu uma mão tocando seu ombro. Olhou para cima, viu que era o delegado Sérgio. *Venha, precisamos falar*, diz o delegado, estendendo a mão para ele. Antônio Carlos caminha em direção a sala do delegado parando por alguns momentos olhando para trás, como se pudesse voltar no tempo e impedir o amigo de entrar no carro. Rogério era seu único amigo depois de Marcos. Ele estava desolado, incrédulo. *Sente-se*, diz Sérgio apontando para a cadeira.

—Prenderam o Marcos.

—Como é?

—Marcos foi preso pelo pessoal da Leste. Aparentemente, ele matou um ex-policial com três tiros nas costas.

—Bolacha não é assassino!

—Explica isso pro cara morto.

—Delegado, a gente estava em perseguição. Fomos atrás de dois capangas do…

—Eu sei o que estavam fazendo, usando o sistema de monitoramento da prefeitura em benefício próprio. Acabei de ser notificado pelo Secretário de Segurança que foi identificado um acesso no sistema e a origem era daqui. Falei pra ele da explosão, ele me informou da prisão. Combinamos que você ficará afastado até tudo se resolver.

—Porra! Afastado, delegado! Vai tomar no cu, meu!

—Cala a boca! Me respeita, porra! Afastado não, suspenso. Arma e distintivo, na minha mesa, agora.

—Se eu descobrir que você tá nessa...

—Melhor pensar bem no que vai dizer daqui pra frente.

Feijão se cala, tira sua arma do coldre, tira a corrente com o distintivo do pescoço, jogando os itens na mesa do delegado. Sai pisando duro, deixando a porta aberta. Caminha até a sala de Rogério. Fica olhando da porta para dentro. Trinta minutos atrás estavam sentados ali em uma missão, agora tem um amigo morto e o outro preso. Com o braço esquerdo apoiado no batente da porta, ele olha incrédulo para a sala, sacudindo a cabeça. Lágrimas de dor e ódio escorrem em seu rosto. Em movimento negativo com a cabeça, olhando para a esquerda, se depara com algo preso à parede com fita prateada. Ao olhar com mais atenção, vê que se trata de um gravador, ainda ligado. O investigador retira da parede o gravador com fita e tudo, parando as gravações. Dá um passo para dentro da sala, para poder colocá-lo no bolso sem que seja visto. Ele escuta alguns passos vindo em direção a sala e tem o tempo suficiente para sentar no chão, colocando as mãos sobre a face para simular o choro.

O delegado pediu para você ir embora, diz a nova assistente que substituiu Valentina. Ele assente com a cabeça. Sai caminhando devagar. Olhando para trás, vê a jovem mulher falando com o delegado, provavelmente sobre o que viu. Sérgio olha para baixo, movendo a cabeça negativamente. *Ele mordeu, otário*, pensou Feijão. Justamente naquele dia, tinha ido trabalhar de carona. Sua namorada o levou para o trabalho logo cedo. Caso não tivesse acontecido, seu caro estaria estacionado ao lado do carro de Rogério e agora estaria no mesmo estado que o carro do delegado estava. Pediu um carro pelo aplicativo, colocando a delegacia da zona leste como destino. Como o pessoal da leste prendeu um cara em Interlagos? pensava o investigador. Precisava de algumas respostas. Seu amigo era a pessoa mais importante do mundo para ele, depois de sua mãe. Lembrou do diálogo momentos antes da explosão. Estava com o amigo na ligação, sabia que não tinha sido ele quem matou Alberto. O carro chegou, ele embarcou sentido zona leste. Tinha um delegado que precisaria dar uma palavra com ele.

Marcos reconhecia o caminho. Estava indo sentido represa de Guarapiranga. Ficava relativamente próximo de onde estavam, imaginou que seria executado ali. Percebeu que os homens no carro não eram policiais, se questionava de como tiveram acesso a uma viatura, armas, distintivos e tudo que os identificasse como policiais. Indagou ao baixinho de qual delegacia eles eram, levando novamente um soco do grandão. Cada soco que levava era bem absorvido, chegando até a cuspir sangue. O gordo careca sabia bater bem. Contudo, a cada soco ele conseguia se ajeitar para tentar pegar as chaves de algema que tinha em seus bolsos. O último soco o deixou em uma posição desfavorável. Precisava provocar o baixinho para que recebesse outro soco e para tentar pegar a chave. Estava ficando com pouco tempo. Escutou o celular do motorista tocar, este pegou o aparelho e entregou para o baixinho.

—Fala chefe. Estamos indo pra represa pra desovar o nosso amigo aqui. Hum, sei, não vi, tá bom. Põe fogo também? Beleza, chefe!

—O que ele queria? - perguntou o gordo careca.

—É pra levar o Marquito pra Av. Bem-te-vi. Puta quebrada do caralho. Falou que o bonitão aí sabe do que se trata. O que é que tem lá, bonitão?

—Sua mãe de quatro - responde Marcos, levando um soco quase na mesma hora que falou. Dessa vez teve tempo de ajeitar o corpo para receber o soco, ficando com uma das mãos dentro do bolso.

—Neguinho, vô te falar só mais uma vez, cala a puta da boca. Vou ter o maior prazer em apagar você do mapa, preto filho da puta.

—Posso quebrar o pescoço dele aqui, Ananias?

—Caralho, Vanderlei. Falando meu nome de novo? Que bosta! Não pode quebrar porra nenhuma, seu gordo careca do caralho. Faz seu trampo aí.

Enquanto os dois entraram em uma discussão que parecia de garotos da quinta-série, Marcos conseguiu pegar a chave. Com a ponta dos dedos, encontrou o buraco da fechadura que prendia a mão esquerda. Como o volume das vozes estava bastante alterado, não teve problemas em abrir sem ser notado. Pegou as chaves com a mão esquerda, abrindo a direita também. Precisa esperar um bom momento, pois o gordo careca era muito forte e sabia muito bem onde bater. Imaginou que ele fazia sempre esse tipo de serviço. O motorista manteve o silêncio. O investigador entendeu rapidamente que era com ele que precisava se preocupar. Ananias falou diversas vezes o nome do gordo careca, Vanderlei.

No meio da discussão, o baixinho deixou escapar o nome do motorista, Bruno, envolvendo-o na discussão infantil. Isso custou a Ananias um nariz quebrado, depois de receber uma cotovelada rápida e forte. O silêncio imperou. Até o gordo careca tinha medo dele. *Deve ser o chefe dos dois*, pensou Marcos. Quase uma hora depois, chegaram à avenida com nome de passarinho. Trovões altos, bastava olhar para o céu e ver os raios cortando as nuvens. Se não fossem esses flashes de luz, estava tudo no mais puro breu. Não era possível ver nada que não estivesse sendo iluminado pelas luzes do carro. Ao investigador restava um frio imenso que se instalou em sua barriga. Chegaram à única casa da avenida. Pararam o carro branco com farol aceso dentro da garagem, estourando as fitas de proteção que a polícia tinha posto no dia em que encontraram aquela cena grotesca.

Ananias saiu do carro, foi ao porta-malas, pegou, ao que Marcos conseguiu ver, dois galões transparentes, jogando-os perto da frente do carro. Gasolina, o investigador conseguiu ver. Naquele momento, uma tempestade começa a cair. Como vamos queimar ele agora? exclama o baixinho, dirigindo-se à porta de trás, abrindo para que o investigador saísse. Aproveitando a abertura, ele desfere uma cotovelada com o braço esquerdo no nariz do gordo Vanderlei. Você quebrou meu nariz, disse o gordo careca. O policial sai do carro com um pulo, agarrando Ananias, levando os dois ao chão. Marcos desfere socos na cara do baixinho, que fica desacordado. Trovões altos não o deixam ouvir os passos do grande gordo careca, que o pega como se fosse uma folha de papel, arremessando-o em direção a construção queimada. A pancada foi forte, fazendo com que falte ar. Ele tem tempo de agarrar um pedaço de madeira grande momentos antes de seu carrasco chegar. Marcos desfere um golpe com a madeira, parado com uma mão pelo inimigo, que devolve um soco tão forte que o atira mais para o meio da construção queimada. Ele cai com a perna esquerda em um pedaço de madeira. A chuva cai forte, mas não impede que Vanderlei caminhe em sua direção, o pega segurando com as duas mãos no pescoço, levantando-o acima de sua cabeça.

A chuva e os raios deixam a face ensanguentada do gordo ainda mais assustadora. As mãos grandes tomam todo seu pescoço. Marcos coloca suas mãos sobre as dele para tentar tirar, sem sucesso. Sente que precisa agir rápido, não consegue respirar. Sente pulsando o sangue em sua perna esquerda onde está cravado o pedaço de madeira em que ele caiu. Com o último esforço que lhe resta, levanta a perna e arranca a estaca, e, com o pouco de força que ainda tem, enfia no olho esquerdo de Vanderlei, que o solta. Ele cai de pé, sem conseguir se equilibrar com as duas pernas, enquanto escuta os gritos do gordo tentando arrancar aquele pedaço de madeira do olho. O investigador pega um pedaço grande de madeira queimado, vai mancando até seu agressor, batendo em sua barriga com toda sua força, fazendo com que se curve, o investigador então desfere uma pancada violenta na estaca que está no olho de Vanderlei, que cai morto. Ele olha para o lado, onde Ananias estava deitado e não o vê. Escuta um barulho atrás que parecem passos em lama, ao virar-se vê o baixinho andando com dificuldades em sua direção com uma faca.

Marcos é especialista em combate corpo a corpo, porém, está exausto e muito ferido. Ele escapa da primeira investida.

Fica impressionado com a velocidade do ataque de Ananias. O baixinho desferiu diversos golpes, rápidos, que se não fosse pela experiência do investigador, não teria conseguido desviar de nenhum. Ananias fica enfurecido, cometendo um erro crasso, ataca e deixa o braço direito fazendo com que o experiente policial desviasse e o pegasse com um movimento rápido, quebrando seu braço e segurando a faca. O pequeno homem ainda tem tempo de tirar outra faca da cintura, atacando novamente o investigador. Marcos consegue esquivar, pegando o braço esquerdo do agressor, quebrando-o também. Marcos joga o homem no chão. A chuva cai forte, raios e trovões são vistos e escutados. Outro estrondo, dessa é vez um tiro na cabeça de Ananias, assustando o investigador. *Vou ter que me molhar porque você simplesmente não quer morrer*, diz Bruno. O motorista aponta a arma para a cabeça de Marcos que fecha os olhos, contudo, ao apertar o gatilho a arma trava. Ele tenta mais uma vez, com a arma insistindo em travar.

Bruno então joga a arma no chão, armando guarda para uma luta. O investigador só pensa agora em sua vida. Ele tenta buscar as últimas forças que tem. Não vai se entregar sem lutar. A chuva fica mais forte. O carro está parado com o farol nas costas do motorista, dificultando a visão do investigador. Bruno arranca sua camiseta mostrando um físico forte. O motorista se movimentou rápido, desferindo dois socos, um chute com a canela em suas costelas, e, com um movimento rápido, uma joelhada em sua barriga seguido por uma cotovelada em seu rosto.

Marcos cai ao lado do corpo de Ananias. Bruno anda em sua direção, colocando o pé direito em seu pescoço. *Pensei que você fosse me dar mais trabalho*, diz o motorista em tom arrogante, seguido por um urro, quando o investigador enfia a faca que pegou do baixinho no pé de Bruno. Com mais dois movimentos, o investigador enfia a faca mais duas vezes na perna do valentão, que cai de dor. Se arrastando, Bolacha vai em direção ao motorista que se contorce. Desfere então uma facada rápida na coxa de Bruno, girando a faca em sua perna, fazendo-o se contorcer de dor. *Sabe o que acontece agora, não sabe Bruninho?* diz o investigador com o pouco de voz que lhe resta.

Marcos deita ao lado do corpo do motorista. Ele sente muita dor no corpo todo. Está com um buraco na perna, nariz quebrado, provavelmente algumas costelas também. Seus olhos fechavam sozinhos. Tentou reunir o resto de força e consciência que tinha. Precisava pensar rápido. Buscou nos bolsos de Bruno alguma identificação, o que foi fácil, pois ele estava com sua carteira. Rastejou até o baixinho e o gordo careca, que também carregavam seus documentos. Pegou também o telefone celular de todos, guardando nos bolsos da calça. Levantou com muito custo, apoiado no carro. Estava coberto de lama. Ficou de pé o suficiente para a chuva lavar seu rosto. Olhou para cima e agradeceu a Deus por estar vivo. Também pediu perdão pelas vidas que tirou. Não sentia culpa, somente alívio. Pegou os galões de gasolina, esvaziando-os em cima dos corpos. Voltou ao carro para buscar algum isqueiro. Como não encontrou, acabou desistindo. A chave estava no contato. Preferia ir embora. Precisava dar os celulares a Rogério.

No caminho de volta, pensava apenas em um banho quente. Lembrou dos ferimentos e resolveu que iria a um hospital. Chegando em Interlagos, ligou o rádio. Iria passar na casa de Gerson para ver se outros policiais haviam ido lá. Colocou em uma rádio de notícias. Escutou a apresentadora falando: "...deixando um corpo baleado com três tiros nas costas. O ex-policial deixa uma ex-esposa e três filhos. Marcos da Silva Carvalho está foragido. De acordo com nossas fontes, o investigador pode ter cometido outros assassinatos de pessoas que foram seus colegas e alunos na academia da Polícia Civil. Em paralelo a este acontecimento, o carro do analista de sistema da Polícia Civil, Rogério Baldarin, sofreu um atentado no batalhão da zona norte da capital. Fontes afirmam que ele estava saindo da delegacia com seu colega, o investigador Antônio Carlos Mortague, que esqueceu sua arma em sua gaveta e precisou voltar. Ao entrar na delegacia, escutou a explosão. As investigações preliminares apontam para o investigador Marcos Carvalho. Rogério tinha 34 anos, era cunhado de Marcos." Um dos telefones que ele tinha pegado, tocou.

—Bruno, passa para o anão - diz a voz robotizada do outro lado.

—Anão morreu.

—Foi o investigador?

—Foi.

—E o gordão?

—Morreu também.

—Que merda aconteceu?

—Bruno.

—Eu sei que tô falando com você! Perguntei o que aconteceu!

—Bruno.

—Que tem o Bruno?

—Morreu também. Matei os três. - Silêncio foi feito do outro lado. Era possível escutar a respiração - o próximo é você.

A ligação é encerrada. Ele pega o aparelho, discando o número de Feijão.

—Cara, não desliga, sou eu.

—Que porra aconteceu, Bolacha?

—Tentaram me matar, mano. Tô todo fudido.

—Tá todo mundo atrás de você, mano. Tão falando que foi você que matou aquele monte de policial e ex-policial. O delegado Sérgio me chamou na sala dele pra falar que você tava preso.

—Velho filho da puta. Preciso da sua ajuda, tem que ser agora, tô perdendo muito sangue. Me encontra em Itanhaém.

—Beleza, indo pra lá.

Feijão pega seu telefone celular e apaga o registro daquela chamada. Abre o aplicativo e pede um novo carro com destino indicado pelo amigo. Para a sorte de Clodoaldo, a rota foi atualizada. Antônio Carlos acertaria as contas com o delegado depois.

CHEIRO DE ENXOFRE

Leonardo estava sentado em sua mesa analisando todos os últimos casos em que Marcos tinha atuado. Não falou para ninguém, mas estava impressionado com a forma de atuação do investigador. Odiava o colega, mas tinha de admitir, ele era muito bom resolvendo coisas complexas. Analisando os papéis, refletiu sobre a provocação que resultou no soco que levou. Sabia que tinha merecido, era difícil para ele aceitar ser agredido, mais difícil ainda foi não poder dar um tiro no rapaz quando tudo aconteceu. As investigações sobre ele foram encerradas, muitas por falta de provas, outras porque ele sabia podres sobre as pessoas que o investigavam, fazendo com que o restante dos casos fosse novamente arquivado.

Não entendia porque não se sentia feliz, vendo seu maior rival sendo um foragido da justiça, vendo o analista de sistemas indo pelos ares e aquele petulante do melhor amigo deles parecendo um zumbi de tristeza. Eram sentimentos confusos, ele sabia que precisava de ajuda, tinha receio de falar com o psicólogo e ter sua vida exposta. Todavia, percebeu que colegas que antes pareciam bem desesperados, agora trabalhavam tranquilos. Entendeu que a melhora se dava por conta da ajuda do profissional. Resolveu arriscar, disse a si mesmo que após o almoço iria falar com ele. Enquanto isso, olhava cada detalhe de cada cena do crime, fotos e relatórios. Falou com os profissionais que estavam presentes em cada cena. Tudo batia com o que estava escrito. *Filho da puta é muito certinho*, pensou.

Olhou para as imagens em que um homem de boné preto aparecia. Quase toda cena de crime lá estava ele. Notou alguns detalhes que não estavam em nenhum dos relatórios, um relógio no braço direito. Separou as imagens, iria pedir ao próximo analista de sistemas que arrumasse uma melhor definição daquelas imagens, só assim conseguiria ver melhor que tipo de relógio era. Achou também um detalhe na lateral dos óculos em uma foto com maior definição, era uma armação preta com uma bolinha vermelha. Não era possível ver com grandes detalhes, mas era algo que seu rival não tinha visto. Quanto ao outro homem que aparecia nas cenas, não tinham imagens dele, somente um retrato falado que Marcos fez na terceira vez que o viu. Já tinha visto aquele homem em algum lugar, só não sabia onde.

Olhando para o caso da barbearia, foi buscar mais detalhes, descobrindo que o assassino estava sob tratamento médico com um psiquiatra, um médico que ele nunca tinha ouvido falar. O caso da senhora que mantinha o marido em cárcere privado, todo amputado, foi identificado no sangue dela antipsicótico, que no caso dela, causava alucinações. No caso dos irmãos, acharam no estômago do homem vestígios de ayahuasca, sálvia e camomila, o que indicava que ele havia consumido o chá. Não teria como encontrar mais indícios de nada, já que a casa havia sido queimada duas vezes. No caso do roubo, não houve morte, há, todavia, a suspeita de que Marcos facilitou o roubo, mesmo que não haja provas. Quanto ao caso da morte de Valentina, as evidências apontam para uma execução encomendada. Porém, não se sabe se era Marcos ou Valentina quem estava encomendado, ou outra pessoa. Já no caso da explosão do veículo de Rogério, a hipótese de que Marcos tenha deixado algo para explodir o carro tende a ser inviável, visto que não há qualquer tipo de histórico que o investigador tenha conhecimentos em explosivos. Houve o caso da engenheira, que acabou matando o filho do Galhardo.

A ligação entre os três primeiros casos podia ser criada, uma vez que tinham ex-policiais envolvidos. O roubo ao banco pelo segurança não se conectava a nada. Valentina pode ter morrido por acidente, já que Marcos estava envolvido em diversas investigações, tinha até mesmo desvendado crimes que, aparentemente, não tinham conexão, mas tinham sido cometidos pela engenheira. Rogério por sua vez, se não tivesse sido tão danificado, seria possível identificar o corpo por exame de DNA. Restou uma correntinha toda derretida. Pobre mãe, enterrou três filhos, todos por culpa do mesmo homem.

Esses pensamentos deixavam Leonardo muito nervoso. Os detalhes das investigações eram ricos. Um criminoso não deixaria tanto detalhe para se condenar. Havia algo errado e o experiente investigador sabia disso. Ele mesmo se encarregou de ficar de olho em Antônio Carlos, uma vez que foi solicitado quebra de sigilo telefônico do amigo de Marcos, constatando que recebeu uma ligação pouco mais de uma hora depois da explosão. O que incomodava Leonardo em tudo isso era o fato do telefone de Antônio já estar grampeado. Ele sabia que não era possível ter esse tipo de acesso em tão pouco tempo. Por esse motivo, temeu ter seu telefone grampeado e parou de usar. Colocaram policiais em carros civis para observar a casa de Marcos, de sua namorada, dos pais de Valentina, mandaram uma equipe para o município de Itanhaém, pois na ligação eles combinavam de se encontrar lá.

Tá tudo muito perfeitinho, ele pensava, muito conveniente, refletia ele enquanto almoçava. Comia sempre no mesmo lugar, no bar em que levou o tiro há quase um ano atrás. Um dos poucos lugares que não havia mudado em nada, nem comida, nem atendentes, nem sujeira. Evitava comer carne naquele local, já tinha pego uma infecção alimentar e sabia que tinha sido ali, portanto, seu almoço resume a arroz, feijão, omelete e salada. E a salada ele só comia depois de olhar bem se não tinham insetos e larvas. Com tudo isso, ele adorava aquele lugar. Todos sabiam seu nome, perguntavam se tinha melhorado o ombro, se queria café. Às vezes até ganha um bombom quando estava pagando. Era o mais próximo que tinha de uma família.

Sempre que pegava sua carteira para pagar algo, dava de cara com a foto de sua esposa e filhos, uma foto envelhecida, quase amarelada. Foi a única coisa que manteve de seus entes queridos após o acidente de carro. Aquele dia foi um divisor de águas na vida de Leonardo. A fechada que recebeu na Av.

Anhaia Mello, os tiros, a fuga dos bandidos, encontrá-los e matá-los. Toda vez que olhava a foto, essa lembrança passava como um filme em sua mente. Odiava a zona leste por isso. Evitava a todo custo precisar ir para aqueles lados. Sua vida tornou-se uma missão, matar bandidos.

Mas não era qualquer bandido que ele matava. Assassinos, pedófilos, estupradores, agressores de crianças e idosos. Foram dois dias para encontrar e executar os assassinos de sua família. A juíza tinha liberado os três por falta de provas. O crime foi dado como confronto de quadrilhas, mas todos na delegacia sabiam o que tinha acontecido. A própria juíza sofreu consequências de suas ações. Um belo dia, saindo do fórum da barra funda, a juíza teve seu carro fechado, recebendo a mesma quantidade de tiros que Leonardo recebeu em seu carro. Sua sorte foi seu carro ser blindado. Esta mulher nunca mais andou sem seguranças, bem como não libertou um bandido com tão pouco caso. Essa daí aprendeu a lição, pensava ele enquanto lembrava da cena.

Não houve nenhuma vez em que estivesse enganado quanto a um bandido. Tinha um dom para pegar esse tipo de gente. Certa vez, um pai havia denunciado o sumiço do filho de 11 anos. Na hora em que falava com o pai sabia que tinha sido ele. Não sabia explicar como sabia, mas sabia. Via a pessoa de um jeito diferente, ela ficava mais acinzentada em seus olhos, em alguns casos via a pessoa bem escura, quase como uma sombra. Em casos mais graves, via os olhos, chegavam a ficar vermelhos. Esse pai molestava o filho há 5 anos, quando o menino disse que contaria para a mãe, o pai falou que nunca mais faria aquilo. Esperou o menino dormir, o matou estrangulado para em seguida abusar do corpo do filho morto. Enrolou o corpo no lençol do menino, jogando-o em uma ribanceira perto da casa. Quando não havia mais como negar, o homem acabou assumindo. Leonardo então o levou para a ribanceira em que ele havia jogado o corpo, fez com que mostrasse exatamente onde tinha jogado o menino e deu três tiros em sua cabeça. Foi a segunda vez que matou.

Daquele dia em diante, decidiu que seria o executor dos executores. Não se incomodava em ser chamado de justiceiro. Amava a justiça, fazia dela sua única companheira. Todavia, não admitia ser confundido com ladrões, seu papel era muito maior em tudo isso. Em Marcos, o investigador não via nada de errado, não era cinza ou tinha olhos vermelhos, assim como em Feijão e Rogério. Não brilhavam como dona Maria do Socorro, a moça da faxina, mas não eram "sujos", como costumava chamar as pessoas que sabia que tinham matado. Provocava-os, pois, os via como rivais, contudo, admirava seus colegas em segredo. Desconfiava de que essa situação pudesse ser uma grande armação. Entendia que o assassinato de Valentina foi algo que aconteceu de maneira equivocada, pensava ser Marcos o alvo. Suspeitava do delegado Clodoaldo, bem como de seu próprio delegado, Sérgio. Via seus olhos vermelhos, sabia que era um homem ruim. Voltou do almoço, parando na sala do psi-cólogo.

—Boa tarde, doutor, tá livre aí?

—Boa tarde, investigador. Não precisa me chamar de doutor não, sou Arthur.

—Arthur, tô com algumas coisas me incomodando e... - ele para ao notar algo no psicólogo - depois queria falar com você.

—Algo de errado?

—Não, não. Consegue marcar um horário pra mim?

—Pode ser agora se puder. Caso não possa, amanhã pela manhã me procure.

—Agora não posso mesmo. Amanhã cedo, falamos. Obrigado.

—As ordens.

Leonardo saiu dali pensando que teria de encontrar um analista de sistemas o quanto antes. Procurou o delegado falando sobre o assunto, explicou o que observou nas imagens dos relatórios. Ficou assustado com os olhos do delegado, parecia que saiam chamas. Mesmo assim, escutou calmamente de sua boca, que esperasse por esse analista, que já havia sido solicitado a SSP, em breve teriam novo recurso. Sem questionar,

Leonardo saiu da sala. *Dois filhos da puta*, pensou, tô cercado de filho da puta. Pegou um café na copa e saiu para caminhar, precisava tomar um ar, refletir. Buscava por algum tipo de iluminação divina. Sabia que outras pessoas não viam como ele via. A única vez que tentou explicar como via as pessoas, foi com sua mãe. Ela lhe disse que nunca falasse disso com ninguém porque seria visto como louco. Com medo, nunca falou. Tomou seu café e terminou sua caminhada. Não tinha conseguido pensar em nada além das linhas de raciocínio que já tinha pensado.

Entrou na delegacia, sentando em sua cadeira. Um envelope pardo estava sobre sua mesa com seu nome escrito. Olhou para os lados, ninguém lhe deu atenção. Perguntou ao colega do lado se tinha visto algo, obteve um aceno negativo de cabeça como resposta. Apertou o envelope, sentiu que era algo quadrado, imaginou serem fotos. Abriu, rasgando-o, em seu interior, mais de dez fotos. Eram as imagens em ótima resolução mostrando o relógio, uma quase mostrava o lado esquerdo do rosto. Leonardo novamente olhou para os lados buscando algum olhar que cruzasse com o seu. Nada viu. Olhou para fora da delegacia, buscando o céu e agradeceu pelas fotos.

OZYMANDIAS

Fazia duas semanas que não falava de outra coisa que não fosse o desaparecimento do menino Frederico. Fred, como era conhecido pelos familiares e amigos próximos, desapareceu na porta da escola após a saída. O pai do menino, Luiz Romualdo, rico empresário do ramo de sapatos, oferecia uma grande recompensa por informações sobre o garoto. Sua mãe, Alessandra Pimentel, dona de uma rede de salões de beleza, não fazia outra coisa que não fosse chorar. Fred fazia aulas extras de futebol a tarde no colégio onde estudava, além de aulas de karatê. Fazia também aulas de natação em uma escola próxima a sua casa. Fotos dele estavam por todos os locais, um menino loiro de olhos azuis com 9 anos de idade. Seus pais temiam que ele tivesse sido sequestrado e tivesse sido vendido como tráfico humano.

Leonardo estava investigando esse caso, sofrendo uma enorme pressão do delegado. O que o incomodava mais era a pressão da imprensa. Como hienas, ficavam na porta da delegacia dia e noite em busca de uma migalha de informação que conseguissem. Precisou informar ao delegado que dois colegas estavam vendendo informações aos repórteres. Foi, contudo, repreendido, pois ele também estaria praticando isso, o que lhes rendia altas quantias, pagam o quanto a gente pede, disse o delegado, faça seu trabalho e deixe que eu lido com eles. Bezerra estava transtornado com essa situação. Nunca tinha visto o delegado agir dessa maneira. Tinha dificuldades em seguir com qualquer linha de investigação, pois onde ia tinha imprensa. Seus passos eram seguidos por fotógrafos, câmeras, celulares, tudo que pudesse registrar o que fazia. O pior de tudo era saber que seu superior quem estava entregando seus passos.

Resolveu adotar uma postura sorrateira. Não ia mais para a delegacia, quando ia, não falava com ninguém lá dentro. Respondia a toda pergunta com 'é complicado' ou 'tá difícil'. Conseguiu um horário com Luiz, o pai. Informou a secretária que podia estar sendo seguido por repórteres, fazendo com que se encontrassem em um restaurante muito privativo na Bela Cintra, em um horário bastante diferente do horário de maior movimento, tendo apenas eles dois sentados à mesa. Leonardo via nele toda a tristeza de um pai, nada indicava que ele teria cometido algo contra o menino. O pai disse que o rapaz passava a maior parte do tempo com a mãe e a babá, tinha seus horários regrados e gostava de tudo que fazia. Disse que nos últimos dias estava reclamando de ter que fazer natação, pois tinha medo. O investigador perguntou se ele tinha amantes ou inimigos que pudessem ter sequestrado o menino, contudo, o homem explicou que quando se tratava de inimigos, ele os promovia para cidades bem longe. Quanto a amantes, ele mal tinha tempo para família e esposas, preferia não ter esse tipo de dor de cabeça. Falaram por mais de duas horas. Perguntou se Luiz poderia reservar o restaurante para que ele falasse com sua esposa, da mesma forma que falaram, o que foi prontamente atendido.

No dia seguinte, Leonardo estava novamente no restaurante, dessa vez com a esposa, Alessandra. Na mulher, tinha algo de diferente, seus olhos mostravam dor e raiva. A rotina dela baseava-se na rotina do menino. Explicou que precisaram fazer inseminação artificial, gastaram muito dinheiro com isso. Por ela ter 44 anos quando ele nasceu, sentia um desespero enorme em perder seu único filho. Era ela quem sempre buscava o menino. Não sabe como ele conseguiu sair da escola sem permissão, nem quem o pegou. Quando foi confrontada sobre inimigos, disse não se recordar de ninguém que a odiasse a ponto de fazer aquilo com ela. Porém, ao ser questionada sobre amantes, ela hesitou. Disse que não tinha tempo para isso, mas perdeu muito tempo falando dos porquês de não ter. Falou um pouco demoradamente do seu personal trainer e do professor de natação de Fred. Informou que o menino frequentava uma psicóloga, e que ela tinha chamado ela para uma conversa no próximo dia. Leonardo se ofereceu para ir junto, o que ela aceitou de pronto.

Chegaram no consultório pela manhã. A psicóloga os atendeu, mas informou que o investigador não poderia entrar. Alessandra insistiu tanto que precisou falar um pouco mais alto para que tivesse o pedido atendido. A doutora era especialista em crianças. Pediu que eles se sentassem, pois o assunto era sério. Explicou como vinham sendo as sessões com o menino, de como ele falava dos pais, contudo, quando falou do professor de natação, a doutora disse que era para ela não deixar mais ele frequentar as aulas. Bezerra então interferiu, pedindo que ela desse mais detalhes.

—O senhor entende que não deveria nem estar aqui. Abri uma exceção permitindo que o senhor entrasse, sem se intrometer.

—Doutora, um garoto de 9 anos está desaparecido. O tempo corre contra nós. Se a senhora tem algo a mais a dizer sobre o professor, diga.

—Não posso revelar o conteúdo, é sigilo profissional.

—Tudo bem, não fale. Vou ligar para todas as emissoras de televisão, vou dizer que a senhora sabe quem fez isso com o garoto e não quer falar. Vou deixar que seu sigilo faça isso por você.

—O senhor não se atreveria.

—Alô, fala Claudião. Vou te retribuir o favor que me fez. Doutora Midori Sato, psicóloga do garoto. Não senhor, a dica é essa, abraço. Já fiz. Agora, ou a senhora abre a boca e nos ajuda, ou quando eu for questionado pelos repórteres, vou dizer que a senhora atrapalhou uma investigação de sequestro envolvendo uma criança. Já viu o que vai acontecer com seus pacientes, né?!

Enfurecida, a psicóloga informou que o menino disse, por mais de uma vez, que o professor queria adotá-lo, que o amava tanto que queria ficar todo tempo do mundo com ele. Por isso ela pedia que o garoto não frequentasse aquela escola de natação. Agradeceram e foram embora. No caminho, Alessandra questionou o investigador sobre a ligação, ficou com medo de que pudesse prejudicar as investigações se a imprensa soubesse sobre a psicóloga. Leonardo mostrou o celular para ela, rindo. *Não houve ligação nenhuma*, disse ele. A mãe teve alguns segundos de alívio e se permitiu rir. Despediram-se no estacionamento. Leonardo iria agora para a escola de natação. Abriu a porta carro, no banco do motorista, um envelope pardo aparentando ter bastante coisa dentro. Olhou para os lados, sem perceber ninguém. *Você precisa parar de fazer isso*, pensou. Dentro do envelope, um tablet com um papel amarelo colado no visor, 'me assista'. O aparelho estava ligado. Na tela inicial, havia um arquivo chamado 'natação'.

Bezerra começa a ver as imagens. A captura é feita pelas câmeras de segurança da escola de natação. Era o menino Frederico, dois dias antes de desaparecer. O professor se abaixava, abraçando-o demoradamente. Não tinha o mesmo comportamento com os demais meninos. Quando os demais meninos iam para um lado, correndo enrolado em suas toalhas, o professor ia com o garoto para outro lado. Vinte minutos depois, o garoto volta, já trocado e sem professor. Ele está andando devagar, cabisbaixo. *Filho da puta*, pensou. O arquivo segue, passando para um dia antes do desaparecimento do garoto. Acaba a aula, o professor se despede dos demais alunos, porém, quando se abaixa para abraçar Fred, é empurrado caindo sentado e o menino sai correndo. A filmagem segue. O professor, um homem muito alto e muito magro, dá um soco no chão, mantendo o olhar fixado para onde o menino correu. Minutos depois, se levanta, andando em direção onde levou o menino no dia anterior.

Um alerta é recebido no tablet, um novo e-mail com o título 'saída da escola'. Leonardo abre. O e-mail contém um vídeo anexado de mesmo nome. O remetente era uma combinação de letras e números que não faziam muito sentido para ele. Abrindo o arquivo, as imagens mostram o menino andando de mochila dentro da escola. Nenhuma outra criança está de mochila, tão pouco prestando atenção nele. Aparentemente é o horário do recreio. Frederico caminha tranquilamente entre as crianças, indo até a entrada da escola. Uma mulher se abaixa, falando com o garoto, apontando com a mão para o lado oposto que ele estava indo. Ele volta, chegando ao fim do corredor, olha para trás, a mulher não está olhando mais para ele. O menino então encosta no corredor. Usava o uniforme da escola, uma camiseta branca com detalhes em amarelo e azul, um short azul com detalhes em amarelo e branco. A câmera volta mostrando a mulher que fazia a guarda da porta. Alguém a chamou, ela precisou sair de seu posto. Rapidamente Fred caminha até a entrada, abrindo a porta, chegando ao portão de saída. Este não estava trancado, tão pouco tinha alguém vigiando. Ele olha para a direita, acenando com a mão e sai. As câmeras capturam sua imagem até onde é possível. Quem o esperava não aparece. No corpo do e-mail estava escrito:

Não encontrei outras câmeras mostrando outros ângulos.

O carro do professor de natação tem passagens pelo pedágio de Arujá, na Dutra. Incomum trajeto.

As câmeras da praça de pedágio não mostram outra pessoa no carro.

Ida 18:46

Volta 22:36

Dia do desaparecimento.

Toda ajuda é bem-vinda, pensou. Leonardo acelera em direção a escola. Irá confrontar o professor. Sabe que nesses casos, todo tempo é precioso. Estava na região da Av. Paulista em horário de pico. A escola ficava na Pamplona, perto da Av. Brasil. Era perto, mas com aquele trânsito, seria muito difícil. Percorreu uma distância curta em quarenta minutos. Estava aflito, se a mãe tivesse falado algo com o professor poderia ter colocado tudo a perder. A entrada da escola de natação parecia um centro olímpico. Muita decoração, luzes, arcos olímpicos, grafite com os rostos de Gustavo Borges, Fernando Scherer e César Cielo do tamanho da parede, deixavam claro onde a escola pretendia levar os alunos. Passando pela recepção sem se identificar, Leonardo foi direto onde ficavam as piscinas. O professor dava aula para uma turma de crianças.

—Com licença. O senhor é o professor de natação?

—Vamo lá rapaziada, repetição do exercício, só parem quando eu falar. Sim, Fábio Coelho, e o senhor, avô de algum deles?

—Não - o investigador mostra um sorriso amarelo - sou o investigador Leonardo Bezerra do DHPP, estou investigando o desaparecimento do menino Frederico Pimentel Romualdo.

—Tadinho do Fred - diz Fábio, entristecido, olhando para baixo - menino super esforçado. Quer ser jogador de futebol, mas a mãe insiste em trazê-lo aqui. Ele se empenha, mas não é a praia dele, se é que o senhor me entende.

—Senhor Fábio, vou ser bem direto com o senhor. O senhor tem algo a ver com o desaparecimento do menino?

—O que?! Claro que não!

—Senhor Fábio, tenho uma filmagem mostrando o senhor abraçando o menino, mais de uma vez, inclusive levando-o para o vestiário após as aulas.

—Sim, fiz isso com ele. O senhor não pode me acusar de querer o bem de um aluno, dando um abraço nele.

—Mas o que o senhor foi fazer com ele no vestiário.

—Não fui ao vestiário, fui à cantina, paguei um lanche pro menino. Olha nas suas filmagens aí. Estão acontecendo algumas coisas com ele...

—Que coisas, senhor Fábio?

—Acho melhor o senhor falar com a mãe dele e aquele personal dela.

—O senhor pode ser mais claro?

—Aquele filho da puta tá comendo o menino - grita o professor. As crianças param o exercício, olhando para os dois adultos conversando - Eu não falei pra pararem. Bora lá, agora corrida batendo as mãos nos joelhos - Aquele personal se faz de comedor de coroa, mas tá abusando do moleque - repete Fábio, falando bem baixinho.

—Como o senhor pode provar isso? O senhor se ofereceu para adotar o menino.

—Eu, provar? Claro que me ofereci para adotá-lo, os pais tão cagando pra ele. O moleque não aguenta mais, todo dia que o cara vai lá ele vem pra cá chorando. Acho que a Alê tá envolvida também, porque ele fala que a mãe não o ajuda quando ele grita. Olha suas filmagens aí, sabichão. Aliás, daqui a pouco é o horário da turma dele, vê aí se o personal vai lá dar umas aulinhas pra ela.

—Por que o garoto empurrou o senhor quando o abraçou?

—Ele queria saber quanto tempo faltava pra eu adotá-lo e tirá-lo daquela casa. Expliquei pra ele que era complicado, que iria demorar um tempo. Ele perguntou quanto tempo, eu disse que seria bastante, ele então disse que não teria bastante tempo e me empurrou.

—Como o senhor explica sua ida para Arujá no dia do desaparecimento?

—Minha mãe é acamada, mora lá com minha irmã. Fui visitá-la. Ela está nos últimos dias. Minha irmã disse que ela estava chamando por mim. Pode procurar pela minha irmã pra saber se falo a verdade.

—O senhor…

—Escuta, eu tenho aula pra dar. O senhor vai me levar preso?

—Não.

—Então me dê licença.

Fábio vira as costas para o investigador, voltando para sua aula. Como não pegaram as imagens da cantina? se questiona o investigador. Ele sai correndo para seu carro. Precisa correr contra o tempo. No caminho da escola de natação ele estava certo que seria o professor, contudo, não viu nada de ruim nos olhos dele, tão pouco era cinza ou estava escuro. Sabia que não tinha sido ele e precisava correr. Ligou para a Alessandra, a mãe.

—Dona Alessandra, Leonardo Bezerra. Me diz uma coisa, quais os dias que tem aula com o seu personal trainer?

—Segunda, quarta e sexta, investigador. Por que da pergunta?

—Hoje é quarta, a senhora tem aula com ele?

—Não, segunda, pedi pra ele não vir, não estava com cabeça. Hoje ele ligou dizendo que não poderia vir, está meio gripado.

—A senhora sabe onde ele mora.

—Sei, levei ele pra casa várias vezes.

—Dona Alessandra, eu sei que ele é seu amante, como sei que a senhora tem vários outros casos. Não estou julgando a senhora. Isso aqui é mais importante que seus casos. É da vida do seu filho que estamos falando. Onde mora o seu personal e qual o nome dele?

Henrique Pelegrino, te passo a localização que tenho salvo aqui.

Leonardo desliga sem se despedir. Momentos depois ele recebe a mensagem com a localização. Era na Av. Sabiá em Moema. *Vou demorar uma caralhada de tempo pra chegar lá*, esbraveja Leonardo. O tempo é seu inimigo. O investigador responde o e-mail que tinha recebido com os vídeos antes de sair.

Vacilão. Tinha mais imagens da escola de natação. Não é o professor, é o personal. Henrique Pelegrino, vejam o que descobrem dele. Procurem as imagens do professor levando o menino pra cantina no dia antes do desaparecimento.

Bezerra sai em disparada para o endereço que a mãe passou. Estava há quinze minutos do local. Se o trânsito ajudasse, chegaria antes. No caminho se pegou pensando em como até mesmo imagens podem mentir, nesse caso, direcionar para outro lado. Quando saiu da psicóloga tinha claro em sua mente que era o professor de natação, não teria como ser outra pessoa. Agora pensa até que Dona Alessandra está envolvida. *É melhor que ela não esteja*, pensou. Chegou em vinte minutos, considerou um tempo bom. Viu que se tratava de um flat, o que o preocupou. Na recepção, havia um balcão como em hotéis. Chegou se identificando, pedindo informações sobre Henrique Pelegrino. Assustado, falou que se tratava de um homem alto, forte, loiro, possivelmente tingido, de porte físico avantajado. A recepcionista, uma moça jovem, rapidamente identificou de quem o investigador falava, Bento Silva, limpador de piscinas.

—Acho que confundi os nomes aqui - disse ele, meio sem jeito. O investigador tentou não mostrar sua surpresa - Sabe se ele está, tenho uma encomenda pra ele.

—Ah, encomenda - responde a moça, rindo.

—O que foi, disse algo engraçado?

—O senhor tem uma encomenda mesmo ou é 'encomenda'?

—Como assim? A senhora está sugerindo que venho ter relações sexuais com Bento? Não senhora, é uma encomenda, 'encomenda' mesmo.

—Ah, me desculpa. É que o senhor parece com os velhos que vêm aqui com 'encomendas' pra ele. Não, ele não está desde quinta passada. Falou que ia na casa de uma tia no interior, deixou o mês pago e foi embora. Acho que foi levar alguma 'encomenda' pra ela. Um desperdício, na minha opinião, um homem tão gostoso...

—Ok senhora, entendi o ponto. Ele disse onde essa tia mora?

—Jundiaí.

—Ele tem carro registrado aqui?

—Não, sempre disse que não precisava de carro.

—Obrigado, tenha um bom dia.

Era a segunda vez no mesmo dia que ele era chamado de velho. Ficou incomodado, prometeu para si mesmo que assim que esse caso terminasse, começaria a academia. Seu celular solta o som de notificação, novo e-mail intitulado "Enrique Balsera, o peregrino mais famoso do mundo." Anexado, um vídeo denominado 'cantina'. No corpo do e-mail um link com a reportagem da visita de Enrique Balsera a Valença, na Espanha. Leonardo respondeu o e-mail pedindo que verificassem Bento Silva, possíveis imagens do endereço do flat a partir da última quinta-feira, dia do desaparecimento de Fred. Decidiu que aguardaria a resposta em seu carro. Vendo uma cafeteria na esquina do flat, mudou de ideia. Queria estar bem atento quando precisasse agir, *nada melhor que um café forte*, pensou.

Leonardo tinha 59 anos. Tinha uma vasta cabeleira cinza, um rosto redondo o fazia parecer gordo, apesar de manter a boa forma da juventude. O único lugar em seu rosto que crescia barba era no queixo. Usava sempre uma camisa social de cor opaca, gostava da discrição. Usava calças sociais em tons de marrom ou bege. Optava essa forma de se vestir, seguindo o conselho de investigadores antigos, que diziam que, se eles se parecessem com todo mundo seria mais fácil de não se parecer com ninguém. Após a morte de sua família, só não abandonou o cuidado com a saúde, já sua aparência, deixou de cuidar. Abandonou sua vaidade, seus ternos bonitos, passando a se vestir da mesma maneira há mais de 30 anos.

Sentado em uma das mesas da cafeteria, recebeu um café duplo, coado. Pediu uma fatia de bolo de fubá que estava em exposição. Ao dar a primeira mordida, percebeu que o bolo estava duro. Tomou um gole do café, sentiu o gosto de café requentado. Não conseguiu tomar o primeiro gole inteiro. Seu celular emite novo som, e-mail recebido com o título 'personal, vá agora, risco de vida'. No corpo do e-mail, coordenadas, uma placa de carro escrito ao lado, "alugado", provável nome falso. Anexado, um vídeo intitulado 'socorro - personal'. No vídeo mostrava Bento entrando no flat segurando o garoto pelas mãos. Não havia ninguém na recepção, era meio dia. Por volta das quatorze horas, o telefone toca e a recepcionista atende, saindo logo em seguida. Na mesma hora, Bento sai com Fred, puxando-o dessa vez, em passos rápidos. As imagens o mostram entrando em um carro azul metálico. As imagens acompanham até Jundiaí, mostrando exatamente a casa que estacionou. Não houve movimentação desde então.

Pelo GPS, levaria mais de uma hora para chegar. Sem perder tempo, Leonardo sai em disparada. A garçonete grita por ele, perguntando se não ia pagar. Ele grita de volta, *tá uma bosta, você nem devia vender isso*, e continua correndo para o carro. Liga para seu amigo, delegado do DP de Jundiaí. Passa as coordenadas para ele, explica que é sobre o desaparecimento do menino Fred que está na televisão. Pede a ele sigilo, pois trata-se de vida ou morte. De onde estava, sabia que o melhor caminho seria pela Rodovia dos Bandeirantes. Tinha apenas um problema, a Rodovia dos Bandeirantes. Era imprevisível, com tráfego de muitos caminhões. Não tinha muitas escolhas. Ele está mantendo o menino em cativeiro, pensa ele, bastante aflito.

Aprendeu há muitos anos que não deveria se culpar por não ter visto algo antes. Contudo, sentia-se mal por não ter percebido que havia algo a mais. Colocou a sirene em cima do painel do carro e acelerou o máximo que pôde. Ultrapassou pela direita, pela esquerda, até mesmo pelo acostamento. Fez o que pôde para chegar ao local em menos tempo. Pouco mais de uma hora depois, na Rua Onze de Junho em Jundiaí, chegava Leonardo. A rua estava tomada por viaturas, ambulâncias, até mesmo um carro de bombeiros estava na frente da casa. Havia muita imprensa no local. A rua estava tomada por profissionais e curiosos. *Alfredo filho da puta*, pensou quando lembrou do delegado. Mostrando o distintivo, conseguiu passar pelo bloqueio policial. O delegado Alfredo veio em sua direção.

—Que parte do sigilo você não entendeu.

—Isso é muito maior que eu e você.

—Sim, seu ego é maior que nós dois juntos - diz o investigador, cuspindo na cara do delegado.

—Para, não faz nada não - diz o delegado, segurando dois de seus homens - vai lá, investigador, dessa vez eu desculpo sua indelicadeza.

—Enfia sua desculpa no cu, seu bosta. Solta os cachorrinhos aí pra você ver o que é indelicadeza.

—Vai fazer o que, meter dum dum neles?

Leonardo se contém. Continua andando em direção a casa. Uma casa de cor bege e portão branco baixo, acompanhando a altura do muro. A garagem era coberta, ao lado um jardim com uma roseira. A grade da janela da sala era branca, combinando com o portão. Os peritos já estavam no local. Ele entra, pede luvas e proteção para os sapatos. A responsável pede que ele use uma máscara e touca para os cabelos, indicando que as pegasse nas caixas em cima do móvel da sala. Venha, estão aqui, disse a perita criminal, levando o investigador até o quarto. Pelo estado dos corpos, devem estar mortos desde quinta-feira, mas só o médico legista pode dar essa certeza, completa a perita.

Leonardo está desolado. Ele olha incrédulo para a cena. No quarto, deitados em uma cama de casal, estão o personal e o garoto deitados, o personal deitado por baixo, abraçado ao garoto em seu peito. Observando de perto, um ferimento a bala do lado esquerdo da cabeça de Fred. No professor, o ferimento era do lado direito de sua cabeça. Um revólver .22 estava no chão, próximo a mão direita do personal.

—Tarde, Investigador Leonardo Bezerra. Qual o nome dele?

—Perita Criminal Maria Cecília. Antônio César Martins Filho.

—Nem Henrique, nem Bento.

—Como?

—Ele atuava como personal trainer de um pessoal rico, se apresentava como Henrique Pelegrino. No flat que estava hospedado, era Bento Silva.

—Ainda não encontramos outros documentos - responde a perita - apenas essa carteira que estava em seu bolso.

—Olharam o carro?

—Dois do meu time vão olhar agora.

—Algum indício de abuso?

—Sim - diz ela abaixando a bermuda que o menino vestia - estava olhando antes de você chegar. Menino tá judiado, parece que era algo constante.

—Vontade de ressuscitar ele pra matar ele de novo.

—Nem me fale. Tenho um filho da mesma idade. O senhor tem filhos?

—Não tenho mais. Morreram.

—Sinto muito.

—Eu também.

Ele agradece as informações. Pega seu telefone e responde o último e-mail que recebeu com o nome do sequestrador. Quando sai da casa, o delegado está dando entrevista dizendo como fez para solucionar o caso a partir de suas investigações. Bezerra, que há muito não suportava mais comportamentos como esse, se intrometeu, tomando o microfone da repórter, empurrando o delegado, que cai no chão.

—Esse filho da puta desse delegado era meu amigo. Fiz um puta de um trabalho investigativo fudido, conseguindo a informação que esse pedófilo maldito estava aqui, pra esse bosta vir aqui falar que ele que fez o trabalho. Pergunta pra ele os detalhes do que foi feito, vejam se ele sabe responder algo. Você é um incompetente, Alfredo. E pensar que eu te admirava.

Leonardo joga o microfone no chão. Um policial tenta impedir que ele siga, mas o investigador é faixa preta de judô, aplicando um ippon. Os demais, vendo o que ele fez, se afastam. *Tô pra me aposentar mesmo*, pensou e riu bastante. Sentado em seu carro, ligou para o pai do menino.

—Senhor Luiz, sou eu, Investigador Leonardo. Tenho uma notícia muito ruim para dar ao senhor.

—Estou vendo na televisão, doutor. Tá a maior confusão, o senhor bateu em dois policiais?

—Um delegado e um policial. Sinto muito por sua perda. Eu queria ter encontrado seu filho antes disso tudo. Acontece que no dia que ele sumiu, foi o dia que ele foi morto.

—Não estão dando detalhes na televisão. Só dizendo que meu filho foi encontrado morto. O senhor pode me falar o que aconteceu?

—O personal não era personal, o nome real dele era Antônio César Martins Filho. Ele também usava o nome de Bento Silva. Aparentemente ele era garoto de programa, atendia num flat em Moema. Ele pegou seu filho na porta da escola. Levou ele em um carro alugado para Jundiaí. Deitou com ele em uma cama de casal, abraçado junto ao seu peito, deu um tiro na cabeça do menino, depois se matou.

—Meu Deus, doutor - o homem desaba em prantos - meu filhote meu Deus, por quê?

—Senhor Luiz...

—Sim.

—Se serve de consolo, perdi meus dois filhos, uma menina de 8 anos, um menino de 6 anos e minha esposa. Ela tinha 29 anos quando aconteceu. Foi um acidente de carro.

—E como... como o senhor fez?

—Nunca fica fácil. A gente se acostuma com a ausência. A lembrança nunca some. Não deixe o luto tomar conta da sua vida. O senhor vai se tornar uma pessoa sombria, fria, sem sentimentos.

—Obrigado pelas palavras, doutor.

—Tem outra coisa, senhor Luiz.

—Sim.

—Sua esposa estava tendo um caso com o personal.

—Temos um relacionamento por conveniência, doutor. Eu queria um filho, ela uma vida boa. Não tenho o menor interesse sexual nela. Obrigado por me contar tudo, doutor, tomarei providências. Obrigado novamente pelas palavras.

—Fica com Deus, senhor Luiz.

O pai, em luto, não respondeu, apenas desligou. Não ficou surpreso com a resposta do senhor Luiz Romualdo. Já tinha visto muitos casos de gente rica que se comportava dessa maneira. Leonardo encostou as duas mãos sobre o volante, colocou sua cabeça sobre suas mãos e chorou. Chorou muito. Lembrou de seus filhos, de sua esposa e chorou de tristeza. Lembrou da última traição do delegado Alfredo e chorou de ódio. Chorou por quase uma hora. Parou de chorar, começando a se recompor. Pegou seu telefone, retirou o chip e desligou o aparelho. Abriu o porta-luvas e retirou outro aparelho de lá, colocando o seu. Guardou seu chip no bolso, abriu o quebra-sol pegando outro chip dali. Colocou no outro aparelho, ligando-o. Começou a receber alguns alertas de mensagens. Fez como foi ensinado, abriu o navegador Tor, acessando o link onion que estava salvo nos favoritos. Entrou no site de uma loja de ferramentas Ferramentas SA. Sabia que precisava ter cuidado, não podia escolher nada errado. Selecionou em tipo de ferramenta, manual, depois selecionou martelo e inseriu seu e-mail leonardo@martelo.gov clicando depois em observações. Escreveu, ponto de encontro em duas horas, clicou em enviar. Quando recebeu o alerta que sua mensagem foi enviada com sucesso, desligou o aparelho, removendo o chip.

Saiu do centro de Jundiaí, dirigindo até chegar à rodovia. Seguiu viagem sem ligar o rádio ou seu telefone. Sabia que sofreria represálias, só não queria pensar nisso agora. Agrediu um delegado e isso teria consequências graves. Chegando na Marginal Tietê, pegando um trânsito grande, refletia sobre como tudo tinha chegado até ali, as decisões que tomou era a única conclusão. Chegando da Av. Salim Maluf, lembrou do político Paulo e de sua forma de falar. Tentou imitá-lo, acabou rindo de sua péssima performance. Lembrou de seu saudoso pai, que sabia fazer imitação. Pegou a saída para a rua do Orfanato, andando por alguns quarteirões, entrando à esquerda na Américo Vespucci, depois à esquerda na rua Cananéia. Era a mesma rua em que o barbeiro tinha assassinado um ex-policial com uma navalha. Logo na esquina, tinha um estacionamento. Leonardo pegou o controle do portão, apertou o botão, esperando abrir. Guardou seu carro na vaga dezesseis. Saiu do carro, dirigiu-se até o Uno marrom que estava estacionado na vaga dez. Pegou a chave que estava dentro da portinha que protege o reservatório de gasolina. Entrou no carro. Era difícil de ligá-lo, conseguindo após algumas tentativas. *Carro de merda*, pensou. Ao sair do estacionamento, fechou o portão com o controle. Seguiu pela rua Cananéia, que, mais a frente, se tornava uma grande subida, que ele precisou fazer em primeira marcha. Passou pela construção de uma nova estação de metrô, entrando à direita na Av. Vila Ema. Seguia sentido bairro, entrando a direita novamente na rua Itanhaém. Estacionou na esquina da rua Doutor Sanareli.

Na placa desgastada podia ver, Bicicletaria Aldo. Olhou atento para ver se não tinha ninguém olhando. Saiu do carro, prestando bastante atenção. Olhou para cima, para a câmera que estava direcionada para a entrada do local e acenou. Escutou o barulho da porta lateral, indicando que havia sido liberada. Entrou e trancou a porta por dentro. Subiu as escadas, chegando a uma sala vazia. Passou pela porta que levava aos cômodos de dentro, virando à direita. Uma outra sala com porta fechada. Leonardo abre a porta, as luzes estavam acesas. O cômodo era quadrado, uma janela à direita da porta. Três mesas colocadas em pontos separados, cada uma com um notebook em cima. À mesa com quatro monitores ao centro, estava sentado Rogério, que sorriu ao ver o investigador. A mesa com apenas um notebook a direita, Feijão estava entretido em uma pesquisa na internet e na mesa a esquerda, Marcos. Feijão nota a presença de Leonardo alguns minutos depois.

—Sinto muito - diz Marcos - você foi sagaz.

—Mandou bem Léo, você não podia fazer nada. Já tinha acontecido, fala Feijão.

—Verdade, você fez um trabalho foda - complementa Rogério.

—Vão tomar nos seus cus, não preciso de livro de autoajuda. Mas obrigado, senhores, fiquei bem triste, o menino era abusado por aquele pedófilo desgraçado. Uma história complicada. Vamos pedir comida, conto tudo pra vocês durante a janta. Aliás, que trabalho bom de vocês aqui em parabéns.

—Livro de autoajuda, meu ovo - fala Feijão - Quem fez tudo foi o Rogério, a gente só assiste e aplaude.

—Outra coisa - interrompe Marcos - Antônio César Martins Filho, é o Antes de Cristo, AC. Estava na Acadepol, com os outros na mesma turma do cara que matou a Vitória.

—Caralho. O que você fez com esses caras, Marcos? Por isso não gostava de você.

—É, eu sei. Aquele Marcos não existe mais. Me certifiquei disso.

—Sim, certificou - diz Feijão, rindo - mas e a comida, vem quando?

ANALISANDO BEM

Leonardo estava certo de que iria ser preso assim que pisasse na delegacia. Chegou cedo, sentou em sua mesa que ficava de frente a sala do delegado Sérgio. Viu todos os colegas do turno da noite saírem, o pessoal do turno do dia chegar, a tia da faxina passar o café, enfim, acompanhou todo o despertar da delegacia. Chegava sempre bem após as dez horas, não via as coisas acontecendo cedo. Observou a chegada do psicólogo em seu terno cinza, seus óculos de lentes grossas, com o cabelo bagunçado como sempre. A nova secretária chegou antes das oito. Ela era grosseira, uma mulher alta e gorda que pisava firme e tinha voz grossa. Bezerra ficou sabendo depois que ela era sobrinha do delegado. Viu em seus olhos que sua forma bruta era apenas para se proteger e logo fez amizade com ela. Deixava, sempre que ia à delegacia, um sonho ou uma rosquinha em sua mesa. Ela o agradecia com pães de queijo ou um salgado da padaria. Ele era assim, bom em ver a essência das pessoas.

O delegado chegou próximo das onze. Entrou rápido, não falou com ninguém, indo direto para sua sala. Meia hora depois, gritou por seu nome. *É agora*, pensou. O investigador tinha ido vestido de camiseta polo branca e uma calça jeans, pensando em estar confortável na cela. Ligou para seu advogado na noite anterior, deixando-o de sobreaviso. Entrando na sala de Sérgio, ficou surpreso. O velho estava colocando suas coisas em caixas. Me dá uma mão aqui, esbravejou o delegado. Sem dizer nada, ele foi em auxílio de seu amigo. Montou outras caixas que estavam desmontadas no canto da sala. Recolheu livros das estantes, arquivos dos armários, só não mexeu nas gavetas, pois Sérgio já havia feito. Ajudou-o a levar tudo para o carro. O porta-malas do carro do delegado era grande, mesmo assim, precisaram colocar algumas caixas nos bancos de trás e do passageiro. Espero que se dê bem com o próximo, disse o delegado, entrando no carro.

Quando Leonardo entrou, estavam todos olhando para sua cara. É galera, disse o investigador, ele foi sem falar tchau. Torçam pro próximo ser mais amável. Ele mal tinha sentado, quando vê um carro parando no estacionamento. Um carro preto, importado com os vidros todos escuros. Deve ser blindado, imaginou. Viu seus colegas se levantando, virou-se para a porta, *puta que pariu*, deixou escapar, *que bosta é essa? Bom dia pra você também!*, replicou Clodoaldo, que seguiu andando para a sala do delegado. Saiu poucos minutos depois, chamando a atenção de todos.

—Bom dia a todos! Sou o delegado Clodoaldo Barbosa. Fui designado pela Secretaria de Segurança Pública a ficar aqui temporariamente, até que encontrem um substituto adequado para o delegado Sérgio Lucini, que foi aposentado. Falarei com todos conforme for possível, para me inteirar dos casos em andamento e ver o que posso fazer para ajudá-los. Alguma pergunta?

—Pode começar por mim?

—Sim, Investigador Leonardo, entre aqui por favor. Alguém mais?

Como não obteve respostas, agradeceu. Ofereceu que o investigador entrasse em sua sala antes dele. O novo delegado era um homem com quase dois metros de altura. Tinha uma feição árabe, com nariz grande, cabelos pretos e crespos e um queixo proeminente. Por manter a barba feita, seu rosto tinha o aspecto de um homem de vida sofrida, o que ele sabia que não era nada disso. Usava um terno preto muito bem cortado, camisa branca e gravata vermelha. Seu corpo magro fazia com que ficasse bem vestido. Sente-se, disse o delegado indicando a cadeira. Clodoaldo olhava para a sala, como se admirasse alguma beleza oculta. Seu semblante era de uma pessoa satisfeita. Bezerra via uma grande mancha preta no delegado, com olhos bem vermelhos. Sabia que não era boa pessoa, mas agiria normalmente, assim como fazia com todos com essa marca. *Assassino safado*, pensou antes de começar a falar.

—Bom dia, senhor delegado. Creio estar ao par da minha situação. O que será feito comigo?

—Bom dia investigador. Sim, todas os canais de televisão deixaram o Brasil ao par do que o senhor fez. Para sua sorte, o Secretário não gosta do delegado Alfredo. Você ganhou uns bons pontos com ele pelo empurrão que deu. Só não pegou bem ter dado aquele golpe de karatê no policial, isso não pegou bem.

—Judô.

—Como?

—Golpe de judô.

—Isso. Tanto faz. O importante é que você está bem com o homem. Ande na linha agora, por favor, quero deixar essa delegacia habitável até o próximo delegado chegar. E por favor, fique fora das câmeras. O Secretário é grande amigo meu, virá aqui pessoalmente depois do almoço me dar as boas-vindas, quero apresentá-lo a ele.

—Sim senhor. Os casos que estou investigando, devo passar para alguém?

—Não, apenas evite ficar em foco na mídia. Se precisar de ajuda, me peça ajuda, não faça merda, ok?!

—Sim senhor. Obrigado senhor.

—Ah, e mais uma coisa - disse o delegado antes que Leonardo fechasse a porta - tem alguma notícia sobre Marcos?

—Não senhor. Talvez falar com o Antônio Carlos, eles são amigos pessoais.

—Falarei com ele, obrigado investigador, pode se retirar.

—Obrigado senhor.

Filho da puta, pensou Leonardo assim que saiu da sala. Odiava o homem. Sabia como poucos esconder suas expressões. Isso fez com que chefes não tentassem derrubá-lo durante sua carreira. O Secretário só chegaria à delegacia após o almoço. Leonardo tinha tempo para colocar alguns papéis em ordem, antes de ir almoçar. Conversou com alguns colegas como não fazia há tempos. Sentia-se aliviado por não ter sido preso ou expulso. Sabia as implicações que isso traria para sua vida. Resolveu sair para comer mais cedo, ficou com vontade de comer comida japonesa. O restaurante era longe, precisaria caminhar um pouco mais. Fazia bastante sol na capital paulista, *devia ter chamado um carro*, pensou ele olhando para o aplicativo do celular. No caminho, viu uma senhora sentada na esquina da av. Cruzeiro do Sul, ela estava com um bebê de colo e uma criança pequena. Quando ela pediu dinheiro, tinha, porém, preferiu não dar, ofereceu no lugar, comida. Ela aceitou prontamente, o que fez ele ir ao bar que ia todo dia almoçar e pedir duas marmitas para viagem. Pegou também duas garrafas d'água e um refrigerante. Quando voltou com as sacolas, a mulher mal pôde acreditar. Recebeu a comida cheia de alegria, estava com muita fome. Tava ficando sem leite, acho que é falta de comida, disse a mulher, com lágrimas nos olhos. Ela comeria com as mãos, se ele não dissesse que tinha talher descartável na sacola. Ela agradeceu, pediu ao filho maior que agradecesse também. Leonardo deu um aceno com a cabeça, virando-se para seguir seu caminho.

Chegou trinta minutos depois no restaurante. *Na volta, vou de carro*, pensou. Estava suado. Quando fez o pedido, enquanto esperava, foi ao banheiro para tentar se recompor. Lavou o rosto, molhou um pouco de papel toalha, passando nos sovacos. Voltando para a mesa, reparou que na mesa ao lado havia duas mulheres, com idades que ele julgou serem similares às dele. Uma delas manteve o olhar fixo nele por alguns instantes, deixando-o sem graça. Ela tinha o rosto muito bonito, mas não havia brilho em seus olhos. Em seu peito, podia ver em sua aura uma mancha preta com pontos vermelhos. Conhecia aquele tipo de mancha, aquele olhar vazio. Via bastante em garotas de programa. Tentou desviar o olhar, mas a mulher insistia. Bezerra levantou-se, dirigindo a mesa em que elas estavam sentadas. Puxou uma cadeira e sentou-se. A outra mulher da mesa tinha a mesma característica.

—Posso almoçar com vocês?

—Pode - respondeu a mulher que o atraiu com o olhar. A outra também concordou.

—Tá calor demais hoje. Como você está se sentindo?

—Eu? Bem...

—Não - interrompeu Leonardo, pegando suavemente com sua mão esquerda sua mão direita - no seu coração, como está se sentindo?

—Vazia, triste, tenho um buraco no peito que não sei como preencher - respondeu. A mulher bonita tinha cabelos negros, olhos mais negros e uma pele muito branca.

—E você, querida, como está se sentindo? - pergunta o investigador, colocando sua mão direita delicadamente sobre a mão esquerda da amiga.

—Não sinto nada - respondeu ela, aos prantos - faz anos que vivo com o piloto automático ligado - continuou. Era uma mulher com seus 45 anos, cabelos loiros, alisados, pele negra com fios bem ralos nas sobrancelhas.

—Posso tirar essa tristeza de vocês?

—Pode - responderam em conjunto.

O investigador viu a mancha negra sumir do peito de cada uma. Viu ainda uma luz dourada brotar onde antes era apenas escuridão. Viu seus olhos brilharem, reluzindo como brilhantes quando a luz batia em suas lágrimas. Tinha feito aquilo muitas vezes em sua vida. Sabia fazer aquilo da maneira que sua avó o havia ensinado. Pensava com amor na pessoa que segurava a mão e a dor daquela pessoa desaparecia. De todas as coisas que fez na vida, ver a vida voltar aos olhos de uma pessoa era uma felicidade que ele não podia descrever. Sentia seu corpo esquentar enquanto via a luz da pessoa mudar. Ficou sentado à mesa enquanto elas choravam. Viu seu pedido chegar, fez sinal a garçonete que colocasse o pedido em sua mesa.

Vendo-as mais tranquilas, Leonardo disse, não voltem a vida de antes, usem suas economias para viver daqui pra frente e façam o bem, não terão outra chance dessas novamente. Levantou, retirando-se para comer sua refeição.

Enquanto comia, viu quando as mulheres levantaram, se abraçaram por alguns minutos e saíram. Sentiu-se feliz. Lembrava de sua avó e como tinha sido importante seu ensinamento. Terminou de comer, fazendo sinal para fechar a conta. A mesma moça que trouxe o pedido foi a que venho com a cobrança. Ela perguntou-lhe o que havia acontecido, que nunca tinha visto nada daquilo. Ele a explicou que havia apenas orado com elas, nada demais, que elas estavam sensíveis, por isso choraram. Ela quis saber se ele podia orar com ela também. Leonardo observou que seus olhos tinham o brilho da raiva. Havia um ódio nela que faria apenas sugar sua energia. O investigador disse que não seria possível naquele momento, mas que voltaria amanhã. Pediu que ela orasse em casa, para que aliviasse sua raiva, que amanhã ela estaria pronta para orar com ele. Pagou a conta, levantou-se e saiu.

Esqueceu de pedir o carro por aplicativo, voltando à delegacia caminhando. Ajudou um cego a atravessar a avenida. Não encontrou mais a mãe com seus filhos sentada na esquina. Chegou na delegacia e mal teve tempo de escovar os dentes. O Secretário de Segurança Pública, Dr. Ernesto Ibson, tinha acabado de chegar. Foi logo abordado pelo delegado Clodoaldo, que os acompanhou para sua sala. Leonardo foi amplamente elogiado por Ernesto. O Secretário explicou que não poderia fazer aqueles elogios publicamente, mas que ele poderia ficar tranquilo, que ele sabia como despistar a imprensa em casos como aquele. Você é um verdadeiro herói, disse. Clodoaldo complementou que se sentia privilegiado em trabalhar com o investigador. Uma vez que os elogios terminaram, Leonardo foi delicadamente solicitado a se retirar da sala.

Dirigiu-se à copa para pegar um café, estava sentindo sono após o almoço. Encontrou o psicólogo Arthur, que fazia uma pausa para também tomar um café. Foi delicadamente cobrado para atender a uma consulta com o doutor. Disse que não poderia naquele momento. Arthur disse que atenderia um paciente sábado de manhã em seu consultório, mas que depois não teria mais ninguém para atender, portanto, estaria com a manhã livre. Depois de tanta insistência, Bezerra concordou em ir, afinal, estaria de folga neste final de semana. Terminou seu café e foi para sua mesa. Evitava o psicólogo, não conseguia captar suas energias, por isso, procurava não ficar muito tempo no mesmo local que ele. Sentiu-se exausto e decidiu ir embora, no dia seguinte pela manhã teria a consulta, gostaria de ser rápido. Na volta para casa, parou em sua pizzaria favorita no bairro do Limão, jantando uma pizza inteira sozinho, permitiu-se esse exagero.

Acordou cedo, saiu para sua caminhada. Via algumas cores diferentes nas árvores, estavam mais vívidas. O canto dos pássaros soava mais belo aos seus ouvidos. Flores dos ipês e primaveras forravam as calçadas. Fazia o frio da manhã, deixando a caminhada bastante agradável. Permitiu-se um banho quente demorado. No caminho do consultório, parou em sua padaria favorita, comeu um pão com ovo e um café coado duplo. Estava delicioso, fazendo com que se sentisse feliz, vivo. O consultório de Arthur ficava na Bela Cintra, região da av. Paulista. Diferente do movimento da semana, sábado de manhã na região era a volta de quem saiu para curtir a noite de sexta. Pensava em como as pessoas podiam ser tão diferentes, como São Paulo tinha tanta coisa específica para atender a gostos específicos de gente específica.

Chegou no prédio que estava no endereço que recebeu do cartão de visitas do doutor. Era um prédio antigo de dois andares. Deduziu pela numeração da sala que seria no segundo andar. Chegando, encontrou a porta aberta. Uma porta de madeira grossa, com detalhes de flores entalhadas, parecendo ser bem antiga. A sala era um apartamento que havia sido dividido em salas comerciais. Com Arthur, ficara um quarto com banheiro. Bem espaçoso, o espaço tinha uma mesa de escritório com uma perna quebrada reforçada por livros. A cadeira em que o doutor o aguardava era simples, parecia de segunda mão. A pintura da sala verde, trouxe a Leonardo uma sensação de paz. Em frente à mesa, duas poltronas, aparentemente bem confortáveis, em tecido floral branco com detalhes em roxo e amarelo. Fez com que se sentisse alegre em ver aquelas cores. Embaixo da janela, uma mesa pequena com pernas altas, com uma garrafa térmica, açúcar em um pote pequeno ao lado, outro pote com hastes de plástico para mexer e alguns copos de plástico descartáveis.

—Bom dia investigador. Tem café fresco. Fresco não, tem uma hora que passei, fiz em casa - indicando a mesa com a garrafa térmica para Leonardo.

—Bom dia doutor. Digo, Arthur - dirigiu-se à mesa para pegar um café.

—Está um pouco forte, acho que errei a mão no pó. Põe mais açúcar que disfarça um pouco, desculpe.

—Tranquilo, café forte acorda o cidadão - Leonardo coloca açúcar, experimenta, coloca mais duas colheres, prova novamente, aceitando o gosto.

—Então investigador, como está sendo seu dia.

—Muito bom, acordei cedo, caminhei, tomei café e vim pra cá. Parei no estacionamento aqui do lado.

—Preferiu evitar procurar uma vaga?

—Não, preferi não me estressar procurando uma vaga.

—O senhor é mais prático, faz sentido sua afirmação.

Primeira vez que vai a um psicólogo?

—Sim. Só vim para não ter que vir novamente, de tanto que o senhor insistiu.

—Desculpe minha insistência, investigador. Quero conhecê-lo melhor.

—Pois o que quer saber de mim, doutor?

—O senhor tem trabalhado nos casos que o investigador Marcos atuava?

—Direto ao ponto. Esta consulta é de cunho pessoal, doutor?

—Um pouco mais de cunho curioso eu diria - respondeu rindo.

—Sim, estou revendo algumas evidências dos casos dele. Informei ao delegado Clodoaldo que essa tinha sido a missão que o Lucini tinha me passado. Ele pediu que continuasse.

—Sabe quem foi meu paciente anterior ao senhor?

—Não tenho ideia.

—O delegado Clodoaldo.

—Por que me conta isso?

—O senhor ficaria surpreso em saber o quanto a sugestão tem poder sobre o indivíduo.

—O que o senhor quer dizer com isso? - Leonardo sente uma leve tontura.

—Tudo bem, investigador? Bom, o senhor aceitou minha sugestão ao indicar-lhe a mesa do café, foi direto para ela ao invés de sentar-se. O senhor aceitou minha sugestão que o café estava forte demais e colocou o açúcar a mais que sugeri que o senhor colocasse.

—Onde quer chegar, doutor? - Ele tenta levantar, mas suas pernas não o obedecem.

—Seu novo delegado, por exemplo. Bastou fazer um comentário sobre traição e dizer a palavra corno algumas vezes que ele ficou todo desconfiado. Depois, falei no nome de Marcos mais uma dezena de vezes e pronto, ele achou que seu colega estava comendo a mulher dele. O resto você já sabe.

—De que porra você tá falando? - apenas seu pescoço se mexe.

—Calma, se tentar se levantar agora, vai cair. Quero apenas mostrar ao senhor que o poder da sugestão é algo magnífico, quando se sabe usar. Seu colega Marcos sabe manipular alguém como poucos. O senhor tem trabalhado com ele às escondidas, não tem?

—Que tinha nesse café, seu bosta?!

—Um sonífero fortíssimo que damos para pacientes com crises de violência, misturado com cianeto. O senhor sabe o que é cianeto?

—Filho da puta - as palavras não saem da boca do investigador com facilidade. Já não consegue se mexer.

—Agora me diga - o psicólogo se levanta, retirando o copo de plástico da mão do investigador - foi o relógio que me entregou? - Leonardo acena positivamente com a cabeça - Marcos e Antônio Carlos já sabem? - dessa vez, o doutor recebe um aceno negativo - Quis ter mais certeza para informá-los. Bom, terei mais tempo. Conseguiu saber quem sou ou continua achando que sou Arthur Santos? - o investigador já não consegue mais mexer o pescoço. Fica tranquilo, com eles me acerto. Você que estava me preocupando agora. Ainda bem que chamei alguém para me ajudar. Tião - gritou Arthur - vamos começar enquanto ele está fácil de mexer, depois que endurece é complicado.

Um homem alto com cabelo grande e encaracolado entra na sala, saindo do banheiro, com um tapete cinza grande nas mãos. Bezerra está consciente vendo tudo o que acontece. O homem é enorme, tem mãos que parecem aranhas com patas enormes e brancas. Vasculha os bolsos dele, tira tudo, ordena Arthur. Ele estica o tapete no chão, puxando Leonardo pelos pés. Ele bate a cabeça com força no chão. Seus olhos fecham de dor. Ele não consegue mais falar, tão pouco se mexer. Escuta um barulho que parece ser algo caindo no chão, depois vários barulhos mais fortes, imaginando ser marretadas, *estão destruindo meu celular*, pensou. Sua última visão antes de ser enrolado vivo no tapete são os olhos de Tião, bastante arregalados com duas bolinhas pretas no centro, até que não vê nada além do tapete. Sente que é pego com a maior facilidade, como se fosse apenas um tapete. Tem a sensação de que é colocado no ombro. Escuta o doutor dar ordens para que o gigante ande, logo após o barulho da porta ser trancada.

Leonardo conta alguns degraus, mas logo se perde. Não estava conseguindo manter uma linha de raciocínio. Pensa em sua esposa e seus filhos, sente saudade deles. Sente lágrimas escorrerem por seus olhos sem poder enxugá-las. A claridade que ainda via por cima de sua cabeça já não está mais lá. Escuta os passos abafados dos dois, sentindo cheiro de mofo. Imagina que está em uma garagem, a garagem velha do prédio. Barulho de chave destravando algo, até que é jogado para dentro do porta-malas. Escuta o barulho da pancada do porta-malas sendo fechado, Arthur ofendendo Tião pela força desnecessária usada. Escuta as portas se abrindo, cada um entrando, o motor sendo ligado. Sente-se levemente movimentado para trás do carro. Já não escuta mais nada. Fecha os olhos, não consegue mais abri-los. Um silêncio toma conta da cabeça do investigador. Sente seu corpo ficar leve.

—Leonardo - ele escuta, é uma voz de mulher - abra os olhos, meu amor.

—Ângela - ele pensa - não é possível - ela está morta.

—Abra os olhos, querido.

—Ângela, crianças!

O homem chora. Vê sua mulher e seus filhos. Ele está de pé, olha para si mesmo, está todo vestido de branco, agora consegue mexer seus braços, consegue caminhar até eles. Leonardo os abraça. Veja a luz, querido - diz sua esposa. O investigador pode agora descansar.

ACONTECEU ASSIM

QUATRO MESES ANTES

Feijão estava de pé, parado na frente da delegacia da zona leste. Olhava com ódio. Ele havia acabado de descer do carro por aplicativo que o havia levado até ali. Seu telefone celular tocou, era Marcos.

—Cara, não desliga, sou eu.

—Que porra aconteceu, Bolacha?

—Tentaram me matar, mano. Tô todo fudido.

—Tá todo mundo atrás de você, mano. Tão falando que foi você que matou aquele monte de policial e ex-policial. O delegado Sérgio me chamou na sala dele pra falar que você tava preso.

—Velho filho da puta. Preciso da sua ajuda, tem que ser agora, tô perdendo muito sangue. Me encontra em Itanhaém.

—Beleza, indo pra lá.

Feijão pega seu telefone celular e apaga o registro daquela chamada. Abre o aplicativo e pede um novo carro com destino indicado pelo amigo. Para a sorte de Clodoaldo, a rota foi atualizada. Antônio Carlos acertaria as contas com o delegado depois. O carro chega dez minutos depois. Ele tem o cuidado de esperar em um lugar que não possa ser visto pelos policiais. Seu medo era que fosse identificado, colocando o amigo em mais problemas. Seguiu pela av. do Estado sentido Vila Prudente. Passou pelo viaduto que conectava a Anhaia Mello, entrando à direita na rua Ituverava, à esquerda na rua Ibitirama, cruzando novamente a av. Anhaia Mello, entrando à direita na rua Indaiá, contornando a Praça do Centenário entrando à direita na rua Cananéia, parando em frente a um estacionamento.

Esperou o motorista sair da vista. Pegou um controle remoto em seu bolso, abrindo o portão. Entrou e fechou o portão. Andou até a vaga dez, parando em frente a um Uno marrom. Abriu a tampa do reservatório de gasolina, pegou a chave, fechando novamente a tampa. O carro era bem antigo e estava com problema na partida. Demorou um pouco até pegar. Abriu o portão, saindo com o carro. Aguardou com o carro a frente até que o portão fechasse por completo. Seguiu pela rua Cananéia, passando pela construção do metrô, virando à direita na Av. Vila Ema, seguindo sentido bairro, entrando a direita novamente na rua Itanhaém. Parou o carro na esquina da rua Doutor Sanareli. Feijão tinha herdado o prédio de seu tio, o senhor Aldo. Era seu último parente vivo, logo a única escolha do velho. Bicicletaria Aldo. Tirou a chave de seu bolso, olhou atentamente para os lados e quando teve certeza que não era observado, abriu e entrou.

Do outro lado da cidade, Marcos estava dirigindo contra o tempo. Perdia muito sangue, sabia que não poderia ir a um hospital. Dirigiu por quase quarenta minutos até encontrar uma farmácia. Estava um pouco tonto, imaginou ser pela perda de sangue. De dentro do carro podia ver que havia muitas pessoas dentro. Precisava fazer pressionar o ferimento na perna esquerda. Não teve coordenação para tirar o cinto. Começou a procurar algo no carro que pudesse usar. Afastou o banco do motorista para ter mais espaço, olhou para os lados, e, como não viu nada, abriu o porta-luvas. Uma pistola .38. Com uma breve análise, percebeu que a arma estava carregada, pronta para ser usada. Optou por travar, antes de acertasse o gatilho sem querer. Viu que dentro da farmácia tinham apenas duas pessoas, eram dois atendentes. Saiu do carro com muitas dificuldades. Olhou alguns produtos, procurando por primeiros socorros.

Foi abordado por um dos atendentes, um rapaz jovem e simpático. Marcos não tinha mais forças, nem para apontar a arma. Preciso de ajuda, estou muito ferido, disse ele, sou policial, completou mostrando o distintivo preso em sua cinta. O rapaz, muito solícito, colocou o pescoço embaixo de seu braço esquerdo, ajudando-o a caminhar para dentro. Ajudou-o a sentar na cadeira onde mediam a pressão e saiu correndo. Agora já era, falou baixo. Minutos depois, o jovem voltou com vários medicamentos para primeiros socorros. A perna, disse o investigador, apontando para sua perna esquerda. O rapaz deu um grito abafado por suas mãos levadas à boca. Precisa de um médico, disse, apavorado. Marcos apenas sinalizou negativamente com a cabeça. Para chegar à sala de medicação, ele sujou todo o caminho com seu sangue. O rapaz começou a explicar para Marcos que, ao se cauterizar, o sangue estancaria, mas, mesmo assim, precisaria procurar um hospital. Na porta, outro atendente aparece.

—Mas que sangue é... - ele interrompe a própria fala - meu Deus! - grita ele - Precisamos chamar a polícia, Flávio.

—Ele é a polícia, Thiago - Marcos acena com a cabeça, levantando a camiseta, mostrando seu distintivo.

—Precisa ir pro hospital, seu policial! - Sem condições de responder, ele nega com a cabeça.

—Thiago, pega o kit de primeiros socorros, por favor - apesar de pedir, o tom de voz de Flávio era de uma ordem.

—Beleza - responde Thiago, acenando negativamente com a cabeça.

—O que aconteceu aí? - perguntou Flávio, assim que Thiago saiu da vista.

— Emboscada - disse Marcos, com muita dificuldade.

—Acredito em você. Precisamos ser rápidos, ele vai ligar para a polícia. O que vou fazer com você vai doer e vai deixar uma cicatriz muito feia, mas vai salvar sua vida. Tome, morda isso aqui. - O rapaz entrega um pano dobrado para Marcos. - Morde, vamos, estamos sem tempo.

O investigador só teve tempo de morder. Sentiu uma dor alucinante na perna. Acordou alguns minutos depois, com Flávio passando um algodão com um produto muito fedido em seu nariz. *Você precisa ir*, diz o rapaz, entregando uma sacola com vários produtos dentro. *Vou dizer que você me ameaçou*, falou o rapaz, gritando depois, *por favor, não atire!* Ele fala bem baixinho depois, *me desculpe, vai*. Marcos coloca sua mão direita no ombro do rapaz como forma de agradecimento, sendo retribuído com um aceno positivo de cabeça. Ele se move o mais rápido que pode, mancando da perna esquerda. Já não sangra mais. Ele olha feio para Thiago, que limpava o chão, que se assusta e corre, largando tudo para trás. Entrou com muita dificuldade no carro. Sabe que precisa se livrar dele o quanto antes. Consegue dirigir por mais alguns quarteirões, mas já sem forças, entra em uma rua que julga ser menos movimentada, estacionando. Sua última ação foi abaixar o banco depois de ter travado o carro, antes de apagar.

Na Vila Prudente, Feijão está no escuro. Tem medo de ligar para Marcos. Onde estava era no andar de cima da bicicletaria. Acendeu a lanterna de seu celular para se situar melhor. Percebeu que estava no que parecia ser a sala. Tinha uma mesa, que parecia estar bastante empoeirada. Virando-se, viu uma porta que, caminhando, viu levar para um corredor, onde tinham outras duas portas que estavam abertas. Olhou a primeira, era um banheiro, olhou para trás, viu outra porta, estava fechada. Caminhou até ela, abrindo. Era um quarto com todos os móveis. Conseguiu ver uma cama de casal, parecia ser escura. Estava arrumada, como se esperasse alguém para dormir. Na parede do fundo, viu um guarda-roupas de madeira todo entalhado. Abriu, vendo toalhas que cheiravam a mofo, lençóis, que julgou ser da cama. A outra porta, viu camisas penduradas e calças dobradas na prateleira abaixo. Pegou uma toalha, decidiu que tomaria banho, mesmo que fosse gelado. Deixou separado um lençol e um cobertor, que encontrou na prateleira de cima do guarda-roupas. *Amanhã mando ligar a luz*, pensou ele, enquanto andava em direção ao banheiro.

Já no dia seguinte, pela manhã, ele acordou dentro do carro. Podia escutar carros passando, pessoas conversando enquanto caminhavam. Olhou ao redor, procurando se encontrar. Buscou um dos celulares que tinha pegado, apenas um ainda tinha bateria. Conseguiu ver, dez horas. Levantou-se devagar, erguendo o banco em seguida. Sentiu-se levemente tonto e procurou saber onde estava. O telefone que tinha em mãos não tinha senha, o que facilitou sua vida. Abriu o mapa, vendo sua localização atual. Estava na rua Gibraltar, em Santo Amaro. Imaginou que seria longo o caminho até a Vila Prudente. Ligou o carro, ainda tinha meio tanque de gasolina. Seguiu evitando as vias de maior movimento. Sabia que demoraria mais tempo, mas era necessário. Demorou mais de uma hora e meia para chegar à rua Itanhaém. Parou seu carro do outro lado da rua, em frente ao Uno que estava estacionado debaixo de uma árvore. Pegou os celulares, saiu do carro, atravessou a rua, dando três batidas na porta, com longas pausas entre elas. Cinco minutos depois, Feijão abriu a porta verde de madeira.

—Puta que pariu, caiu da cama?

—Era beliche - Marcos tentou rir, sentindo dores nas costelas, desistiu.

—Vem, tem toalha, você precisa de um banho. Mandei ligar a luz usando aquele nome.

—Precisa se livrar do carro - ele entrega as chaves ao amigo.

—Deixa comigo, sobe, se vira aí, deixei uma toalha dobrada em cima da pia. Tem roupa no guarda-roupas, devem te servir. Não abra pra ninguém, tô levando chave. Toma, fica com uma - disse Feijão, entregando uma cópia ao investigador.

Marcos subiu os degraus com muita dificuldade. Escutou a porta ser trancada logo atrás. Foi muito difícil subir cada degrau, ele estava muito fraco. Viu que apenas uma porta estava aberta, imaginou que seria o banheiro. Entrou, deu de cara com a toalha dobrada em cima da pia, como Feijão tinha dito. Tomou o banho gelado mais gostoso de sua vida. Sentou-se no vaso para enxugar-se. Todos os movimentos que fazia, doíam. Saiu do banheiro virando à esquerda, seguindo pelo corredor. Abriu a porta que viu, porém nada tinha ali além de três mesas que pareciam ser cinzas. Subiu muita poeira, fazendo com que ele espirrasse, fechando a porta. Voltou pelo corredor, passando pelo banheiro, chegando a outra porta. Jogou a toalha sobre uma cadeira que estava de frente a uma escrivaninha, se jogando na cama. Marcos dormiu por dois dias direto. Não viu quando o amigo voltou algumas horas depois, trazendo comida e produtos de limpeza.

DOIS MESES ANTES

Leonardo estava conseguindo juntar algumas peças. Fez uma planilha em seu computador, cruzando nomes e datas. Começou por Marcos, marcando sua entrada na polícia, seu início como instrutor até a morte de sua esposa, quando ficou um ano e meio afastado. Focou sua análise nos anos que ele coordenou a Acadepol, tendo Antônio Carlos como seu assistente. Mapeou as turmas que ele comandou por 6 anos, entre 2003 a 2009, quando a tragédia aconteceu. Saiu de licença dias depois, por afastamento compulsório, depois de espancar um recruta, quase até a morte. Nunca respondeu pelo espancamento. Voltou em janeiro de 2011. Sua planilha apresentava o seguinte:

Seguiu a investigação que Marcos havia começado. Colocou de forma a criar uma linha do tempo, ficando claro que os envolvidos eram da mesma turma. A turma de 2009 foi desvirtuada completamente de seu caminho. *O que conecta essas pessoas além da turma?*, pensou, quando tudo isso começou? Foi então que teve um estalo, como um pensamento que brota no fundo do cérebro. O cara que matou ela, falou para si mesmo. Foi atrás do caso da morte da esposa de Marcos, Vitória. A primeira morte não tinha sido de Roberto Giurepi, mas de Thiago Veiga, tido, em um primeiro momento, como o assassino de Vitória Baldarin, esposa de Marcos. Poderia considerar a esposa como parte de sua linha de raciocínio, mas optou em manter esse nome apenas em sua cabeça. Se seu colega investigador voltasse a trabalhar ali um dia e, por ventura, tivesse acesso a suas anotações, não veria o nome de sua esposa. Atualizou sua planilha com as informações:

Leonardo estava tão entretido em seu trabalho que não percebeu a chegada de Antônio Carlos, que estava parado atrás do velho investigador, esperando para falar com ele. Levando um pequeno susto quando notou a presença do jovem, perguntou em que poderia ser útil.

— Você tá cuidando dos casos do Marcos?

— Sim, estou. Lucini pediu para eu dar uma olhada.

— Eu não lembrava que eram todos da turma de 2009.

— Marcos já tinha essa informação, apenas organizei.

— Thiago Veiga, não sabia que esse era o nome do mano Coxinha.

—Ele gostava de coxinha?

—Não, algo mais pejorativo.

—Nunca gostei desses apelidos que vocês dão.

—Isso porque você não sabe o seu - diz Feijão, dando uma boa gargalhada.

—E qual é o meu? - pergunta Leonardo, sério.

—Nenhum - responde, tirando o sorriso do rosto - Se precisar de ajuda, estarei em minha mesa.

—Obrigado.

Leonardo continua olhando para os papéis do caso de Vitória. Encontra um papel quadrado amarelo colado em uma das folhas, escrito FERRAMENTAS S/A, MANUAL, MARTELO. Pegou o papel, levou até a mesa de Feijão.

—Nossa, que rápido. Sentiu minha falta?

—Sabe o que quer dizer isso? - responde Leonardo de maneira seca.

—Você chegou a olhar na internet?

—Não. Vim ver com você primeiro. Marcos comentou algo com você sobre estar construindo algo?

—Não. Bom, eu confio em você.

—Que bom, mas o que isso tem a ver com o que te perguntei?

—Puxa uma cadeira, senta aí.

Feijão pega seu tablet, que estava em sua mochila. Abre o navegador, e, com alguns cliques, chega no site da FERRAMENTAS S/A, clicando no menu superior, em ferramentas, manual, martelo. Uma nova tela se abre, pedindo algumas informações, como nome completo, e-mail e observações. Ele escreve a mensagem: Passo aí a noite pra uma pizza, tenho novidades.

—Que bosta!

—Não gostou do site?

—Bem mal feito. Por que você mandou essa mensagem? Você conhece o dono do site? - Feijão não responde Leonardo, evitando até o contato visual - Você tá rindo de que? - O investigador vira a cadeira do colega, forçando com que o olhasse - Que bosta tá acontecendo, Antônio? Do que se trata isso?

—Fala baixo, caralho - responde Feijão, quase sussurrando - Bobagem minha, tava brincando. Vamos pegar um café?

—Que porra é essa de pizza? - Leonardo pergunta, já sem paciência quando chegam a copa.

—Bom, eu sei que você não gosta da gente. Mas eu também sei que você não é corrupto.

—Gênio - diz, de forma irônica.

—Sei também que você matou mais de 40 bandidos. Não tô aqui pra te julgar ou pra ficar falando o que sei ou deixo de saber. Preciso que confie em mim.

—E se eu não confiar?

—Aí você vai meter bala na gente. Vamos comer uma pizza hoje, saindo daqui. Umas seis horas, pode ser?

—Essa hora já estarei com fome. Te pego na saída - diz Leonardo, rindo pela primeira vez na conversa.

Não gostou de nada que falou com Antônio Carlos, tão pouco o caminho que a conversa tomou. Desconfiava levemente do jovem, que ele poderia estar escondendo Marcos. Depois desta conversa, tinha certeza. Se fosse algo diferente disso, estaria pronto para denunciar ele e seu amigo. Precisaria esperar umas boas horas para que pudesse entender o que estava acontecendo. Decidiu que não teria ansiedade com este assunto, tinha outras coisas para resolver, preferia gastar energias com elas. Foi à sala do delegado, perguntar se teria algum caso para investigar. O delegado Sérgio ordenou que ele continuasse com a investigação dos casos de Marcos, já que ele não aguentava mais o Secretário no pé dele. No caminho de volta a sua mesa, deu de cara com o psicólogo, Arthur. Procurou evitá-lo, sem sucesso, precisou falar com o doutor. Foi o mais breve e evasivo que poderia ser.

Foi almoçar mais cedo para poder ir sozinho. chegou ao bar que ia sempre, pediu sua comida de todo dia. Assim que terminou, viu seus colegas entrando para almoçar. Ficou aliviado de não ter que socializar com eles. Passou por Antônio fazendo apenas um aceno com a cabeça, que foi retribuído. Resolveu fazer uma caminhada em volta do quarteirão da delegacia, quem sabe conseguiria manter o peso facilitando sua digestão. Completando sua volta, entrou, indo direto para o banheiro lavar as mãos, detestava ficar com as mãos sujas. Foi até a copa, pegou mais um café, voltando para sua mesa. Sentou-se em sua cadeira e esperou. Ficou mais algumas horas sem fazer mais nada, apenas esperando. Olhava, em alguns momentos, fixamente para o colega, como se tentasse ler seus pensamentos. Faltando dez minutos para as seis horas da tarde, desligou seu computador e saiu. Foi até a esquina, para que não o vissem esperando o colega.

Pontualmente às seis horas, Feijão sai. Na frente da delegacia, ele procura o colega olhando para os lados. Quando o vê, anda em sua direção. *Venha, é pra cá*, diz ele. Caminham por cerca de trinta minutos, trocando poucas palavras. Leonardo estava disposto a caminhar por horas, apenas para descobrir o que estava acontecendo. Chegou em uma rua estreita, de longe pôde ver algumas motos paradas na frente. Passaram pela pizzaria, entrando no portão logo ao lado. Subiram muitos degraus por um corredor preto, até chegar a uma porta. Havia uma câmera apontada para onde tinham parado. Feijão deu de ombros e escutou a porta destravar. Leonardo ficou surpreso com a ação, estava se sentindo em um filme americano de espiões. Era um local amplo, com pouca mobília, tudo de muito bom gosto. Ao fundo, viu muitas luzes piscando, vários monitores na parede, uma mesa grande com quatro monitores de costas pra ele. *Não vai acender a luz dessa porra não?*, gritou Feijão.

Caminhou lentamente até os monitores. Estava impressionando com a quantidade de câmeras que estavam expostas ali. Observou que duas delas mostravam a frente da delegacia de ângulos diferentes. Senta aí, velhote. Leonardo reconhecia a voz. Olhou para sua esquerda e quase caiu com o susto. Rogério estava sentado em uma cadeira preta grande, sorrindo para ele. Bezerra estava estupefato. Imaginava ver Marcos, nunca o analista de sistemas. Ele estava exatamente igual ao último dia que o viu.

—Eu vi você queimado.

—Você viu um corpo queimado.

—Eu participei do seu reconhecimento, relógio, dentes, eu...

—Você viu compararem minha arcada dentária com a arcada do sistema. Não era minha arcada, era do morto, eu só troquei.

—Mas como?

—Quando a gente sabe demais, todo mundo deve favor pra gente. Um cara do IML me devia uns favores. Esperei ele me avisar que tinha um corpo parecido com minhas características físicas. Guardou esse corpo pra mim por alguns dias. Depois foi só colocar no carro e explodir. Eu ia explodir aquele dia de qualquer jeito. Quando ele voltou pra pegar a arma, eu andei até a minha moto, essa que tá na porta ali embaixo. Os dez segundos que ele levou, eu já estava longe. Coloquei alguns explosivos no carro, conectei a ativação no controle do alarme do carro, quando ativei, já estava no outro quarteirão.

—Também fiquei assim, igual a você - diz Feijão, tentando consolá-lo.

—Estávamos acompanhando Marcos quando armaram pra ele na nossa frente. No momento que os três caras o pegaram, o Feijão tirou a arma da cinta e colocou sobre a mesa. Eu joguei uma folha que estava segurando por cima da arma, ele nem se ligou.

—Nem me liguei.

—Armaram pra ele? Que três caras?

—É muita informação, eu sei. Posso te contar tudo enquanto jantamos. Não sei vocês, mas tô cagado de fome.

Os três desceram. Rogério pediu as pizzas e enquanto aguardava ficarem prontas, levou os dois para o outro lado da rua, para explicar a Leonardo novamente tudo que aconteceu.

Contou sobre seu plano de desaparecer, pois estava com medo de ser morto pelas coisas que sabia e pelo modo que tem de descobrir as coisas. Contaram a ele sobre o dia que Marcos foi incriminado, Feijão chegou a mostrar a gravação da chamada, na parte em que ele é alvejado e depois, quando os homens o pegam. O rapaz da pizzaria grita para Rogério, indicando que as pizzas estão prontas. Ele pede que pegue um refrigerante para os amigos e um suco natural para ele. Ó ele aí, disse Feijão. Leonardo olha para trás e vê Marcos, usando um boné, blusa cinza de moletom e óculos de grau para disfarçar. *Zero surpresas*, diz Bezerra. Ele cumprimenta os amigos com um abraço, estendendo a mão para cumprimentar Leonardo. Hesitante, ele estende a mão direita, apertando a mão de Marcos.

—Precisamos conversar. Feijão disse que confia em você. Vou acreditar no julgamento dele.

—Olha pra mim. Você já matou alguém antes?

—Ainda não.

—Tudo bem, acredito em você. Vamos, estou com fome.

Leonardo podia ver em Marcos, não haviam manchas, nem cores vermelhas em seus olhos. Ele não gostava do rapaz, mas sabia que era correto.

POR OUTRO ÂNGULO

Estavam todos preocupados, Leonardo não era de se atrasar. Feijão tentou ligar para o investigador, porém, caiu direto na caixa postal. Inquieto, foi acalmado por Bolacha. Rogério estava buscando a localização do celular, conseguiu apenas o último lugar que o aparelho emitiu sinal, de acordo com a triangulação feita pelas torres, estava na região da av. Paulista, próximo a Bela Cintra. Ele havia avisado a todos que iria no consultório do psicólogo, contudo, não disse onde era. O sábado passou sem que Bezerra desse sinal de vida. Sumiram com ele, disse Marcos. Os demais não discordaram. Ele deve ter chegado perto demais, disse Feijão. Rogério buscava de todas as maneiras encontrar alguma câmera que tivesse imagens de Leonardo Bezerra. Dedicou seu dia a isso, contudo, o sábio investigador sabia se movimentar evitando câmeras de segurança, era paranoico com isso. Comeram apenas pizza e lanches o dia todo. Clodoaldo deve ter mandado alguém segui-lo, concluiu Marcos, essa hora deve estar morto, assentiu pesarosamente.

Mal conseguiram dormir, até o banho para eles foi algo estressante. O domingo dos três foi exclusivamente para encontrar pistas do investigador. Feijão foi até a casa dele. O sistema de segurança havia sido instalado por Rogério, o que facilitou sua entrada. Não encontrou nenhuma pista na casa, nenhuma anotação que pudesse ajudar. Pegou o notebook do investigador, colocou em sua mochila, voltando para 'a base', como estava chamando a casa de Rogério. Enquanto isso, Marcos foi até o ponto de encontro na Vila Prudente. Não encontrou rastros do colega.

Não foi difícil para o analista de sistemas burlar a senha e acessar o notebook que Leonardo. Olhou os sites que haviam sido acessados recentemente. O site com mapas mostrava a última localização buscada. Como ele usava a mesma conta de e-mail no celular e em seu computador pessoal, os registros de busca ficam salvos em ambos os dispositivos. Abriu o site de mensagens instantâneas e conseguiu ter acesso às mensagens recentes do investigador. Duas mensagens do psicólogo Arthur chamaram a atenção:

10:19 Bom dia, estou aguardando o senhor?

10:31 Investigador, você vem?

Mostrou -se bastante preocupado. Ao que indicava, Leonardo nunca tinha aparecido no consultório do psicólogo. Precisariam esperar até segunda-feira para falar com Arthur. Feijão ficou encarregado de falar com o doutor, Marcos faria uma nova inspeção na casa de Leonardo e Rogério verificaria as câmeras. Como o investigador não tinha parentes vivos, ninguém daria falta dele a não ser os colegas de trabalho. Conversaram muito durante o domingo. Concluíram que, se fosse o delegado Clodoaldo, seria preciso ter muito cuidado. Combinaram que Feijão chegaria mais cedo, pegaria os papéis na mesa de Leonardo e levaria ao esconderijo deles para que tudo fosse analisado.

Na segunda-feira, Feijão mudou seus hábitos, acordou bem cedo, se arrumou e foi para a delegacia. Ninguém desconfiava que ele estava trabalhando com o investigador, muito menos que ele acobertava Marcos e Rogério. Parou o carro do outro lado da rua, já que, mesmo depois de quatro meses da explosão, não tinham arrumado o estacionamento. Por volta das seis da manhã, ele entrou na delegacia. Poucos colegas estavam em suas mesas, os demais estavam em ocorrência ou conversando na copa. Ninguém ligou quando ele sentou na mesa de Leonardo e começou a procurar seus papéis. Encontrou facilmente tudo que estava relacionado aos casos que eles atuaram. Separou todos, pegou muitas pastas com muitas folhas, colocou tudo debaixo do braço e levou para sua mesa. Sabia que a troca de turno seria daqui há algumas horas.

Quando a movimentação começou, esperou que ficassem desatentos, levantou com todas as pastas que havia pegado, caminhou em direção a saída. Estava nervoso, não percebeu que andava mais rápido. Sentiu-se aliviado quando guardou tudo em seu porta-malas, não queria deixar nada a vista nos bancos do carro. Aproveitou que tinha saído, resolveu ir tomar café no bar. Já eram quase oito horas e ele não tinha tomado café da manhã ainda. Chegando no bar, pediu um pão com manteiga na chapa, um café preto sem açúcar e um suco de laranja com gelo, sem açúcar. Olhando para o fundo do lugar, viu que o psicólogo, Arthur, estava sentado sozinho, tomando seu café com leite. Chegando perto, viu que ele comia uma fatia de bolo. O cumprimentou, perguntou se poderia sentar com ele, o que foi aceito pelo doutor.

—O senhor toma café sempre aqui, doutor?

—Não precisa dessas formalidades comigo, Antônio Carlos. Não, apenas as segundas. Nos finais de semana tiro para ficar vendo séries ou vou ao cinema, acabo não comprando nada pra tomar café da manhã em casa. Assim, opto por comer aqui.

—Entendi. O senhor… digo, você mora sozinho?

—Sim.

—Não tem esposa, nem namorada? Ou namorado, nunca se sabe.

—Está interessado? - brinca o doutor - Não, nem namorada, nem namorado. Ando meio ruim de relacionamentos. E o senhor, se relaciona com alguém?

—Sim, namoro há um tempo, uma mulher que conheci na internet.

—Interessante. Muita gente se conhece pela internet hoje em dia. Me diga uma coisa, Antônio Carlos, por que te chamam de Feijão?

—É que eu peido fedido, doutor - ambos caem na risada.

—Se um dia quiser se consultar comigo, espero fazermos em local aberto. Tenho intolerância a pum alheio.

—Pode deixar...

—Me diga uma coisa, Feijão, o senhor sabe algo sobre o investigador Leonardo? Teve contato com ele durante o final de semana?

—Não - responde, assustado - o senhor teve?

—Tínhamos um compromisso. Ele ficou de ir ao meu consultório no sábado pela manhã, mas não apareceu. Deve ter se esquecido. Pensei que talvez o senhor tivesse alguma informação sobre ele.

—Mal falo com ele, a gente não se dá muito bem.

—Por causa do histórico dele com seu amigo?

—Também! Ele é bastante arrogante. Beleza, doutor! Vou indo nessa. Abraço.

—Abraço.

Feijão vai até o caixa para pagar sua conta. O psicólogo fica na mesa, terminando seu bolo. Do seu ponto de vista, nada de suspeito com o doutor. Caminha suavemente até a delegacia, satisfeito por ter pego os papéis e pela barriga cheia. Não teve tempo de sentar na sua mesa, o delegado Clodoaldo o chamou para sua sala. O investigador ficou atento, achou que pudesse ter sido descoberto. Precisava saber onde estava Leonardo, contudo, acreditava que seu colega estivesse morto. Pior, acreditava que seu delegado era o mandante, assim como mandou alguém matar Marcos. Bateu na porta da sala, pediu licença, entrando quando foi autorizado.

—Você viu o Leonardo Bezerra?

—Não senhor.

—Liguei pra ele, caiu na caixa postal direto. Ele costuma chegar por essas horas, e até agora nada. Ele comentou com você os casos que está olhando?

—Não senhor.

—Aqui não é exército não, rapaz. Não senhor, não senhor! Para com isso, vamos lá.

—Beleza, delegado. O que precisa que eu faça?

—Você conhece de computador igual o falecido conhecia?

—Não conheço. Podemos pedir ajuda pro seu pessoal da leste.

—Ninguém lá sabe metade do que o falecido sabia. Gostava dele, sabia? Conheci ele quando comecei a namorar com a Val. Sempre foi inteligente.

—Sinto falta dele também. Viramos amigos aqui.

—Bom, veja se consegue encontrar o Bezerra. Preciso dele.

—Deixa comigo - levantou e saiu da sala.

Ao chegar em sua mesa, mandou mensagem para Rogério de seu outro aparelho falando sobre a conversa. Ficou em dúvidas sobre o delegado ser o responsável pelo sumiço do colega. Sentiu que ele estava sendo sincero. Passaram mais de trinta minutos, sem que o investigador chegasse. Feijão informou ao delegado que iria à residência de Leonardo, era a desculpa que precisava para deixar os papéis com Rogério e Marcos.

O investigador já estava na casa de Leonardo quando Feijão chegou. Usava luvas de borracha, touca nos cabelos e proteção nos pés. Pediu que o colega se equipasse também antes de entrar. Ele pegou os papéis no porta-malas, colocando-os em cima da mesa da cozinha. Leonardo morava na Vila Mariana em uma casa antiga na rua Conde de Irajá. A garagem era para um carro, toda térrea, com uma sala e uma sala de jantar anexa, a cozinha separada por uma parede, um corredor que levava aos dois quartos e ao banheiro. Havia um corredor lateral que era acessado por uma saída na cozinha, que levava ao fundo da casa. Lá, um quintal impressionante, quase do tamanho da casa. Parecia um jardim japonês, tinha um lago com carpas, uma pequena ponte por cima do lago que fazia a decoração. Duas cerejeiras cheias de flores brancas com bancos de madeira embaixo, faziam a decoração trazer paz a quem observava.

Puderam identificar por fotos nos móveis da sala que a esposa de Leonardo era japonesa, assim como seus filhos. Vasculharam a casa toda, atrás de algo que pudesse dizer onde o investigador estava. Encontraram muitas fotos da família falecida dele, as roupas da esposa e dos filhos guardadas em seus guarda-roupas, o quarto das crianças pronto para recebê-las de viagem. Não consigo mais odiá-lo, disse Marcos, baixinho. Encontraram em sua gaveta de cabeceira, o celular que Rogério entregou a ele para se comunicarem, estava descarregado. Feijão disse que precisaria voltar a delegacia, informaria ao delegado que não o encontrou em casa. Entregou os papéis para o amigo, que seguiu seu caminho para a base da Vila Prudente.

Marcos, no caminho, teve uma ideia. Precisava colocá-la em prática, pois, se Leonardo estivesse morto, queria que Clodoaldo se incriminasse pelo medo. Mudou o caminho em direção à Barra Funda. Pensava nos possíveis resultados para seu plano. Ligou para Rogério, dizendo o que pretendia, pedindo que ele rastreasse seu telefone, caso alguma coisa desse errado.

Esperou sentado em seu carro por duas horas. Acompanhava pelas redes sociais algumas movimentações e tinha conseguido mapear horários de entrada e saída. Saiu do carro, estava usando moletom cinza com a touca cobrindo o boné. Caminhou em direção à estação de metrô. Passou por várias pessoas, mas apenas uma o interessava. Diminuiu o passo, abordando uma senhora baixa, cabelo que parecia escovado, bem vestida:

—Senhora, poderia me dar uma informação?

—Sim.

—A senhora sabe dizer quem pode levar algumas informações ao ar no jornal das 19? - Ele levanta a cabeça, olhando para Maria de Fátima.

—Marcos! Meu Deus, garoto. É verdade o que estão falando?

—O que a senhora acha?

—Acho que armaram uma arapuca braba pra você. Com quem você se meteu, em?

—Tudo o que eu falar para a senhora, serão linhas que estou seguindo. Tem algum lugar que podemos falar?

—Vamos voltar para o terminal. Paramos perto das lojas.

Eles falaram por quase duas horas. Ele falou todas suas linhas de raciocínio. Maria de Fátima era uma mulher esforçada, conseguiu acompanhar o pensamento do rapaz, escutando ativamente tudo que falava. Maria percebeu que estava muito atrasada, disse que falaria no ar as informações que ele lhe dera, com cuidado para não o expor. Ao fim da conversa, ela fez uma pergunta que o deixou intrigado: por que o psicólogo pediu para que Leonardo fosse no consultório? Marcos nada tinha a responder. Eles se despediram, seguindo cada um o seu caminho. Ele liga para Rogério contando tudo que aconteceu.

O analista de sistemas então, manda um e-mail para Feijão com o assunto *INSTALE ESSE APP NO SEU CELULAR*. Estava escrito no corpo, me avise quando instalar, deixe seu celular próximo a mesa do delegado, preciso de 10 minutos. Rogério iniciaria seu trabalho investigativo no celular de Clodoaldo. Tratava-se de um aplicativo espião que ele desenvolveu quando ainda trabalhava na Polícia Federal. Estava configurado para instalar em todo celular que estivesse com o bluetooth ativo. Com isso, ele teria acesso a tudo que o delegado tem acesso, além de sua localização em tempo real.

Feijão, que estava na delegacia, instalou o aplicativo em seu telefone, como pediu seu amigo. Procurou o delegado em sua sala, porém escutou sua voz vindo da copa. Ele conversava com o psicólogo Arthur. Falavam sobre amenidades, o que facilitou a aproximação dele. Pediu licença, pegou um café na cafeteira, puxou uma cadeira da mesa e sentou próximo aos dois homens. Estava um pouco tenso, pois, se Clodoaldo se levantasse antes do tempo pedido por Rogério, precisaria acompanhá-lo. Falavam de lugares que gostariam de conhecer, até que Feijão foi incluído na conversa. Disse que gostaria de visitar a Tailândia, depois Bangkok. Ambos olharam para ele curiosos, em silêncio. O investigador se viu na obrigação de explicar, disse que eram lugares exóticos e que sua namorada gostaria de conhecer.

Tanto delegado como psicólogo assentiram com a cabeça. Os dois falavam sobre os litorais brasileiros e locais com muita vegetação. Isso tudo deu tempo para que o aplicativo fosse instalado remotamente no celular de Clodoaldo. Feijão recebe uma notificação em seu telefone, era um e-mail de Rogério: *SUCESSO. DOIS COELHOS COM UMA CAIXA D'ÁGUA SÓ.* O investigador riu, fazendo com que os dois ficassem curiosos sobre o que ele ria. Falou a primeira piada que veio à sua cabeça, fazendo com que os homens dessem risadas. Levantou-se e com um aceno de cabeça, retirou-se. Tentava não demonstrar, mas por dentro estava regozijado. Como seu horário estava para encerrar, pegou suas coisas, preparando-se para ir embora. Foi interrompido pelo delegado, que pediu sua presença em sua sala. Foi remetido por um frio na barriga. Caminhou lentamente até a sala, onde Clodoaldo o esperava na porta. Entraram e sentaram-se.

—Notícias de Leonardo? - perguntou o delegado de maneira seca.

—Nada. Fui a casa dele, ninguém. Pensei em forçar a entrada, mas tinha muita gente na rua. Toquei a campainha, gritei, nada. Chamei os vizinhos de cada um dos lados, porém, nenhum deles sabia responder nada.

—Se ele não aparecer até amanhã, vamos precisar emitir um alerta de busca. Ele tinha problemas com o Marcos, pode ter arrumado pra cabeça.

—O senhor acha que o Bolacha teria feito isso?

—Bolacha? Essa não sabia. Vocês são amigos pessoais, eu sei disso. Mas você precisa separar as coisas, Antônio. Ele está foragido. Creio que se soubesse de algo, informaria, não é mesmo?

—Sim, claro.

—Vamos ficar atentos. Pode ser que pinte algo.

Feijão assentiu com a cabeça. Despediram-se. Ele estava aliviado. Queria ir para casa, tomar um banho, para depois ir encontrar-se com sua namorada. Precisava de um abraço depois de um dia tão tenso. Quando entrou no carro, seu celular tocou, era Bolacha. Melhor vir pra cá, disse seu amigo. Ele sacudiu a cabeça, mandando os pensamentos com Samara para longe, hoje, ele precisaria trabalhar mais um pouco.

LIVRAI-NOS MAL

Assim que Feijão chegou na base, Bolacha deu-lhe as notícias. O programa começava às 19 horas. Ele foi até o outro cômodo, pegou uma toalha que estava guardada no guarda-roupas, tomando um banho para relaxar. Todos tinham deixado algumas trocas de roupa ali, para dias como esse. O amigo, porém, estava morando ali, uma vez que era foragido da polícia. Pediram comida pelo aplicativo, iriam assistir o noticiário como se fosse novela ou seriado. Pontualmente no horário, o programa começa.

—*Boa noite balanceiros, está começando mais um programa Balança São Paulo, comigo, João Paris. Trazemos hoje uma reportagem especial no nosso quadro Mentes Perigosas, apresentado pela especialista em segurança pública, Maria de Fátima.*

—*Boa noite Paris, boa noite balanceiros. Por mais de dois meses, investigamos os maiores acontecimentos criminalísticos dos últimos tempos, o Caso Mata Charlie. Charlie, pra quem não conhece, é uma das formas que são chamados os policiais da Polícia Civil, Papa Charlie. Os policiais da Polícia Militar são chamados de Papa Mike. Como muitos de vocês devem ter acompanhado, de fevereiro de 2011 até agosto de 2013, ou seja, semana passada, oito policiais foram assassinados. Na verdade, foram sete policiais e um delegado aposentado. O filho deste delegado também foi assassinado, no deslocamento daquela pedra, que depois descobrimos que não foi acidente.*

—Informações exclusivas trazidas por Maria de Fátima, balanceiros.

—É isso mesmo Paris. Todos os mortos neste período estudaram na Acadepol na turma de 2009. Pra você que está chegando agora, Acadepol é a academia de polícia onde são formados os profissionais que irão atuar nas ruas, nas delegacias da polícia civil. Estávamos acreditando que as mortes eram casos isolados, pois não havia um modus operandi padrão, como são os casos de assassinos em série. Há a ligação deles todos serem da mesma turma.

—Espera um pouco Maria de Fátima, se eles foram todos da turma de 2009, isso quer dizer que Marcos da Silva Carvalho, policial foragido, pode ser o responsável pela morte desses ex-alunos?

—Não, Pais, Marcos dava aulas para eles, sim. Estou dizendo que pode haver algum envolvimento de alguém superior a ele na hierarquia que possa ter orquestrado tudo.

Neste momento, o apresentador pede que seja exibida a tabela com as informações que Leonardo havia levantado. Marcos atentou-se que era a primeira tabela do material que ele havia fornecido a Maria. Pegou a pasta de papel olhando todas as anotações que o investigador desaparecido havia feito. Não tinha notado antes que havia um papel amarelo colado na contracapa da pasta, onde estava escrito a mão "RELÓGIO?".

Marcos virou as páginas até o final, haviam fotos dentro de um plástico. A primeira foto era do homem de boné preto, seguido por outras fotos dele nos locais próximos onde haviam sido cometidos os crimes. As fotos foram extraídas das filmagens. A última foto, porém, era do pulso direito do homem misterioso, com um relógio. Estava em boa definição. *Fui eu que fiz essas capturas pra ele*, diz Rogério, vendo o investigador mexer no material. Em paralelo, o analista monitorava em um de seus monitores, a localização de Clodoaldo. Ele havia ido direto para a casa da amante após seu expediente.

—Feijão, quando você tava perto do delegado, tinha mais alguém junto?

—Arthur. Clodoaldo tava na copa trocando ideia com ele. Sentei próximo a eles pra puxar assunto e fazer o que você pediu. Por quê?

—Quando recebi os dados, vieram de quatro aparelhos. Então, este que não tem nome, apenas o modelo do celular, deve ser do doutor. Era o que faltava saber. Vou conectar aqui, ver onde ele está.

Rogério então passou a monitorar os quatro aparelhos que havia capturado informações por meio do aplicativo espião. Achou curioso o fato de o psicólogo morar a apenas alguns quarteirões da delegacia. A localização era de um apartamento. Ele então foi buscar nos registros da delegacia, todas as informações de Arthur. Engraçado, exclamou o analista de sistemas, não tem nada dele nos registros. Os amigos se olharam, ainda sem entender o que estava acontecendo.

O programa Balança São Paulo continuava passando as informações de cada caso, com o apresentador colocando Marcos como foco dos assassinatos. Já Maria de Fátima mostrava fatos e dados de cada caso, mostrando como o investigador e seu parceiro encontraram as pistas, resolvendo pontualmente cada caso. Enquanto assistiam ao programa, Rogério acompanhava a movimentação das pessoas que seu aplicativo havia capturado a imagem do celular, dedicando maior atenção a Clodoaldo. Quase duas horas depois, faltando 10 minutos para acabar o programa, Maria de Fátima faz o que havia combinado com Bolacha.

—Só pra fechar minha participação, Paris, temos informações que o investigador Leonardo Bezerra, veterano na polícia, está desaparecido desde sábado. Policiais próximos a ele disseram que não é comum ele sumir, tão pouco se atrasar para o trabalho. Fizeram uma diligência até sua casa, perguntaram aos vizinhos, sem respostas. Porém, uma fonte interna me disse que eles se comunicavam por outro celular e que já conseguiu a localização dele.

—É isso aí, aqui no Balança São Paulo você tem informações exclusivas, de primeira linha. Amanhã você dá essa notícia sobre o paradeiro, quentinha pra gente, Maria?

—Amanhã Paris - Maria de Fátima mantém o olhar na câmera, como se falasse com Marcos pelo olhar.

—É agora - diz o investigador. Esse delegado vai se entregar.

Dez minutos passam e nenhuma movimentação ocorre. A adrenalina e a ansiedade estavam altas. Feijão se levanta do sofá e começa a andar pela sala. Rogério e Marcos ficam incomodados, pois não havia espaço para que ele caminhasse. Os três começam a discutir sobre tudo, elevando as vozes. Ficam alterados uns com os outros. Eles gritam, apontam dedos, estão frustrados, nem sabem ao certo porque estão discutindo. Nenhum deles pensa em partir para cima do outro, pois sabe do que cada um é capaz. Com a gritaria, Rogério quase não conseguiu ouvir o alerta que colocou para movimento físico das pessoas que estavam com celulares invadidos. Espera, gritou ele. Todos fizeram silêncio. *Tá mexendo*, ele diz.

Eles voltam a olhar para os monitores presos à parede atrás da mesa do analista. Para a surpresa de todos, é o psicólogo Arthur que está se movimentando. Rogério ativa a câmera do telefone do delegado. É possível ver o teto de um cômodo onde mostrava um lustre preso a um ventilador. Ele abriu o áudio, sendo possível escutar gemidos do casal. Deu para entender, alguns minutos depois, que Clodoaldo não viu o noticiário. O analista então ativou a câmera e o microfone do celular do psicólogo. Estava tudo escuro, mexendo muito. Começaram a ouvir o que ele falava.

—... da puta desses repórteres. Como ela sabe daquilo tudo? Vamo Tião, caralho! - eles escutam barulho de uma porta sendo fechada - Você vai precisar desenterrar ele. Puta que o pariu em Tião, não falei pra olhar nos bolsos, pegar tudo dele.

—Você tá gravando isso né?! - diz Feijão, que olha para Rogério com feição pálida.

—Tô! Você tá bem cara? Tá amarelo.

—Foda é gastar essa gasolina pra chegar lá. Essa Bandeirantes tá lotada agora - esbraveja Arthur.

—Vamos, precisamos seguir ele - fala Bolacha, começando a organizar as ações de cada um - Rogério, já sabe, olhos, ouvidos e GPS. Entra no nosso celular, grava todo áudio. Feijão, lembra daquelas microcâmeras que pegamos daquela doida? Pega elas, vamos precisar.

—Eu só confio em vocês porque já tinha entrado no celular de vocês faz tempo - gargalha o analista.

—Zero surpresas. Vamos, temos que ser rápidos. Estamos longe deles e não sabemos pra onde vão.

Nada mais é dito no carro de Arthur. Os investigadores pegam o carro de Feijão. Estavam perto da Anhaia Mello e não sabiam ao certo em que ponto o psicólogo entraria na Bandeirantes. Seguiram sentido Imigrantes, pegando o complexo viário Maria Maluf, até chegar na Bandeirantes. Seguiram por vários quilômetros, até que Rogério indicasse onde Arthur estava. Ele seguia sentido zona sul. Conseguiram avistar o carro quase 30 minutos depois que saíram da base. Por procedimento padrão, mantiveram distância do carro do psicólogo, seguindo por contato visual e por acompanhamento monitorado. Pegaram a Marginal Pinheiros sentido Castelo Branco. Era segunda-feira, pouco passado das 22 horas. A Marginal estava com muitos carros, mas com fácil circulação.

Seguiram para a Castelo Branco, passando o pedágio, sentido Barueri. Por várias vezes, os investigadores perderam Arthur de vista, seguindo apenas orientados pelo analista de sistemas. Rogério informava tudo que era conversado no carro. O psicólogo estava bem nervoso e por muitas vezes gritava com o passageiro, denominado Tião. Contudo, só se ouvia uma voz na conversa. Se não tivessem visto mais uma pessoa no carro, apenas pela conversa, achariam que o doutor precisava de alguém para analisá-lo. Saíram à direita na Estrada dos Romeiros, pegando a direita novamente na rua Werner Goldberg. Entraram à esquerda na rua Urano, estacionando o carro. Feijão e Marcos passaram pelos homens sem que fossem notados. Estacionaram seu carro pouco a frente, para não levantar suspeitas.

Doutor Arthur e seu alto companheiro seguiram em direção ao Parque Municipal de Barueri, sendo seguidos em uma distância segura pelos investigadores. Atravessaram a rua, indo direto para onde havia um pedaço da cerca que estava quebrado. O homem maior pegou a grade que estava solta, puxando para si, abrindo um espaço enorme para que o doutor passasse, mantendo aberto depois para que ele entrasse logo em seguida. Os policiais atravessaram a rua, Marcos foi ao mesmo local onde eles haviam entrado. Descobriu do pior jeito que seria bem difícil abrir aquele pedaço de cerca solta. *Como esse cara conseguiu?*, pensou. Precisou que ambos fizessem muita força ao mesmo tempo para conseguirem entrar. Conseguiram ver ao longe que os dois andaram até chegarem em uma construção perto das quadras esportivas. As paredes pareciam ser pintadas de verde, mas não dava para ter certeza por conta da iluminação fraca.

Viu Tião escalar aquela parede como se estivesse subindo um degrau. Precisaram aproximar-se mais para conseguir continuar vendo o que acontecia. O homem alto desceu com algo na mão. Agora vamos, temos que ser rápidos, disse Arthur, tirando uma lanterna pequena do bolso. Os dois caminharam por alguns metros em direção a mata que estava mais afastada das quadras. Tião removeu algumas plantas espinhosas com muita facilidade, começando a cavar debaixo da árvore que estava. Os investigadores caminharam devagar em direção aos dois, queriam pegá-los em flagrante. Quando estavam há mais ou menos dez metros de distância, Feijão deu um passo a mais, quebrando um galho que estava no chão, chamando a atenção do psicólogo.

Arthur apontou a lanterna para a direção dos dois. *Parados*, gritou Bolacha apontando o revólver para o doutor. Vá, mate os dois, disse ele a Tião, sem mudar seu tom de voz. O grande e pálido homem largou a pá onde havia começado a cavar e começou a andar em direção aos investigadores. Feijão gritou para que ele parasse, Bolacha gritou novamente. Como ele não parou, eles dispararam um tiro cada um, atingindo o peito do gigante. Pareceu que ele tinha levado duas pedradas de crianças pequenas e fracas, continuou andando como se nada tivesse acontecido. Mais alguns passos e ele estava com o pescoço de Feijão em suas mãos. Levantou o policial tão alto quanto seus braços puderam levantar. Bolacha correu em sua direção, dando um chute nos órgãos dele. *Lembra do Pedala Robinho?*, gritou o doutor que observava tudo de longe. Marcos entendeu na hora, Tião teve seu pênis removido, assim como o ex-policial morto que matou a esposa / irmã.

Ele então deu tiros nos joelhos do monstro, que não aguentou mais com seu peso e caiu, soltando Feijão. O homem enorme então olhou para Bolacha, abrindo a boca como se fosse emitir um grito. Foi então que puderam entender porque o doutor falou sozinho durante todo o caminho, ele não tinha língua. Tião ainda tentou agarrá-los com seus longos braços e dedos compridos, mas com alguns pulos para trás, eles conseguiram escapar. *O que está acontecendo aí?*, gritou um homem que corria todo esbaforido.

Ele era o vigia noturno, era velho e gordo, mal conseguia respirar depois da corrida para ver de onde vinha o barulho dos tiros. *Fique longe desse homem, se ele te pegar vai te matar, entendeu?*, disse o investigador, segurando o segurança pelos braços, que assentiu com a cabeça. *Ligue 190, diga que tem um corpo enterrado ali*, continuou ele apontando para onde tinha ficado apenas a pá no chão, pois Arthur havia fugido. *Somos da polícia, estamos em perseguição*, disse Feijão, virando as costas para o velho, começando a correr na direção do doutor, que estava muito longe. Enquanto corriam, Bolacha diz a Feijão que ele era o homem que ficava vigiando-o em cada crime que eles iam investigar. *Menos um*, pensou o investigador.

REI ARTHUR

—Rogério, acompanha ele aí, gritou Bolacha no telefone.

—Tô com ele. Atravessou a rua agora.

Os investigadores saíram correndo atrás do psicólogo enquanto o vigia chamava a polícia. Para a surpresa de ambos, o doutor corria muito rápido, mostrando uma capacidade física invejável. Ele tá parado no carro, cuidado, pode tá armando, disse o analista de sistemas pelo celular. Bolacha fez sinal para Feijão para atravessar a rua e cada um passou a se movimentar por um lado. Com armas em punho, deram passos cuidadosos em direção a Arthur. Quem estava do lado da rua onde o carro estava estacionado era Marcos. Olhou debaixo do carro, não viu os pés, Feijão, do outro lado da rua fez sinal que não tinha ninguém. O investigador tentou abrir o carro, mas estava travado no alarme. Quando abriu, não tinha ninguém dentro. Foi então que seu amigo viu, junto ao limpador de chuva, o celular do psicólogo. Ele deu linha, disse Bolacha a Rogério, só o telefone dele aqui, em cima do capô.

O analista de sistemas o orientou a tirar o chip do aparelho, o que foi feito na mesma hora. Pediu que ficasse com ele para que pudesse analisá-lo depois. Feijão recebeu a localização da casa do psicólogo. Iriam para lá tentar encontrar alguma pista. Ao entrarem no carro, viram várias viaturas da polícia militar chegar no parque. Enquanto pegavam a avenida de volta à Marginal Pinheiros, viram muita gente andando em direção às sirenes. Sabiam que em pouco tempo tudo estaria nas redes sociais. Bolacha torcia para que Maria de Fátima estivesse atenta a qualquer movimentação, mas não poderia entrar em contato com ela para que não a prejudicasse.

Chegando na av. dos Bandeirantes, o investigador recebe uma mensagem em seu telefone de um número desconhecido: "Você tem dez minutos para chegar aqui, ou essa putinha morre." Bolacha fica pálido. Não pode ser, pensa, como ele sabe? De repente, um filme passa em sua mente, em que ele sabia que não gostava do final. Que foi mano, pergunta Feijão, assustado. Ele não sabe o que responder, está perplexo. Chegou a ficar enjoado, quase vomitou no carro, sua cabeça girava. Vendo aquilo, Feijão liga a seta, mudando de faixa até conseguir parar o carro. Marcos desce, vomitando logo em seguida. Dá mais uns passos para poder se apoiar na parede, ele sente que vai cair. Seu amigo coloca a mão em seu ombro, buscando uma forma de consolá-lo. Ele vira para o amigo, sinalizando positivamente com a cabeça.

—Toca pro Tucuruvi mano.

—Tucuruvi? Mas por… caralho, a Duda.

—Mete o pé, liga a sirene, vamo.

Eles correm para o carro. Feijão pega a sirene, colocando no painel em cima do volante. Bolacha, ainda atordoado, pega uma garrafa d'água na porta do carro. Ele liga para Duda, caindo direto na caixa postal. Ela deve ter me bloqueado, pensa. Pede o telefone do amigo emprestado, ligando para ela.

—Oi Feijão.

—Sou eu, escuta, não desliga. Você precisa sair daí agora.

—Ah, Marcos, pelo amor de Deus vai.

—É sério, me escuta, por favor.

—Vou bloquear esse número também! Você tá paranoico.

Duda desliga, aumentando o desespero do ex-namorado. Já era tarde da noite, quando chegaram à rua Carlos Gomes no bairro do Tucuruvi. Eles param o carro do outro lado da rua e Marcos desce correndo. Toca o interfone do prédio. O porteiro, o identificando, informa que ele está proibido de entrar, às ordens da dona Eduarda. Ele sacode o portão, desfere um chute na tentativa de abrir, sem sucesso, então, pega seu distintivo mostrando ao porteiro, *é uma ocorrência policial*, diz ele bem nervoso, *quer ir preso por obstrução à justiça?* O funcionário, com medo, abre. Os dois entram correndo, com o porteiro ligando para Duda no mesmo momento. Ele pede que Feijão suba de elevador ao sexto andar, enquanto ele subirá de escadas.

Feijão chega primeiro, encontrando a moça na porta, vestindo um short de pijama bem curto, uma blusinha que deixava toda sua barriga de fora, segurando uma taça de vinho na mão. Ela tinha perdido bastante peso, com os cabelos bem curtos, era bastante diferente da lembrança dele. Ele segue a passos rápidos, pedindo que ela entrasse, entrando logo em seguida, trancando a porta. *Mas que desespero é esse, garoto?*, diz a ex-namorada de Marcos. Feijão fez sinal para que ela fizesse silêncio. Alguns minutos depois, eles escutam duas batidas na porta. *Deve ser ele*, diz o investigador, abrindo, caindo ao chão em seguida, após levar dois tiros no peito. Duda assiste aquilo sentada no sofá, sem acreditar no que vê. Arthur faz sinal para que ela faça silêncio. Os barulhos de tiro fazem com que Bolacha corra pelos dois andares que faltavam para ele chegar ao apartamento dela. A porta está entreaberta, deixando-o em alerta. Chegando perto, vê pelo vão que alguém está caído. Chegando mais perto, consegue ver que é seu amigo, fazendo com que ele corra até ele de maneira imprudente.

—Demorou pra chegar, o princeso - diz o doutor, ironicamente - deixa essa arma aí no chão. Levanta bem devagar - fala o psicólogo, apontando uma arma para o investigador.

—Como você chegou até aqui tão rápido?

—Segui vocês. Vocês me enganaram, mordi sua isca no programa. Aliás, que bela artimanha em parabéns. Quando você passou mal, eu passei bem devagar pra ver se conseguia ver sua cara. O Tião já tinha seguido você até aqui algumas vezes. Depois foi só inventar algumas encomendas para descobrir o apartamento dela. Você ficaria surpreso com o que a gente faz com o poder da sugestão.

—Foi esse poder que você usou com o Leonardo?

—Foi. Ele me tinha como um idiota. Me via como aqueles nerds que só estudam. Deve ter sido os óculos - Arthur tira os óculos - são falsos, vê, as lentes não tem grau.

—Aquela frase, como você sabia?

—Você continua arrogante, instrutor Marcos. Fica cego pela inteligência que acha que tem.

O doutor leva a mão esquerda à cabeça, segurando seus cabelos. Estalos são escutados enquanto ele puxa seu cabelo, revelando ser uma peruca presa por implantes fixados na cabeça dele. Fica a mostra uma cicatriz do lado direito de seu rosto subindo para o crânio, parecendo um buraco mal fechado com peles retorcidas. Ele começa a mexer em sua testa do lado direito, como se descolasse algo. Começa a puxar, saindo uma prótese de silicone, até então, imperceptível. Por baixo, um buraco onde antes era o olho, faltando um pedaço do nariz na parte de cima. Ele coloca o polegar no céu da boca e o indicador segurando os dentes da frente da arcada superior. Fazendo um movimento para baixo, é possível escutar um estalo e Arthur sai com sua parte de cima dos dentes presa entre os dedos, revelando uma prótese. A visão é aterrorizante. O psicólogo faz com que Marcos olhe para seu rosto por uns bons minutos. Colocando a prótese em sua boca novamente, Arthur diz:

—Assusta, não é?! É ruim de olhar. Mas se acostuma. O que incomoda mesmo é limpar as secreções todos os dias.

—Caralho - diz Marcos, balançando a cabeça negativamente - você tava morto, eu vi você morrer.

—Eu tava. Fiquei morto por duas horas. Pelo menos achei que estava morto. Acordei no IML, em cima de uma mesa gelada, com uma dor muito forte no peito, quando o médico começou a cortar - ele levanta a camiseta, mostrando a cicatriz no peito. - Aquele dia, eu nasci de novo, graças a você, a mesma pessoa que me desgraçou.

—Eu sinto muito, eu…

—Cala a boca! - grita Arthur - cala a boca! Sente muito o caralho. Olha o que eu virei por sua causa - ele aponta a arma para Duda, que está sentada no sofá.

—Ela já estava morta, eu sei que não foi você. Por quatro anos pensei que você tivesse matado ela.

—Ouvindo isso agora, então tive quatro anos felizes. Eu estava sentado na cadeira, aquela cadeira que você a viu sentada, quando seu cunhado, o delegado, entrou puxando-a pelos pés. Ele ficou bastante surpreso em me ver ali, sentado, com uma arma na mão. Tentou começar a falar, a se justificar, mas quando vi que era sua esposa, a mesma das fotos em cima da sua mesa, me levantei e mandei ele sentá-la ali. Falei pra ele que não precisaria se preocupar comigo, pois eu me mataria. Ele pareceu não se importar, deu de ombros e saiu. Liguei pra você e fiz uma voz qualquer de mulher, nem acredito que você nunca desconfiou. Queria que você estivesse na delegacia quando ele assumiu. Seria interessante para mim ver os dois trabalhando no mesmo ambiente.

—Mas como? Como você virou Arthur, Coxinha?

—Coxinha - o doutor olha pra baixo por alguns instantes - Meu nome é Thiago, você sabia disso? Thiago. Como é bom poder dizer meu nome. No IML, o médico legista quis chamar uma ambulância, mas convenci ele de que tinha sofrido uma tentativa de homicídio, e que seria morto no hospital. Falei pra ele que tinha uma quantia enorme de dinheiro esperando por ele, que ele precisava me ajudar. Não foi difícil. Ficou essa merda aqui na minha cara que você tá vendo, porém, ele me arrumou. No mesmo dia, Arthur Santos tinha morrido de acidente de carro. O corpo estava irreconhecível. Todos os documentos dele estavam com ele e não tinha esposa ou filhos. A mãe dele tem Alzheimer, ficou fácil daí pra frente. O legista começou a me cobrar a grana, Dr. Palhares, e eu precisei pagar ele. Não foi bem como ele queria, mas tá pago. Você não sabe como é fácil assumir a identidade de alguém nesse país. Usei a aposentadoria da minha "mãe" pra custear as cirurgias e as próteses. Como o Arthur tinha sofrido um acidente de carro, todos ficavam com pena dele. Fiz umas duas plásticas no rosto e cabeça, só que a pele ficou dura por causa do primeiro remendo feito ainda no IML. Gastei o resto do dinheiro dela nessas próteses, foram bem caras. Como ele já era psicólogo, só precisei estudar pro concurso da polícia e quando passei, escolhi a sua delegacia. Foi o tempo certinho de você sair da licença.

—O pessoal da turma, foi você também, não foi? Por que matou tanta gente?

—Diretamente não matei ninguém. Bom, só o Palhares, mas ele comia defunto, só fiz um favor pros mortos.

—Como você fez?

—Você é curioso - gargalhou Thiago - como vou te matar aqui, vou te contar. Treinei bastante tempo com o Tião. Li um livro que achei nas coisas do Arthur que ensinava como entrar na mente das pessoas. Não lembro o nome agora, li muita coisa depois, mas esse livro mudou minha vida. Tião foi meu primeiro paciente. Comecei praticando coisas simples, como onde ele devia ir, o que falar, o que fazer. Depois fui evoluindo para o que vestir, o que pensar. Até que veio uma ideia: e se eu conseguisse fazer isso com todos que me sacanearam? A primeira pessoa que pensei, foi você. Como estava recluso, seria difícil ter acesso. Fiquei uns dias rondando sua casa, toquei campainha, gritei, cheguei a pensar que tinha morrido, até que um dia, vi um cara que parecia um mendigo pegando uns pacotes com um menino. Comecei a procurar os ex-colegas de turma. Eu já era Arthur, nenhum deles me reconheceu. Vi onde iam, com quem falavam, seus hábitos, seus segredos, me fiz amigo de todos. A vista deles, eu era um bobão inocente. Quando fiz o barbeiro matar o Beethoven, fiquei com medo de me pegarem. Foi minha primeira vez, tava bem ansioso. Mandei o Tião ficar de olho e me contar depois.

—Você era o entregador da farmácia?

—O amigo do barbeiro, o entregador da farmácia, o amigo do velho Edson, companheiro de boteco do Robinho, fazia pilates com Ana Flávia e meu personal trainer era o AC.

—E a Mata Hari?

—Que tem ela? Nunca mais a vi.

—A Valentina, foi você também?

—Ali deve ter sido a mesma pessoa que matou sua esposa. Você tem vários inimigos, meu caro. Pronto, agora você já pode morrer - Thiago levanta a arma, apontando para Marcos - últimas palavras?

—Peida na cara dele, Feijão.

Três estrondos são escutados. Feijão, deitado, dispara contra o antigo recruta e falso psicólogo. Bolacha pega a arma da mão do amigo e caminha em direção a Thiago, que está caído no sofá, ao lado de Duda, que está imóvel, em choque. Ele a ajuda a sair, levando-a até a porta. Instintivamente, ela olha para trás - *cuidado* - grita ela apontando para Thiago, que está apontando a arma para eles. Bolacha, com a arma em posição segura próxima a seu peito, aponta rapidamente contra Coxinha, disparando um tiro certeiro na cabeça. Caminha até seu corpo, retirando a arma de sua mão direita. Vira-se e volta em direção ao amigo, caído, estendendo a mão para que ele levantasse. Isso vai deixar um roxo enorme, brinca Feijão. Ele vira-se para Duda, que desfere um tapa forte em seu rosto e depois o abraça, beijando-o.

APENAS UM PEÃO

—Cuida dela. Me dá a chave do carro.

—Cara, não faz merda.

Ainda atordoado, Feijão retira as chaves do bolso e as entrega ao amigo. Bolacha pega as chaves bruscamente, sai correndo para o carro. *Onde ele vai?*, pergunta Duda. O investigador ignora a pergunta da mulher recém salva. Pega seu telefone, ligando para a central.

—Mandem reforços para a casa do delegado Clodoaldo agora! Como? Caralho! Como assim? Manda gente pra casa do Delegado Clodoaldo agora, porra! O Bolacha tá indo pra lá e acho que vai dar merda! Tem que ser já!

Feijão desliga, pega Duda pela mão, saindo do apartamento. Chegando na portaria, se lembra que entregou as chaves ao amigo. Por sorte, um táxi passava na frente do prédio. Feijão corre até o carro branco fazendo sinal para que pare. *Polícia, polícia,* ele grita e o táxi para. Segue para a Nove de Julho, aquele condomínio na frente do Hospital, grita o policial. Se fizer o caminho rápido pago o dobro, continuou a falar. Pediu que Duda ligasse para a polícia e ficasse com o porteiro até eles chegarem. Ele liga para Rogério, pedindo que encontre Bolacha pelo localizador e o delegado Clodoaldo.

—Cara, ele pediu pra eu fazer a mesma coisa. Vocês vão me contar o que tá acontecendo?

—O Arthur era o Coxinha. Ele influenciou um monte de gente a matar um monte de gente. Acabou tentando matar a gente aqui na casa da Duda, mas matamos ele.

—Achei ele aqui, mano, tá na casa dos meus pais.

—Caralho! Consegue ir pra lá, mano?

—Agora? Vou ser descoberto, porra! O que aconteceu, mano?!

—Ele matou sua irmã. Suas irmãs, eu acho - a afirmação é acompanhada de um longo silêncio - tá aí ainda?

—Tô. Vinte minutos tô lá, devo chegar junto com vocês.

—Motorista, mudança de planos, vamos pro Jardim Europa.

—Caralho, irmão. Sou só um motorista. Não me mete em roubada não, tenho família.

—Fica em paz, tá comigo, tá com Deus. Depois, que que tem morrer? É uma vez só. Tô brincando, chefe. Me deixa um quarteirão antes.

Era alta madrugada, quase não havia trânsito, fazendo com que chegassem à casa dos sogros de Marcos em vinte minutos. Pagou o prometido ao taxista e desceu do carro. A moto de Rogério estava parada do outro lado da rua, mas não havia nenhum sinal do analista de sistemas. Ele sentiu algo bater em sua cabeça. Olha para trás e vê o amigo escondido atrás de uma árvore. Ele chegou há uns 5 minutos, pulou o muro, disse Rogério. Restava aos dois, esperar pelo pior.

Marcos aproveitou-se da falta de alarmes na casa. Pulou o muro sem dificuldades, quando viu que não havia ninguém olhando por perto. Com a arma em punhos, caminhava na ponta dos pés, queria pegá-lo de surpresa. Estava intrigado com o fato de o cunhado estar na casa dos sogros naquele horário, quase 4 horas da madrugada. Sentiu que precisava agir rápido. Acelerou o passo, contornando a casa, seguindo em direção a sala, onde as luzes estavam acesas. Pelas grandes paredes de vidro, observou que Clodoaldo e Seu Chico estavam conversando, sentados no sofá. O delegado usava terno e seu sogro pijamas. Olhou ao seu redor e viu que a porta que dava saída para a piscina estava aberta. Andou até a entrada na ponta dos pés, passando pela abertura com todo cuidado. Chegou à porta da sala, evitando entrar quando viu que seu sogro estava de pé, com um copo na mão. Clodoaldo levantou-se para pegar um novo drink no bar. Foi quando Marcos entrou, fazendo-se ser visto.

—Tá meio tarde pras donzelas estarem acordadas, não tá?

—Mas que porra é essa? - perguntou Seu Chico.

—Nem tenta - disse o investigador, apontando a arma para o delegado - tira a arma, coloca ela no chão e chuta pra mim. Tira o terno também e dá uma volta.

—Você tá muito fudido, cara - disse Clodoaldo, fazendo o que foi mandado.

—Tô. Sabe quem acabou de morrer? O Coxinha.

—Quem é coxinha? - perguntou seu sogro.

—Thiago Veiga. O cara que supostamente matou a Vitória - Marcos percebeu que os dois se olharam - Ele me disse que você que a matou. Me contou toda a história de como ele estava sentado na cadeira e você chegou arrastando o corpo. O Rogério tá agora com as imagens desse dia - blefou Marcos. Sua casa caiu, seu filho da puta.

—Mas que filho da puta. Todo mundo o viu explodir.

—Assim como todo mundo viu o Coxinha morto aquele dia, delegado.

—O que ele quer dizer com isso, Clodoaldo? - pergunta Seu Chico ao genro.

—Ah, vai tomar no seu cu, velho filho da puta. Vai jogar essa no meu colo, de graça?

—Não sei do que você está falando.

—Marcos, foi ele que mandou eu matá-la. Sua mulher descobriu que o Chico tava me pagando pra fazer vista grossa pros contrabandos dele. Ela tava indo te contar. A Valentina tava tendo um caso com um vagabundinho do trabalho da sua irmã e ela estava acobertando. Aquele dia, eu estava no estacionamento esperando ela sair do encontro. Quando sua esposa entrou no carro, eu estava sentado no banco de trás. Sedei ela com clorofórmio. Uma mulher que trabalha pra mim saiu dirigindo o carro dela e eu saí no carro alugado.

—E como foi ele que mandou você fazer isso?

—Isso não. Quando cheguei em casa, vi que a mulher era sua esposa e não a minha. Queria só dar um susto. Liguei pro Chico e contei tudo. Ele falou, pode matar, ela sabe demais. Assim o moleque aprende também. E eu matei ela sufocada.

—Mas você é um moleque mesmo - esbravejou o velho para o delegado - que língua solta. Marcos, meu filho, eu estou tão surpreso quanto você.

—Francisco, isso é verdade? - Dona Lúcia estava escutando a conversa do corredor.

—Não, meu amor, claro que não. - o velho caminha lentamente até a esposa e quando tenta abraçá-la, é repelido.

—Você disse que Rogério está vivo? - pergunta a sogra.

—Sim, Dona Lúcia. Ele estava desconfiado do seu genro ali, aí forjou a própria morte.

—Graças a Deus - diz Seu Chico.

—E Valentina, foi ele também que mandou, Clodoaldo?

—Sim e não, foi sem querer, sabe?! Ele pediu que matasse você dessa vez. Não estávamos esperando que ela ficasse pulando e girando enquanto segurava você.

—E os policiais que me pegaram na casa do seu capanga?

—Essa foi ele. Tava me chamando de incompetente, disse que ia resolver tudo sozinho. Fez até os caras levarem você praquele lugar que pegou fogo do casal que era irmão. Ele ficou assustado quando ligou pro Bruno e você atendeu.

—Seu filho da puta - grita Dona Lúcia, correndo em direção ao marido - você matou minhas meninas.

De dentro de um vaso em cima da mesa, Seu Chico tira uma arma, agarrando sua esposa. Ele a vira de frente para seus genros, apontando a arma na cabeça dela. Marcos chuta a arma do delegado de volta para ele, dando uma piscada de olhos. Clodoaldo abaixa para pegar a arma, levando um tiro no braço direito de seu sogro. O investigador aproveita a distração e dispara, acertando a cabeça de Chico. Lúcia cai sentada, aos prantos. Marcos escuta um barulho forte na porta, e, ao olhar para trás, vê Feijão e Rogério entrando correndo na sala. Clodoaldo, caído, tenta pegar a arma com a mão esquerda, sendo impedido pelo cunhado, que chuta a arma para longe e dá um chute no rosto dele, deixando-o desacordado.

Eles ouvem as sirenes da polícia. Marcos tira a câmera que tinha presa ao peito, entregando-a para Feijão. Vai, vocês precisam sair daqui, entregue para a Maria de Fátima, ela vai saber o que fazer. Rogério diz a Feijão que a casa tem uma saída pela rua de trás. Os dois saem correndo. Marcos anda até a sogra, levantando-a pelos braços, dando um longo abraço nela. *Ainda bem que você não foi com ela*, disse a mulher.

VIDA NOVA

Marcos estava sentado no sofá da base assistindo o programa Balança São Paulo. Rogério estava arrumando a mesa para que pudessem jantar. Trouxe duas pizzas de sua pizzaria. Feijão, que chegou da delegacia apenas há alguns minutos do início, estava terminando seu banho. Eles não tiveram tempo de dormir. Estavam acordados há mais de 24 horas e agora tinham a sensação de cansaço. A adrenalina do último dia os deixou exaustos. Os três estavam praticamente morando juntos nos últimos quatro meses, desenvolvendo grande afetividade entre eles. A música de início do programa chama a atenção de todos. Sentam-se à mesa, iniciando a refeição merecida.

—*Boa noite balanceiros, está começando mais um programa Balança São Paulo, comigo, João Paris. Temos revelações bombásticas e exclusivas sobre todos os casos do investigador da Polícia Civil, Marcos da Silva Carvalho. Produção, já desliga os telefones aí, vamos entrar com tudo. Chama o jurídico que hoje vem processo. Maria de Fátima, vem pra cá, querida. Nossa especialista em segurança tem informações quentíssimas.*

—*É isso mesmo Paris. Boa noite balanceiros, temos não só informações, mas imagens. Pedimos aos telespectadores que são sensíveis que mudem de canal, pois o que vamos exibir agora é chocante.*

—*Solta o vídeo, produção.*

Por quase 3 horas, o programa exibiu todas as imagens capturadas pelas microcâmeras instaladas no peito de Feijão e Bolacha. O apresentador passou quase todo o tempo boquiaberto. A exposição do verdadeiro assassino que nunca matou, a verdade sobre a morte da esposa de Marcos, o verdadeiro mandante, tudo aquilo que, se não tivesse sido filmado, seria impossível de acreditar. Quando terminou, mudaram de canal, colocando no Jornal pelo Brasil, que estava anunciando a renúncia do Secretário de Segurança Pública de São Paulo. As imagens mostravam o delegado Clodoaldo saindo algemado, gritando com os policiais e os repórteres, anunciando que era armação e que os culpados seriam presos.

Com a morte de seu sogro, muitas pessoas passaram a expor situações de intimidação na internet, muitas denúncias de corrupção foram feitas, diversas amantes apareceram, algumas até com filhos, dizendo que moravam em casas ou apartamentos mantidos por Chico. Rogério achava que se não tivesse levado sua mãe para a base, ela teria se matado de desgosto. A amante de Clodoaldo foi encontrada morta, aparentemente, ela tinha se matado enforcada. O jornal mostrou a remoção do corpo de Leonardo do parque e a prisão de Tião, que quase foi morto pelos policiais que atenderam a ocorrência, pois tentou atacá-los. A imagem mostrava o homem enorme amarrado a uma maca que ele mal cabia. Por volta da meia noite, o telefone de Marcos toca.

—Entre mortos e feridos...

—A Polícia Federal bateu lá na emissora - disse Maria de Fátima - foram com mandato federal para confiscar todo o material. Como eu já tinha saído, e trouxe todos os cartões de memória, eles levaram apenas as câmeras vazias. Acabei de colocar na caixa de correio da sua casa. Não aí no Rogério onde vocês estão, na sua casa mesmo.

—Nem vou perguntar, você vai me responder que tem seus meios.

—Poderia dizer isso sim - responde ela depois de uma longa risada - mas pedi seu endereço pro seu amigo Antônio Carlos. Ele disse que, como você confiava em mim, ele também se sentia no direito de confiar e me contou onde vocês estavam passando os dias.

—E agora, o que vai ser de você?

—Talvez tenha sido meu último programa, quando descobrirem que fui assaltada indo pra casa e levaram minha bolsa.

—Você seria uma ótima investigadora.

—E você um bom repórter. Obrigada por confiar em mim.

—Obrigado por acreditar em mim.

Eles desligam sem se despedir. Marcos começa a lavar a louça que usaram na janta. Dona Lúcia pega um sorvete no freezer, chamando todos para comer. Eles não se falam, mas se olham, todos felizes. Rogério fala sobre como ele e suas irmãs brigavam por causa do sorvete. Ele e sua mãe começam a contar histórias da infância deles, fazendo com que todos dessem boas risadas. Inevitavelmente, chegaram nos dias atuais, fazendo com que ela chorasse. Marcos retoma o assunto, falando das manias de Vitória, hábitos engraçados, trazendo o sorriso de volta ao rosto da mãe em luto.

—Filho, estou pensando em sair de São Paulo. Só a casa que a gente morava sobrou porque está no seu nome. Todos os outros bens estão no nome do seu pai. Falei com o advogado hoje, ele disse que podemos perder tudo. Quero ir morar com meu irmão em Cachoeirópolis, você vem com a mãe?

—Vou, mãe. A gente coloca a casa à venda. Vamos ver o que pode ser feito com os outros bens. Tio Renato ainda vereador?

—Prefeito agora, meu filho.

—Dona Lúcia, alguma vez a senhora sentiu raiva de mim por eu ser preto?

—Preto não, porque do meu lado sou neta de escrava alforriada. Agora pobre, isso mexeu demais comigo. Nunca fui pobre, não queria que minha filha sofresse o que o Chico sofreu na vida.

—Mãe, você me ama mesmo eu sendo gay?

—Claro meu filho! Eu sempre soube que você era diferente. Sempre delicado, atencioso. Seu pai também sabia, por
isso tinha raiva de você.

—Dona Lúcia - disse Feijão - coloca sorvete pra mim antes que derreta tudo - todos riem demais. Foram quatro anos
intensos que mereciam aquelas risadas.